潮汕往事·潮汕浪语

马陈兵 著

三联书店

Copyright © 2022 by SDX Joint Publishing Company.
All Rights Reserved.
本作品版权由生活・读书・新知三联书店所有。
未经许可，不得翻印。

图书在版编目（CIP）数据

潮汕往事・潮汕浪话／马陈兵著．—北京：生活・读书・新知三联书店，2022.1（2025.2 重印）
ISBN 978-7-108-07175-0

Ⅰ.①潮… Ⅱ.①马… Ⅲ.①散文集-中国-当代 Ⅳ.①I267

中国版本图书馆 CIP 数据核字（2021）第 109880 号

责任编辑	徐国强
装帧设计	刘　洋
责任校对	曹秋月
责任印制	李思佳
出版发行	生活・讀書・新知三联书店
	（北京市东城区美术馆东街 22 号 100010）
网　　址	www.sdxjpc.com
经　　销	新华书店
印　　刷	北京建宏印刷有限公司
版　　次	2022 年 1 月北京第 1 版
	2025 年 2 月北京第 2 次印刷
开　　本	635 毫米 × 965 毫米　1/16　印张 16.5
字　　数	200 千字　图 83 幅
印　　数	6,001-6,500 册
定　　价	49.00 元

（印装查询：01064002715；邮购查询：01084010542）

目 录

自　序　只有水中的窗户是自由的：为了辞别的写作 1

上　篇　潮汕往事 7

第一章　昨天蜻蜓从溪对面扑扑飞来 9
一　菱形月亮 10
二　水蛭、乌佬仔和白贼公 11
三　土尾，溪山行旅 13
四　那个空中无识的单丁在高高桥墩上打了一架 17
五　昨天蜻蜓从溪对面扑扑飞来 21

第二章　大溪地·悬浮记 25
一　我跳上盐汀桥墩，是第一次神示 26
二　春雨流注时的玻璃物像 30
三　清清溪水，我的无界乡园 33
四　众溪喧哗，溪东溪西 37
五　我的命格，马爸爸的朋友圈 43
六　三贵人 50
七　失溪记 58

下　篇　潮汕浪话 *65*
　甲　浮氏物语 *67*
　　1. 产地说明 *68*
　　2. 浮氏物语 *72*
　乙　扛着鸟铳去战斗 *77*
　　1. 浴布与脚仓 *78*
　　2. 浮　景 *81*
　　3. 吟唱灵魂 *85*
　　4. 我浪，校长 *98*
　　5. 余咸士杀菜 *101*
　　6. 山兄假虎浪 *104*
　　7. 这个鱼是那个鱼 *108*
　　8. 扛着鸟铳去战斗 *111*
　　9. 县城那个，乡下苦臊 *116*
　　10. "七铺"与"九窍" *119*
　　11. 新武一声吼 *123*
　　12. 从姜尚到鬼市 *126*
　　13. 柴浪小考 *131*
　丙　潮汕人怎么喝路易十三 *137*
　　1. 潮汕咸史 *138*

2. 番　客 *142*
3. 冲罐纪年 *149*
4. 山上一只船：鸡仔晕 *153*
5. 三中花 *156*
6. 通食世家 *163*
7. 星期日痛风：刻薄记 *169*
8. 奈果传奇 *172*
9. 憾失虎骨酒 *177*
10. 潮汕人怎么喝路易十三 *184*

丁　猪内风月传 *197*
　　1. 割猪吟 *198*
　　2. 吴就头发财记 *201*
　　3. 猪内风月传 *203*
　　4. 潮汕厕史 *208*
　　5. 宿　鸟 *213*
　　6. 圣浪说 *216*
　　7. 银莲传 *219*

戊　生山瑞兽 *227*
　　1. 糖铎有清音 *228*
　　2. 鱼书猫说 *232*

3. 麻叶简史 *235*

4. 生山瑞兽 *244*

后　记　远活落儿节 *253*

自序　只有水中的窗户是自由的：为了辞别的写作

大地承载了秋夜
这时水中窗户　无忧伤

相信桥栏只在半夜通透成寒玉
烟头从我指间飘坠
"喂，大叔，给我一根"
我听见水下老鱼，坐在我同样的位置

公元2011年，或是隔年，初秋某天，又到最安静时刻：午夜两点过。我双足悬空，坐在杭州小河直街长征桥的石栏上。

夜风也到一昼夜中最轻滑时刻。我只穿裤衩，几乎精光赤条，其实一丝不挂也无碍。天地间唯一还盛着灯光的窗户——我二楼书房的临水之窗，就悬在右前方不到十米的桥头河边，可以看见窗前桌上打开的电脑和书本。我已赁居这幢临河老房子三四年，随性颠倒作息，经常整夜不眠，读书、写作到天亮。不用怀疑，午夜一点半后，凌晨四点半前（小河两岸晨鸟的第一声啼叫不会早于这个钟点），除了我，这地方不会再有一个人、一辆车出现。那几年，那时辰，此地不属于这世间。

月亮耷拉着眼。桥下之水流入最深处酣眠，与两岸浓密树影连成鼾声一片。他们的鼾声，只有大地能听见。

连我这仍然亮着灯的老房子也已入睡，就睡在桥前水上。那摇晃的一窗波光，是她均匀的呼吸。

我细看那波光，其中有细微而迷人的跃动，有韵律而无穷尽，那是窗户的梦。窗户的梦就是房子的梦，是房子不再被白日所关闭的潜意识，或房子对往事的投射与追忆。一幢百年老屋，立在流淌千年的水边，其所忆所想，已非我等能猜度。不过，现在波光里多少也有我的信息：窗前的书桌电脑中，我的故园追忆，我关于乡土的印痕，我的归墟，《潮汕浪话》，正在欢畅生长，拔节延展，丰腴，鲜活，日现辉光。

多年以后，我辞别杭州，继续天涯客旅。在西南万山之中的另一处陌生水涯，嘉陵江畔化龙桥边李子坝正街一个可以反复看见彩色甲虫钻出鹅岭半山轻轨站的窗边，我在又一次将近三个月的蛰居中开始《潮汕往事》的写作，并于隔年春天在京城远郊永定河畔的一个继续蛰居之所完稿杀青。

恍惚之间又过一年许，2019年底，肆虐世界的新冠疫情暴发之前，命运那抛掷妙手在拎着我东南西北转了一圈后，出人意料地将我安顿到中国中部的另一个傍水所在。经冬入春，2020年初的人间白日失焰火，寂静如午夜，我独坐千年瓷都景德镇莲花塘边雨窗下，做《潮汕往事·潮汕浪话》书稿交付出版前的修改校订。承北京三联书店慧眼，这本关于追忆与乡土的小书，带着海之气息、潮之滋味，如多年前那摇映于江南流水上的酣眠之窗，在滤过忧伤之后，呈现给这个我们不断与之辞别的"声闻界"。

只要不到人工智能统治甚至取代生物学意义上的人的世代，追忆与乡土无一例外地伴随每个人的一生，纠缠交织，不可须臾剥离。两者不仅都是永恒的文学母题，更具有先验的一元论结构。故园、原乡、乡愁、寻根等表述，都内设了离开、远去所产生的时空距离，本质上呈现为追忆视角与内省投射。

作为亲历者对同一乡土不同维度的追忆、拣择和叙述，本书的两个部分，事实上提供了一个交互实验：作家关于乡土的追忆，同时应该是个体深切独特的成长经验，空泛无根的美丽乡愁或地理志层面上的风物略述，本质上不具备文学的质地。

基于上述体认，《潮汕往事》呈现的是个体追忆中的"一个人的乡土"；《潮汕浪话》虽借若干潮汕方言词与风物互相生发，演绎地方历史人文，选材的原则与范围却也严格限定在我早年的成长经验与听闻。换言之，我不会仅为了扩展写作题材而查阅和采集资料，比如史乘志书、民间传说。另一方面，本人缺乏严格的语言学特别是方言研究方面的学术训练，而目前亦尚无潮汕方言的标准字库，大部分"浪话"的形音义的识读，来自个人语用的经验，或者是仅发生于我幼年生活的狭小区域的特殊语言现象，肯定有不少异解或存疑之处，请读者谅解，更欢迎赐教。

那么，追忆、乡土与辞别又有什么关系——"辞别的写作"何为？我从小河直街那一窗深夜水中摇漾的倒影里看到了什么？要说明这一至关重要的体悟，我必须对写作的过程作简要回溯。

《潮汕浪话》动笔较早，上世纪末，二十多年前，韩少功先生《马桥词典》出版，《天涯》杂志接着独家开设专栏"中国都市民间语文"，我由此产生仿效《马桥语典》演绎潮汕方言词的想法，并曾在报纸副刊开过《潮汕浪话》专栏，但只写数篇约二三万字便搁置下来，主要是找不到方向和感觉。当十多年后朝花夕拾旧文再续时，我已不是当年那个气血旺而心智疏、志向远而经历浅的"吴下阿蒙"，如《潮汕往事》所喻，在从壮夫渐向老朽的这二十来年中，我宿命的"悬浮"人生继续在得轨出轨、偏轨换轨、有轨无轨中忽慢忽快、乍进乍退。我辞职、辞乡，乃至辞家。惊回首，有意无意、必然偶然中，辞别与远行，竟成为我人生的"常轨"。我罔顾后果与伤害，一次次亲手撕裂、背叛的同时，也挣脱狭义的体制（机关、单位）、广义的体制（家乡、家庭等），使自己"越活越远"。

> 十年来我远远活
> 越活越远
> 去年一年就活出老远
>
> 我现在已经远得看不到我
> 有时想起来找一爿瓦片大的我
> 也要走出很远
> 实在折腾不起

这首诗大约写于2016年，名字取自诗腰"有时想起来找一爿瓦片大的自己"。路虽远，而我并没有偷懒，亦不敢偷懒，身体内部有一股力量，也绝不让我偷懒。这些年，这远远的"捡回自己"的路，我算是一程程一回回走过走完，那"瓦片大的自己"，我也一块块寻到，认出，捧回，拭去灰尘，自将磨洗，珍重安藏。这些前朝瓦片，就是我的乡土二书：《潮汕往事》和《潮汕浪话》——回想《潮汕浪话》完稿时，我大气长出，如释重负。我知道，那是追忆的重负、乡土的重负。及至《潮汕往事》杀青，我心更明白，这一笔陈年老账，我已连本带息奉上偿清。"畅奇哉，浑身通泰，不知春从何处来！"天地涌动着王实甫《西厢记》中张生在与莺莺幽会当晚发出的欢歌。

是的，任何一个严肃的写作者都首先必须对生命的诞生与成长有所交代，都绕不开被追忆所缠绕的故园乡土。我认同一

水中老鱼（瓷板画）

种苛刻说法：作家先得完成对乡土的追忆，才能卸下早年生活与经验的重负，从此放开心智，去写新的世界，在这个意义上，追忆乡土，乃是"为了辞别的写作"。然而，没有离乡，就没有故土；没有辞别寂灭，追忆便成空言。"来是空言去绝踪，月斜楼上五更钟。梦为远别啼难唤，书被催成墨未浓。"李义山早有界说。若非"相隔二千余里，别了二十余年"，何来鲁迅《故乡》的开篇"苍黄的天底下，远近横着几个萧索的荒村"？萧红不离东北老家，何来《呼兰河传》？沈从文不离湘西，如何写得《边城》？五柳先生不到彭泽揾食，说甚归去来兮？颠沛既是宿命，舍利便应琉璃。昨日何日？今夕何夕？浪话依然拍岸，往事并不如烟，愿这本关于我的乡土潮汕和我的青春往事的小书，如多年前京杭大运河边杭州小河直街长征桥头那午夜水中有梦的窗户，摇漾出一方细细密密、变幻如霓的迷离波光。如是，她与岸上的房子不断辞别，远去，挣脱，颤动，扭曲，跳跃，璀璨，生灭；她是窗在水中的倒影，又不只是窗户，或已非复此窗；她是回不去的既往，是弥补不了的伤害，是白头如新的愁怨忧伤，也是一次又一次轻举遗世。只有水中的窗户，她是自由的，无忧伤。

2020年3月31日于景德镇莲花塘寓所

上篇　潮汕往事

鹰的往事像天空一样辽阔
我啊，只是一动不动地出发
又去往地平线

——题记

第一章 昨天蜻蜓从溪对面扑扑飞来

一　菱形月亮

愤怒的父母终于单方面采取行动，他们吹熄煤油灯，径自上床睡。

赤足幼童并未就范。他在黑灯瞎火的砖地上转圈，在父母床前不屈地无声转圈。这孩子！他组织了只有一个未成年人参加的示威游行：如溪之游，如水之行。行着游着，他就转进那团流光——一个赤脚小男孩，走上菱形月亮！

其实油灯一灭，菱形月亮就画在床前砖地上。小男孩也不知绕着它游行了多少圈，直到一脚不自觉崴进去，才似乎着凉似的，他悚然仰头。

那可真叫流光！是一口井倒扣，月从屋脊一侧嵌着长方形玻璃片的天窗如粉如尘斜泻下来，明亮之水，在黑暗中无声流溅成光柱。这个小男孩先是把脸贴进去，半边脸蛋瞬时雪白，凉透。

现在，小男孩完全忘记刚才拒绝睡觉的焦灼和赌气，忘了几步开外隐在黑暗蚊帐中监视着自己的四只眼：他走进流光，他像扑进村前小溪一样，扑向菱形月亮。他戏水，倏而探个脚丫进去洗洗，倏而挺转屁股撞撞浪花……好几次，男孩双手攀梯，想踩着这流泻的光登上去，走出天窗去，顺流上天去，然而总是踩个软空。小男孩又试图把整个人浸进菱形月亮，像猴子跳入水帘，可不管他从什么地方入水，怎么潜泅，他那可疑的黑影就是无法全部泅入水中。也许因此，小男孩深刻地记住了这片两头尖尖的雪白之境。总之，菱形月亮让小男孩完全忘我，融于其中，出离欣喜。

二　水蛭、乌佬仔和白贼公

那个小男孩和现在的我是不是同一个人呢？是，又似乎不是。那时的天、地、夜晚和白天，真与今日大异。

那时的乡土，温和而纯粹，在小溪与稻田的错综中清浅，在村寨墙瓦绿雨苍苔中转深。总有几笔恬淡的远山与云，随天光晦明来去。如今再怎样回乡，也回不到如此风日溪流。

那时，名叫电线的黑蜘网还未将村庄缠绊。入夜，远远近近大大小小的窗户盛着淡黄的煤油灯光，在月下像一地菜花。

"那时，"我呷了口茶，边想边写，"那时候，我的意识也还未脱离涣散的状态。在我生命的溪床上，时间之水甚至还未汩汩流溯。我常糊糊涂涂，浮沉在我怎么会是我、我心里想的和别人是不是一样、为什么不一样等等悬想中。"

"再往前，最初的杳远冥思之门，在惊恐的光影与溪声中向我打开。"

"乌佬仔来了！乌佬仔专抱爱哭的闹仔（或作"奴仔"，潮汕话指幼童、小孩）。嘘！静静，静静——"

一灯如豆，阿婆说着，手指铺仔（用木板架在条凳上搭成的简易木床）边后墙上的小窗，真有个人影在窗间荧荧摇动："赶快睡，睡了乌佬仔就不进来！"我马上噤声。后来明白，那是阿婆借昏昏摇动的煤油灯光召唤自己的影子。潮汕话中，阿公阿婆就是爷爷奶奶，外婆另有专称，叫外妈，妈念仄声。

又一个月夜，记得是在盐汀村，阿婆带我到屋外纳凉，我们坐在村头溪边光滑的石板上，隔着晒谷埕，是站成人形的巨大白墙。月亮在溪对岸的竹林上边升起，漂得整面墙发软。多年后，我听到一轮秋月之下张孝祥在洞庭扁舟上发出的轻轻叹息，马上肯定自己的肝胆也曾"冰雪"。月亮继续升高，该回屋睡觉了，我不肯，阿婆信手一指晒谷埕那边浸在月光中的屋墙："快回！白贼公挎着布袋，就要过埕来套闹仔了。"我一阵恍惚，分明看见面无五官的巨大老人，顶住幽蓝的夜空展开惨白，分不清哪是布袋，哪是胡须，哪是衣服。后来，我便朦朦胧胧断断续续想关于乌佬仔、白贼公的事，想他们如何日隐夜现，如何游荡于村巷乡野。那面幻化成白贼公的墙乳汁一样日复一日挤入我的思维，流浸泛漫如溪水。

溪流向什么地方？村前公路通往何处？为什么怎么走也走不到公路尖尖的尽头？

"我的思维也许从这儿开始抽象。我的生命溪床初有流水，并发出清晰的波声，生命意识慢慢凝聚。我想这是每一个人在婴孩阶段必经的历程，只是大部分人后来把它遗忘了。事实上，它未免略有痛苦和焦灼：夕阳由金碧而渐暗了，无数跳荡在天地、在水面上的亮点聚拢着、明灭着，终成一缕缕随波弯曲的暗影。暗影摇漾着爬上溪岸，抱住我的脚，如水蛭一样，而我的身体也本能地应和。随着对一个个疑问的习以为常，存在和自我在两排稚嫩的胸肋之后拔节孪生。我想，当生命咬剪直觉的脐带，一层层从时间的流水中分离出来，悬浮起来，人对存在的焦灼，就在不自觉中开始了。"

"多年以后我看清，积厚有福的性灵与肉身一水双溪。那时众溪未浊，我从家乡带走菱形月亮，它一直流淌，终将顺流入天。"

三 土尾，溪山行旅

我出生于太平洋西岸、中国南方一个名为潮汕的地域，一片三面环山一面向海的冲积平原，北回归线与海岸线在此地纤手一握，水网如织，清溪摇漾。

> 在中国的地图上，潮汕似乎是一个偏远的地区……海岸线是连接潮汕与东南亚地区的唯一通道，潮汕地区还有很多纵横交错的小河、小溪与人工运河，潮人称这些水道为"溪"。1874—1919年，活跃于此地的长老会传教士汲约翰注意到："许多村民都是沿溪而居，以便灌溉农作物。较大的乡村和集贸市镇，都是建于几个水流的交汇点，因为这样便利于水上运输。在现代公路建成之前，溪流和运河是当地居民的经济命脉和运输干线，是乡村之间势力范围的边界。'溪''河'是乡村的天然地标，是对土地和水源控制的记号，也是自我身份认同的符号。"

一本近年由北京三联书店出版的《处境与视野：潮汕中外交流的光影记忆》如是说。在百来年前初临潮汕的欧洲人眼中，这片陌生的海岸新鲜神秘仿佛亚马孙河流域，不过众溪换下雨林。潮汕的村落集镇亦喜拈溪微笑，以溪为名，如涸溪大溪、溪头溪尾、溪东溪西、后溪溪南等。通都大邑更是众溪喧腾，水势如海，汕头、潮阳、澄海、潮安、南澳……名字无不带水挟溪。

潮阳县（现拆分为汕头市潮阳、潮南两个市辖区）界内，练江西畔,去海不远,有村名土尾,是个小小例外。

杜甫老来喜江村,有诗为证:"清江一曲抱村流,长夏江村事事幽。自去自来梁上燕,相亲相近水中鸥。"土尾地处天涯海角,省尾国角,清溪一抱,但却名中无水,连土也不厚给——尾。

潮汕人喻称小物细人,每谓为尾,如家中排行老细的儿子叫尾仔:尾仔尾滴丢(陀螺)。再如老鼠尾再肿也无大浪事,意谓小泥鳅翻不起大风波。巴掌大的土尾村孤悬清溪之上,比起动辄百户千丁的大乡,像拗尾猫屁股后一块倒生畸骨。土尾虽小亦有寨,进寨门是红魔灰(水泥)抹底的晒谷埕,俗称阳埕。过了阳埕,纵列三巷,每条巷两边排开七八座厝,总共也就几十户人家,都姓王。寨门当溪,溪宽水阔,隔溪逶迤开两个人多势众大乡村:上盐汀、下盐汀。出村,度小桥,缘溪行,过盐汀,就可以看见公路。公路从汕头市区经潮阳县城方向来,往成田公社乃至更远的惠来县方向去。大溪则从公路桥下过,流向桥那边的深沟村。过深沟村就该到天边山里了吧。公路那头的成田镇,那时叫公社,公社设在溪东村村头一个大祠堂,大溪正好在祠堂前歇脚打转,平地剀出弯弯溪岸,聚成深水一泓,边上是个叫草墟的大市集,以此为中心和联结点,陈姓聚居溪东村,马姓聚居家美乡、田东村,许姓聚居简朴村。你看,这些个带水沾泥的字,溪沟汀田,都叫上乡大村占了,留块尾骨节儿给土尾,面子亦还有。土尾自得名以来不知千百十年,亦快快活活未见伤心,更何况它的名字正式登记到官方政区名册中时,还美容一番,叫土美。过土尾往海边方向走,溪边田头尚星散着一干泥丸小村,名字更是草草:东寮、刘厝寮、旧寮、下寮、大寮……一寮而已,听来连巴掌土块都不如。

我不是土尾村人,也不曾在土尾生活过,但幼时与此村颇有缘分。由父母做主,我在土尾认有一个同年(相当于异姓结

加强叔刺舟图

第一章 昨天蜻蜓从溪对面扑扑飞来

拜，多属幼时由两家父母做主指认）弟，叫义弟更好懂些。在我童稚的溪山行旅中，土尾鲜明。成年之后，我又曾天真地介入土尾与盐汀的断桥公案，非唯徒劳，且适得其反。此是后话。

那年我该是十二岁，刚好念完小学，母亲从盐汀村卫生站调回成田公社卫生院，要搬家。那时没有搬家公司，机动车还很少，木船比拖拉机能装，走溪路是首选。找谁帮忙？我母亲姓黄，人称黄医生。黄医生医德很好，救死扶伤。盐汀村卫生站辐射服务前后大小好几个村，四乡六里村民皆朋友。村民朋友中来往最密切的，是土尾村的加强叔一家。有一年，加强叔的妻子对我母亲说，她给儿子算过命，宜认年长者为同年兄，我母亲欣然同意，并按风俗举行了仪式，两家也由朋友升级为番葛（地瓜）藤亲。搬家帮忙，加强叔当仁不让。那年头家当不多，书也寥寥，加强叔把土尾生产队唯一一只九肚木船借来，邻居几个青壮劳力派脚派手，我们一家四口的眠床被席椅凳桌柜锅碗瓢盆，不消个把钟头就全装到船上。

木船在盐汀寨外的溪墘石级边解缆荡开，过盐汀桥，一橹摇去，堪堪到了土尾寨门前大溪面，却不着岸，顺溪欸乃。原来土尾寨后，有一段隐在深树竹荫间的僻静溪道。虽是夏天，却凉快。溪水如碧玉，在吃水颇深的船帮边溅溅流淌，插手刺足便是飞珠迸玉。溪回景换，鸟惊深竹间，偶有鱼跃，得声如敲木。我眼花缭乱，惊奇不已。

木船绕过土尾村，溪面在平野间陡然开阔，隔了田畴村落，有山崎在远远天边。我的兴奋渐渐失去新内容，听着重复桨声，看着波纹流动，不一会儿就倚坐在船帮与家具的空隙中，垂头而睡。醒来时，船已撑入成田公社门前大溪湾，在溪东村的溪埠头靠岸。我的父母在溪东村向朋友借了一座空屋，安下新家。

四　那个空中无识的单丁在高高桥墩上打了一架

那一天，木船上的幼者——我，可以说是心境纯粹的审美者。

搬家是父母操心的事，家什有朴厚村邻帮忙搬，船橹有加强叔他们摇。对我而言，这其实是人生第一次未经谋划而成行的溪山行旅。我，这个在南方滨海平原的乡野上溯溪而行的小男孩，是宛在水中央了。

那时，我已经长大到可以在放假的日子跟着姐姐循公路步行到公社所在的草墟边上溪东村，去舅舅家做客，或上草墟另一头猪仔墟外的家美村叔父阿婆家玩。那时乡村公路从路基到路面都只以沙土筑就，汽车颠过，尾气搅起泥粉微沙，尘头大涨。突突来去的拖拉机，更粗鲁有力地把沙粒从脊凸的路心簸起来，滚向两边，被护路的树根草皮拦住，形成小小堆积。我喜欢擦着路边树根走，这样可以边走边踢沙。我在公路上行走，总是一会儿低头，一会儿抬头。低头看看沙粒飞扬，抬头盯住公路尽头。我很奇怪呀，明明公路两边的树在不远处尖尖收拢起来，并到一块，脚下的路却总是那么宽展，走呀走，都走到镇上了，也总是走不到那个尖尖头。我就这样走一路，玩一路，迷惑一路。有一件事我却是从小就清楚，我们家在盐汀村属外乡人。盐汀村人姓郑，我姓马。至少在上学前，我就知道了。搬离盐汀村对还是小孩的我来说，没有怀恋与悲伤。

没错，我在上学前就跟着父母迁居盐汀村，因为我清楚地记得，上学前，我已在盐汀小学校的大门前出过丑，出了名。

姐姐比我大两岁，她开书（上学）那年，我不是五岁就是六岁。再没有比姐姐上小学让我更羡慕的事了！那时，阿婆到盐汀来帮忙带孙子。有一天，我趁阿婆无备，抄了母亲的一本医学书，像姐姐那样挟起小方凳，吭吭哧哧走到盐汀小学，走上门外大台阶，放下方凳，正中坐好，打开书本，高声朗读："错哩齐啰错，错啰齐哩齐啰错……"

　　盐汀小学的校址，原是乡里的郑氏宗祠，中门开在拱起的石砌大台阶上。门前的大灰埕便成了操场。祠堂向来最讲风水，背田面溪，大灰埕边是临溪的土路。路在灰埕前分出向前一径，通向盐汀桥，去往西寨，桥这边自然是东寨。盐汀桥是一座比较大的石拱桥，该有三四孔桥墩，板车、拖拉机都能过。不过桥，循溪岸往左走，前面说了，可以走上公路。向右走，弯弯曲曲大约半里许，溪分两道，左去依然一派碧水，开阔滂湃，右撇一道，溪面骤然收窄，又有一座小石桥，仅几爿石板架成，溪心竖起两根花岗岩石柱，烧火棍一样夹住石板，将就做了桥墩。两岸土路上桥处，也只用石条简单砌成台级，进村出村的人若骑单车，到此务必下车，小心翼翼推车过桥。桥那边是何乡？土尾是也。那时这石板桥就是土尾与村外连接的唯一孔道。现在想来，不知是否有一头老牛曾从这道窄桥走出过土尾村？如有，骑牛者一定很像老子。

　　回到小小读书郎这儿。暂且让我以第二人称称呼童稚时的我，因为那的确是另一个我。

　　我记得，那个我——他，是在小学早读刚过的时候偷偷从家里跑出来的。学校的体育课一般不会安排在上午第一节，祠堂门前做操场的大灰埕寂无一人，他得以旁若无人升陛开读。

　　他虽接近学龄，尚未启蒙。那时中国农村的乡镇大致未有托儿所幼儿园，父母忙于工作和生计，无暇也不兴提前教他识字。现在，他虽模仿小学生的样子在小板凳上坐得身板笔挺（那时盐汀小学低年级教室没配桌椅，学生上学要自带凳子），天然之身却在无上菩提，如《心经》所言，空中无识，心无挂碍，无颠倒梦想恐怖。他打开书，而眼睛直视面前大溪，他发出波光粼粼的协韵吟诵，正是溪水之上雀跃的朝阳：

错哩齐啰错

错啰齐哩齐啰错

齐哩错啰错，齐啰错哩齐啰错……

　　下课铃一响，他身边呼啦一下围满了人，但他浑然不觉不畏，继续在众人的惊笑中铿锵诵读。有人说，哈是鉈儿的弟弟！有人嚷嚷：书倒拿了，拿倒哩。话音没落，人群中早闪出叫鉈儿的小女孩，一手牵了弟弟，一手挟起小板凳，慌慌张张夺路而逃，而阿婆也正好寻来。后来大家说起这事都要大笑一番，姐姐和阿婆就重复几遍他那不知所从来的神奇书声。

　　现在回魂，继续说我。

　　搬家那年，我家赁居在盐汀村东寨寨内一座"下山虎"（潮汕民居一种样式），大路从寨门前过，路外大溪流，砌着石级的溪埠头如寨门的承陛。一应家具杂物从溪埠头搬下土尾村的九肚船，装妥，解缆，前竿刺岸，后橹涡溪，木船就波面打个半弧，船头便正贴溪心，直往盐汀桥摇去。站在船头的我，不，他，马上听到"错哩齐啰错"的天书之声，想起多年前自家的丑事。

　　不过，书声很快逝息，因为渐渐迫近的拱桥让我陡然振奋——

　　桥墩！远远地，我的目光就咬住盐汀桥靠小学这一侧第二个桥墩！

　　当船从桥洞下通过时，我站着目测桥墩的高度，离头顶还有两三个人高哩！这盐汀桥的桥墩比桥面还粗大，有半个石磨一样大的台面出露在双侧桥栏外。翻过桥栏，往下探半脚，人就实实站到桥墩面上。两个人站上去，也可稍作腾挪，但毫无保护，若踩空，就直直掉下几米之下的溪心。且不说

那个空中无识的单丁在高高桥墩上打了一架

一下子沉到溪底会不会遇上漩涡或者水鬼,甚或自己晕了方向浮不上来,想想入水一刻,若胸口直砸水皮,八成会受内伤。小学三年级时,有一天,我不知从哪里来的胆量,居然在这上面和高年级一个经常欺负我的大个子坏蛋约架。两人小心过了几招,那家伙先自害怕,翻出桥栏跑掉。我的母亲虽是医生,深受村民尊重,但我家毕竟是外乡人,而且因为母亲超前自觉,早早响应政府的计划生育号召,生下我们姐弟俩就主动结扎。在重男轻女且兄弟姐妹动辄五六人的潮汕乡下,一个男蛋只要没兄弟,即使上有八姐下九妹,也被视为单丁弱户,势孤力微,不免经常被人欺负,何况我不是本乡人。如是,我这样一个外乡单丁,在那一年的高高桥墩上背水一架，打出恶气，赢回些威风。船从桥下经过时，我仰头看桥墩，脖子如螺纹转到极限，自豪又后怕。

五　昨天蜻蜓从溪对面扑扑飞来

说到盐汀村有哪个小伙伴让我到成年之后还能偶尔想起？亦无他，甜丸与甜粿。

即使未曾经历青梅竹马，谁的童稚记忆能全没一分情色暧昧，半截异样菲林？不如此，何以由混沌而开窍，完成心智性情的自度度人？"花枝草蔓眼中开，小白长红越女腮。"天下春光原无限，处处曾经"袅晴丝吹来闲庭院"，可谁恰见越女腮长红一刹那？我想过，若我自编故园溪书，扉页当画半墙浸透月光的白贼公，半窗荧荧摇动的乌佬仔。正文打头，便该金银花开满了盐汀溪畔闲庭院。三个孩子正在花棚之下嬉耍：女娃甜丸和甜粿，男蛋者，我也。小甜甜姐妹穿着碎花小衫，我自然是背心，三个小孩儿该都穿着或土红或靛蓝的土布裤衩，潮汕话叫裤头、裤截、裤橛。

潮汕村寨，旧时大都建有寨墙。久远可以追溯到明清，先为抗击倭寇盗匪，后成宗族自保乃至乡里械斗的攻防屏障。历劫未毁者，遂沧桑成风景与标记。寨墙内多是有年头的老屋，随着人丁兴旺，寨外慢慢起新厝（建新房），延展出聚居区域，通常称为寨外或新寨。我儿时，计划生育尚未厉行，民工潮更在其后，中国乡村还处在与人口增长同步的慢慢膨胀中，尤其在多子多福观念根深蒂固的潮汕。番客（客居南洋的中国人）的侨批（华侨汇回家乡的银票）一张张飞回唐山，白墙新瓦在夯土筑墙的号子声中座座立起，村落炊烟年年漫衍开去，不像现在，村寨半空，闲田遍地。

前面说了，盐汀桥横跨大溪水，如一支扁担挑起鲜盐两筐，烟火五色。祠堂也即小学校这一侧是东寨，寨门开处，抱水临溪。村道沿溪行，来到寨门外分出两丫，一丫入寨，一丫继续前伸，穿过田野，去往公路。寨外路边亦已长出一排新厝，第一座就是甜丸家那七八成新的"下山虎"。

"下山虎"是潮汕传统民居最常见的样式，一般的格局，进门正中是天井，过天井上中厅，两侧是房，每列三间，天井边上的耳房较小，叫厝手，大厅两侧是内间主房。在厝手与主房中，夹着一爿"八尺"，最小，通常向屋外开一小侧门，兼过道之用。"下山虎"的哥叫"四点金"，在下山虎天井的另一侧扩出一厅两主房，前后两厅中夹天井，气派当然大了不少。四点金，即取宅子四角各有一个主房之意。再往上，豪宅级别的大座厝叫"驷马拖车"，后面再讲。

回到盐汀东寨外。

甜丸家的下山虎傍溪而建。天气很好阳光亮蓝的日子，明动溪色在屋子一侧那半灰半白的高高骑马墙上荡漾。门前一道矮围墙，对路抱出个小院子，院门前坐一小方红毛灰埕，略显肉感干净。"红毛"一词，《明史》屡现，初时特指侵占台湾的外国人，如《南居益传》"红毛夷者，海外杂种，绀眼，赤须发……"，语气甚为轻蔑。后来吃亏多了，才慢慢知道这种红毛不同于唐朝的昆仑奴、西汉的烧当羌，洋枪洋炮厉害，而且不止佛郎机一种。再后来就和番仔、番人、洋人基本一个意思了。潮汕俗语则自行发展出一个红毛、番仔的名物系列，用以指称自清末民初陆续舶来的新式洋货，如水泥旧称红毛灰（至今仍有洋灰的称呼），肥皂旧称番仔蜡，等等。

潮汕地少人多，自来以精耕细作出名。乡村风物悠长，每得照花临水于坎坎伐檀之中，溪畔河墘多架竹为棚，种顷长轻盈的喜水蔬果，如秋瓜、吊瓜之类。人家院落则喜在天井或大门对面的照壁、围墙一角,培土砌台,杂种花草瓜蔬,常见冬瓜、南瓜、葫芦瓜与金银花、夜来香等连根同棚,共生互援。棚上花繁瓜密,重云裹轻雷。棚下凝阴不动,卧狗走猫,鸡同鸭讲。长到茂盛,院墙上绿色蔓蔓,蒙络摇缀。甜丸姐妹家的院子,正是这番光景。

　　甜丸大我两岁,刚上小学三年级。甜粿小我一岁,未开书。我家赁居寨内,她们家在寨外,就隔着个寨门。我常上她们家玩耍。

　　多年以后,偶尔,静寂入冥中,我天眼自开,重回溪畔。我看到甜丸家门前庭院墙边开疯了的一棚金银花。我合体于那个小男蛋。小男蛋正沿碗口粗的虬藤往上攀,头探出棚顶,为棚下两个女娃采摘金银花。这清溪边农家院落的金银鸳鸯时光,早折叠出厚绿地,做了多年后江南雨巷女子老藤箧压箱底一件香云纱肚兜儿。一点一点鹅黄、一簇一簇浮雪,从头顶倒扣下来,晃晃荡荡。风浸开枝叶花粉,是苦香腥甜的阴软温凉,摩颊荡额,撩鼻撄唇。金银花棚上空咸硬的日碱,把不住满棚翠蔓撩拨,也软细了腰,扑簌着指尖,猫过花罅叶隙,碰磕出大大小小金黄松酥的铜箔,应和着捻枝飘蕊之声丁当直响。棚荫下,甜丸、甜粿在咋呼,欢跃,抢夺,嬉闹。

　　"换人啦换人啰!"捻枝折蕊好一会儿,小男蛋有点累,也觉腻,他跳下来,对甜丸说:"换人了,换你上去。"想想又补一句:"我看见棚上好几只金龟呢,蜻蜓飞来飞去,绿头红翅膀的那种,昨天我看着蜻蜓从溪对面扑扑飞来。"甜丸爱玩金龟子蜻蜓,他知道。

　　这一说果然奏效,甜丸兴头大起,连带勇气。甜丸抹抹小刘海,爬上小土台,一手搭住碗口粗的金银花主藤,说:"托一把我。"

　　小男蛋乐得体验这样一个新角色,屁颠屁颠地照做。其实

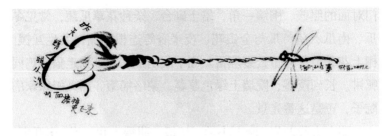
昨天蜻蜓从溪对面扑扑飞来

棚不算高,没人托,甜丸也能上去。

现在,小男蛋手托甜丸,仰头向上。他意外地看到甜丸短短花布衫内雪白的身体,浅浅而匀称的肚脐,再上去是似乎微微鼓起的胸脯。像金龟子毛拉的后肢划过掌心,一种柔柔的、痒痒的东西忽然涌出。

溪上,悬浮不动的红蜻蜓倏然一抖,尖尖的坠尾划过水皮。水声大作,酥麻神秘。

第二章　大溪地·悬浮记

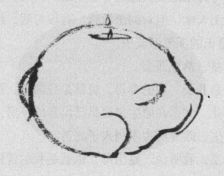

一　我跳上盐汀桥墩，是第一次神示

悬，浮，汉语常见字，近义，千百年来且自悬自浮，空游无所依。近年因为中国高铁发展迅速，悬浮并轨，蹿红成一个代表关键技术与高速运动状态的专业术语，出意表，得天机。

我不具理工天赋，但对词语敏感。有段时间，这个词经常"悬浮"在我意识的深溪潜流中。

某日，豁然，落地而去。

我的父亲是养子。他的养母，也就是我阿婆，在抱养他之后，始亲诞一儿。父亲在原生家庭是已出养的一房，在阿婆这边毕竟不是亲生，颇有两边不当人子之苦。

母亲这一系，我听说，她祖母，也就是我的曾外祖母，出身武术世家，早寡，于清末民初某个饥馑之年从邻县普宁流沙镇携孤儿流迁来此，定居于溪东村。母亲之父，我的外公，出身学徒伙计，天资过人，精勤力学，白手起家创办实业，大获成功，不仅在本镇开办集兴行商号，更将生意拓展到汕头、揭阳，在"小公园"（汕头老市区标志性建筑）边上的安平路打索街购置洋楼一幢开设布行，在揭阳的罗斯福巷办工厂造万字夹。抗日战争前，他已是地方知名士绅。抗战开始，外公的生意受战争影响陡转直下,勉强支撑过1949年,又碰上公私合营,商号归公,本人抑郁成疾,英年早逝。母亲在上世纪五十年代考上广西医科大学,实属凤毛麟角,女中之英,但原生家庭重男轻女,颇受歧视;她的兄弟即我的几位舅父,分家之后也一直斗多于和。我听父母亲闲聊或者争吵,时常说及这方面的往账近事。因为怨怒家姑偏袒亲生的小叔,妈妈对阿婆虽尽礼数,感情上未免戒隔一些;只会愤世嫉俗的父亲,则习惯于对舅舅们及子侄辈的行为做派表示不齿。我——现在不好意思用"他"来代入——过早切见亲情孝悌所包藏的虚伪市侩、被动无奈乃至丑陋可憎,而父母教育方式又粗暴啰唆,久之未免疏薄天伦,不耐说教,十分叛逆。

我父母都是唯物主义无神论者,响应政府号召,不在家里设天地、祖宗、灶爷、财神、五谷母之类的神位供桌。除非大年节跟着参加家族组织的祭祖敬神活动,我自小不用学习、理会这方面的繁缛仪轨,长大了对游神祭祖时年八节之类的乡间习俗与热闹也不感兴趣。那时全中国"破四旧",废祠拆庙,很长一段时期厉禁封建迷信,直至我上初中,似乎还三天两头听说谁谁因为"偷拍锡箔"(制造纸钱的必用材料)被揭发,抓捕批斗,安个投机倒把罪,严重的可以判上几年。除了五月节(端午)赛龙舟这一类因屈原沾上爱国进步调子的体育竞技类活动仍被允许,游神赛会和亲睦族,曾在1949年以后长达数十年时间的中国乡村社会被否定厉禁。

父亲当教师,母亲是医生,那时都叫国家干部,是正牌的双职工,子女自然属居民户口。居民,按官方的定义是与农业人口相区别的城镇人口,有定额口粮,每月可以凭粮票到公社粮管所籴米。一斤米一角四分二厘,外加一斤粮票,单有钱是买不了米的。改革开放前,米是国家专营,农民在收冬(收割季节)后上缴公粮,但手中没粮票,每到冬尾青黄不接,只能到墟市粜粟籴米私相交易。在吃饱肚子仍是天下头等大事的年代，居民户口是不至挨饿的保证，听起来叫人羡慕。但对那个年代在农村生活的居民家庭的孩子而言，具体说，对我而言，这种身份却潜藏着属于那特定时代的一个结构性矛盾。

旧中国的乡村，当然也有为政权服务的群体，主要包括有功名的士绅和胥吏，但一般来说这批人多出自地方强宗大族，或在考取功名后使家族上升为强宗大族。这个群体在乡村治理中发挥切实的作用，与农村的政治经济生活息息相关，水乳交融，未至疏离。

改革开放后，乡村迅速城镇化，同时农民大量进城，流动性比城市居民更大。传统乡村则日渐衰败。居民、农民二元化被打破，差异性基本消失，居民户口不再成为社会符号与身份标志，相应的隔膜消解于无形。

我这一类人，即大约在上世纪五十到七十年代出生并在中国乡村成长的居民子女，恰恰是夹在两个时代之间的一个特殊类型，可以说是社会和经济制度新旧交替阶段的特殊产物。

如是，我在潮汕乡村出生、长大，但父母的出身、教育、职业和信仰，使我从未真正进入传统的乡村社会。我自小百无禁忌，厌鄙装神弄鬼自学成佛，对俗世人事难生敬畏，不慎小于破立，而也疏略戒惧持守。另一方面，生在农村的我非农非渔，渔樵耕读，四虚其三。若以悬浮来譬喻这种尴尬或疏离，简直是双重悬浮。

我惊觉，我乃"悬浮"成长者。

双职工在农村工作，孩子作为居民户口在农村长大，这种身份，那时多了去，看似平常。我活了大半辈子，以前也从未觉出异样。一直要到如今五十出头，人生历练粗足，荷尔蒙也减弱到不兴瞎折腾，坐下来细细反刍自己四十岁前在

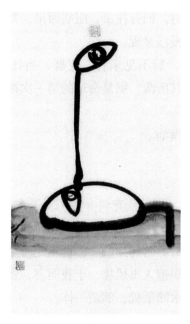

悬浮的圆光

故乡潮汕成长生活的往事,检讨四十岁后离开潮汕去往江南、巴蜀、江汉、京畿诸地的经历,才在恍若有亡中恍然有悟。

进而思之,悬浮之物,未得其道,则缓慢、晃悠;一旦上轨,如悬浮列车,亦瞬时电激雷奔。而有时轨短路长,轨不配悬,未免中道颠踬,甚至自失前蹄,脱轨转圈,也属命数。但既悬浮,则无论何时何地皆相对超脱,易保自性,一点菩提,不至翻覆沦灭,亦是命中应得的福佑。具体到我本人,我认为,我在成长过程中与生活环境一直存在本质上的区隔疏离,所幸那时的潮汕是天赐悬浮者的大溪地。就这样,我成为一个被如此塑造的我:偏执而软弱,薄情地审美,善思但飘忽,敢行却易颠,等等。总之,直至我将入衰年,阅历与学力给予我反省检讨的足够心智时，回首往事，咀嚼因果，我的命运轨迹，那悬浮的圆光，才慢慢显现。

前不见古人，后不见来者。我哪，当日我主动跳上盐汀桥桥墩，岂非得其所哉？那是命运的第一次神示：悬浮者得大溪地！

大溪地，在潮汕。

二　春雨流注时的玻璃物像

那时溪流田野、竹树果蔬、禽畜虫蛇乃至村邻亲友，概言之，自小至大，周遭人事风物，于我而言，多如春雨流注时的玻璃物像，非能水滴纸棉，洇渍一体。

潮汕属亚热带海洋气候，海岸线绵长，与北回归线相交，多雨。雨滴或其他方式的缓慢流水，会让玻璃上的物像模糊变形，所以我想到"春雨流注时的玻璃物像"。再思不妥：那个年代，玻璃其实很少为乡村的日常生活提供新奇映像。旧说"潮汕厝，皇宫起"，潮汕老厝如"四点金""下山虎"之类，颇如人们熟悉的徽州民居，而气派、精致往往过之。"驷马拖车"乃四座"四点金"占住四方，簇拥家祠与广埕，简直就是似海侯门。潮汕老厝一例的外墙高耸，人字硬山顶，窗户开得高，只允透光，无关眺望。关窗甚至要用棍子，天窗开在人字形屋顶一侧斜脊上，所见不外青天白月，猫鸟鼠雀。大门两重：外一重为栏门，在与人的视线大致平行的地方对称开两方窗，加护条或栏板，用于瞭望问讯；里一重为鋀门，实木大料，厚重密实，防盗护院，刀斧难开。那时老百姓最拉风的交通工具是自行车，摩托车几乎要到我读大学才渐渐多见。不过，成田公社草墟边上的国营车站，已经有往返县城、汕头的固定班

厝临钱水点点滴

车每天进出。上城坐汽车，车窗玻璃勉强可以给人一些粗糙朴素的直接经验。

好在天地之间、日常之中自有天然映像，天生的玻璃，那是急雨疏星，青檐白石，秋溪春塘，沙净水清。

那时乡村有青瓦高檐，有铺着青石板的天井，有铁箍木桶，大肚水缸。檐前承雨的一道，也是天井与门楼和厅前廊间的交接线，俗称"厝临钱（墘）"，常凿有浅浅一道走水槽。夏天骤雨说来就来，雨脚如注，直砸青石，天井飞珠溅玉，水雾四起，中如屠牛走箭，久视意骇。雨歇，石板微凹处有水薄积，反光可鉴。偶尔特大暴雨或连雨不晴，也可导致排水不畅。积水会让天井短暂澄澈成镜，晃起日花，照见天光云影，这对孩子来说更是乐事。潮汕还有一句俗语，叫"厝临钱水点点滴"，意思是没有一根雨线会殚残在斜瓦危檐之上，是水终将落地。喻指恩怨分明自在人心，果报到头分毫不差。单以物理论，斯乃真相铁律。云凝致雨，云是悬浮的水，但总有雨线如高铁轻轨，让云速疾落地。

这句如此精确决绝的话，自是不懈观察的结果。当初肯定有人——我想多半是小孩，专注地持续观察积雨从屋檐不断滴沥而下。积雨渐残，肯定越滴越慢，设想一杯坳堂积雨在上一滴水落下之后，许久无续，已渐渐静止成镜，"啪嗒"一声又为新珠飘破，如此一阵摇荡，镜重圆，圆复破，往复以至瓦爽檐干。此不失为小小镜花水月，极微娑婆世界，可以让敏感好奇的孩子盯上半天，或让正好遭事欲叹的大人片刻发呆。

那时潮汕农村，家家屋檐之下还有更静稳的镜子——食缸，就是盛食水（饮用水）的大肚陶缸。清溪处处，家家挑水，溪水挑来直接倒入阔口大缸，可食可用。水缸多置于进门廊厅临近天井处，拿开木盖趴上去，缸中止水照人如镜，而又摇漾即散，正是小孩子最喜欢干的事。那时有谁不曾临水照花？

三　清清溪水，我的无界乡园

大悬浮，在清溪。

那年，我母亲调回成田公社卫生院，我们从盐汀村搬回镇上，借屋溪东村，安下新家。

溪两岸是生命之树。与盐汀、土尾等潮汕平原的大多数村落一样，溪东傍溪而建。溪自盐汀、深沟村方向的平野上来，到村外分两道，像一对酒徒随便摆开的青玉筷。两筷之间一爿屋舍人烟是老寨，也称寨内，黧黑的寨门还在，寨墙已基本倾圮毁拆。与老寨隔着一筷窄溪，靠公路方向，是新村，叫寨外。新村也不新，且大有来头，靠后再叙。两道小溪，流过连接寨内寨外的小桥又聚首，潆汇出一湾深深大溪，状如碧玉肚兜。溪湾起始处，是溪东村村头的一个大祠堂，之前说过，那时做了公社衙门。走过公社就算出村，傍溪湾一片旷埕，有两三个足球场大小，是四乡六里赶集的地方，俗称草墟。草墟一头连着去往汕头和潮阳县城的公路，边上有小车站，另一头通往镇上铺街，供销社、电影院什么的，都往那头去。

虽说大溪湾三分之二以上溪岸属本镇公共地域，日常生活中，最亲近这一湾大溪的仍是溪东村的居人。搁在寨内外侧的那支青玉筷子——那道小溪，又另当别论。以与寨门正对的溪埠石级头为中线，往左侧，不过十来米，石砌的溪岸就打住，近直角往回拐，带着小溪远去，对岸即属家美乡地界，难免疏隔。况兼拐弯处又有一带竹林，林下溪边常常扔着几件衣服、一两副碗筷，甚至是席子破柜，使那一带鬼气森森，平添陌生恐怖。潮汕有个风俗，据说是从潮州凤凰山上畲族人流传下来的，老人寿终后，孝子得到溪边买水给逝者洗身，同时把遗物弃置于水边竹林下。这种地方，人称"竹脚"。因这两个原因，溪东村的大人小孩不管是游泳洗澡还是摸螺掠鱼，都不上这边来，生产队的船也不走此道。

　　那时潮汕乡村的溪河水源虽尚未受污染，水皆清澈，可泳可饮，但也并非所有溪段都能成为人们游泳洗澡的热闹去处。像"竹脚"、两村界溪、溪面特别开阔、溪底太深或地形复杂多漩涡杂物处，自然人迹罕至。反之，溪水流经之处若有村庄，亦说明这一溪段的两岸更适宜人居，必有埠头石级，可供浣衣挑水，靠船运物，落溪嬉泳。潮汕属亚热带，春末或深秋溪水都和暖，村妇喜成群结伴到铺设有石级的溪埠头浣衣洗菜、淘米挑水，她们的男人孩子、小叔大伯乃至老相好，每每正好在声闻所及的溪面游水摸螺，或牵网打鱼、装货拉肥，如此就以溪埠石级为中心，形成一个乡村的"溪墘社会"，日日如是，年年如是，甚至世代如是。村前溪水永远是一幅流动的绢素，剪割不断，但洗之不脏，裁之不减。人们不用也懒得去探究这清清溪流从哪里流来，又流向何处。有些村民特别是农妇，甚至一辈子不曾离村出县，清溪一道，对她而言就是一生的海。虽然俗称"三年一代"的水鬼或者传说中蛰伏溪底的水猴每年都会夺走几条溪中泳者的生命，台风或暴雨偶尔引致溪水泛滥，但如此天灾人祸都被溪居之民自然理解为村庄向天地鬼神缴纳的常贡口赋，以换取更多子民的安宁幸福，理所当然。即使哪家小孩在初学泅水时不幸溺亡，父母在悲伤之余，也不会因此禁止他的兄弟姐妹照常落溪嬉游。

　　那时清清溪水，正是我的无界乡园，无边学堂。溪水如漫散的轨道、柔韧的羊水，为我这样一个非农非渔的居民子弟在乡村的悬浮成长，另辟融通之途，提供不言天机。

　　清溪任我泅，溪中人没有身份的差异或角色的区隔，我可以在溪中结交同伴，一起嬉玩，通过游戏学习合作与竞赛；在五月节一声声的龙舟鼓点中，我们任意攀上临时充任龙舟的木船船帮，挥桨击水；我一个人恣意抓鱼摸螺，体验简单的渔猎采集；我心嫌竹脚，也曾遭逢水蛇，忌抽筋，怕呛溺，晓习禁忌、界限与自保；有时放身中流，仰浮于水，脸与波齐，让大地的归大地，眼中只有白云苍狗或者满天繁星载沉载浮。正因此，多年以后客居杭州的我，比杭州人更懂西湖，更知道如何享受江南的月夜，在苏堤与湖心亭之间，让生命悬浮……

悬浮虽乐，总与疏隔同在。我不需田头劳作，不熟农活，也就不会有挥汗如雨之后落溪一涤的急切舒畅，不需帮大人干把人畜粪便从溪畔厕缸掏出送下水泥船船肚以运到村外田头的脏活；我父亲只知在田字格上不厌其烦地纠正学生的错别字，从不关心如何摸鱼掠虾，我也就不可能有关于烟雨蓑衣、打鱼起网的直接经验。我虽自小常食莲闹（莲藕），而竟未察觉那时潮汕乡野少有成片莲池，莲闹多见缝插针栽种于田间垄头一个个由雨水自然流注潴汇成的叫"窟"的水坑；村中同龄的"虐仔"（指非常调皮的孩子）经常聚众"柊窟"，即把窟中的积水弄浑舀干而把野生小鱼一举掠尽的一种乐事，还有一帮跳脱不羁的溪东群童每天放学后常聚到寨内后头叫"埠仔"的地方，与集结在隔溪家美乡家三村"庵埕"上的另一群顽童展开瓦石大战，如此活色生香的一干好事，我竟要到几十年后与当年同学聊天才偶然闻知！作为一个成长于六七十年代潮汕乡村的居民子弟，我的乡村生活经验如此疏隔，非悬浮而何？

清溪悬浮，是个感性形象的说法。现在我认识到，因为这种特殊的身份，我也得到与众不同的生活体验与成长环境。我的童年生活一开始就没有被固定在一镇一村、一巷一厝，我妈大学毕业后分配回本县主要渔港海门公社卫生院，并在那儿生

临水照花

溪东埠仔大战家美庵埕

下我，因此我有个乳名叫"海鹰"。我自幼就随工作单位频繁调动的父母多有迁徙，早早听海循溪，越田度野，多历村庄，阅人事。也许由此，我自小习惯追问与探寻，耽美于遐想。当我踢着沙粒行走在土公路上时，当我扎好水布走上泊在大溪边的木船船头准备一跃入水时，当我缓慢惬意地"浮脚行"于溪心清波时，总会浮涌起强烈好奇：公路尖尖为什么明明看到却总也走不到？溪水流向何方？童年的溪山行旅，也早早萌发了我关于山川风物的远方想象⋯⋯多年后，当我与儿时伙伴偶然聊天中第一次得知老家莲窟与别处不同的栽种之处与"柊窟""瓦石大战"等当年乐事时，我竟未免怅然若失。我甚至会像小孩子那样在心里悻悻然发出狠话：好吧，埠仔是你们的，庵埕是你们的，莲窟是你们的；大溪是我的，也是你们的，归根到底也算你们的。但潮汕本是大溪地，所在皆溪，我有悬浮的本事，我能自寻清溪，我有我的溪：双溪，美与艺术之溪，灵肉性情之溪。月夜清好，流月满村，人们啊，你们都吹灯关门，早早安睡，我自悬浮于我的天溪，我自有顺流上天的菱形月亮。

四 众溪喧哗，溪东溪西

溪东村藏龙卧虎，大有来头。寨外新村，由清末民国年间曾在上海垄断烟土贸易或经营布匹钱庄等生意发了大财的数个陈姓宗族回乡统一修建，规划齐整，高屋广宇，一式"四点金""下山虎"，间有数座"驷马拖车"，巷道纵横条畅，基本硬底化，祠堂、晒谷埕错综其间，排污排水系统无疑达到那时中国乡村最好的水平。潮汕商人垄断烟土贸易，当初是由清朝政府公开批准的。大概的因由，是鸦片战争前后，自汕头南澳海口直抵上海的鸦片走私线路早已被潮汕商人开辟出来。后来潮商在支持清廷镇压太平天国中出力甚多，而清廷出于财政税收的考虑，也想将鸦片走私合法化，就干脆把这个特权给了潮汕商人。这批潮商以潮阳人为主，其中又以溪东陈姓大佬为主。杜月笙发迹前，为做烟土生意，常伴当时的上海滩大亨陈玉亭左右，并曾随陈玉亭回广东乡下省亲扫墓。这个广东乡下，正是溪东小小一村。

　　我家搬进溪东村后，借居寨外新村一座"下山虎"。屋主与我父母是世交，姓陈，人很儒雅，是泰国著名侨领、曾任泰国银行公会主席郑午楼家族的姻亲，本人在汕头市当银行职员。除时年八节带家人回村祭祖拜神，宅子常年空置。潮汕人奉信"人是厝撑"，即居人让房屋保持生气，若长期闭锁，易蛀速朽。潮汕社会向来又极重人情，存古风，那时谁家有闲房空屋，房主往往乐意借给亲属朋友居住，不提租金或象征性收一点，借住者则自觉在逢年过节送礼谢人情。我家客居盐汀村那些年，因为母亲行医广积功德，总有村民主动借出宽敞大屋，正应了"无厝住阔屋"的俗谚。我外公自幼随母占籍溪东村，经商发家后置宅寨外，临终前分家，宅子分给公私合营后照顾安排进公社供销合作社的四舅父。赁居溪东村后，我家与四舅家只隔两条巷。

　　出溪东村，循溪湾走过草墟，越一桥，复有集市，名猪仔墟。靠着猪仔墟的那一头，折扇般打开家一、家二、家三三个自然村，都姓马，据说是同一始祖分出的三房，总名家美乡。家美在近世没像溪东村那样集中出产富商大贾，村容村貌自然比较土鳖，房屋大小错落，参差不齐，村道也长签短钮（长短不一的样子）不齐整。我父亲的养父是家二村人，早逝，家道中落，后靠香港的姨母和泰国的老舅寄钱回来帮衬，修葺增建两间平房。分家时由于叔父在家作田（务农），用潮汕俗语的说法，叫"无本事"，父亲遵从阿婆的意愿，把祖屋让给叔父

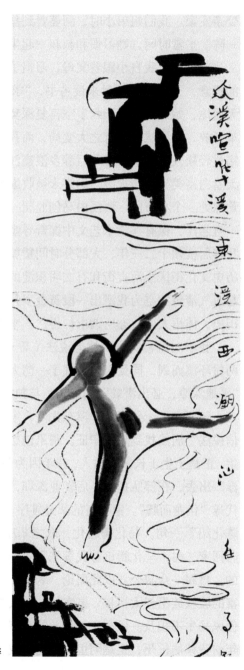

众溪喧哗

娶亲安家。我们姐弟小时,阿婆曾到盐汀村帮忙带孙子,住了一阵。平常时间,她习惯和叔叔一起生活。

就这样,我自小跟着父母,习惯了迁徙与借居,置业买屋的概念,天生淡薄。后来读古书,"求田问舍,原无大志;掀天揭地,始是英雄"十六字空言复深契我心。日后欣逢中国改革开放,所谓从古未有之大变局,而我竟毫无炒房概念,一路错过轻松发财之机。中年后辞乡浪迹江南,更因无房不入人间天堂白富美界金睛火眼,始终未被收编,没机会蜕化为柳浪闻莺深处一个小市民、西溪白马创业园一名好老板。而我亦得以一直悬浮,保有在学术艺文中探奇寻幽、"掀风作浪"的素志。我客居杭州十二三年,大部分时间赁屋独居于京杭大运河边上历史文化街区小河直街和有文明积淀的良渚文化村,前朝水声与玉气清辉凭空为我凿出一段黄金岁月,于中养气读书,扪摩历史,体悟人生,亦所谓求仁得仁,幸莫大焉。

我小时就常听家乡故老说法(聊天,闲侃):家美、溪东两村环溪而列,同受天地灵气于一湾大溪,应了风水堪舆术中"平地深潭,必出潜蛟"的说法,与独峰秀出,是同样的天机。三十年河东三十年河西,溪东先发,家美后至,如今这个"迷信说法"居然找到超强印证。腾讯创始人马化腾之父马陈述先生,正是土生土长家二村人,昔年因为当兵的机缘,从原乡"悬浮"出去,在部队提干,后转业深圳,实现阶层的跨越,下一代遂"化龙而腾"。家二村的辈分排序,如今正好主要来到"创陈化绍"一句。马化腾之化,取之辈序,他父亲则与我同辈。若回家二村,马化腾该尊我等陈字头者族叔,我爸那批创字头的,自属一众叔公。以此而论,老家街头村尾遍地都是中国首富的族叔族祖叔太祖叔。事实是,本人与这位杰出而幸运的世侄风马牛不相及。风马牛不相及的事聊什么?说来好笑,十五年前我移居杭州,正是阿里巴巴高速成长的黄金期,到后来满

平地深潭出企鹅

城阿里系，酒吧里、餐桌上，冷不丁就闪出个有原始股的IT精英。一城牛人本是好事，偶尔碰上个把一脸高冷狂傲的超人，开口闭口阿里系、马爸爸，把老子惹厌，偶尔透个口风：马叔公在此。倒也常常产生肃静回避或宾至如归的喜剧效应。

　　前面说及，在一个世纪前自海岸溯溪进入潮汕的欧洲传教士眼中，潮汕也许神秘陌生如亚马孙河流域，不过大溪小溪换下热带雨林。他们大概无暇细究，何以这喧哗众溪无一例外地从中华帝国的深陆蜿蜒向海。历史上不断从福建进入潮汕的移民，多数来自中原，尤其是自西周至魏晋就一直是华夏族活动中心的河洛一带。潮汕省尾国角的特殊位置与三面环山的地理环境，不便于与内地交通，在改朝换代的乱世则可有效阻缓北来兵火。潮汕因此积淀、保存着丰厚浓郁的中原文化元素。早在西方列强到来之前，这片众溪喧哗的滨海之地早已是深深浸淫着正统观念与儒家文化的"海滨邹鲁"，民间藏龙卧虎，高士遍地。曾长期为州府治所的潮州、后来因为港口优势而崛起的汕头等通都大邑人才荟萃自不必说，更有一批宽乡名村像繁星、如莲窟，星罗棋布在潮汕乡野。这些乡村多有强宗名族为其核心，或功名高中，名宦辈出，诗礼传家，钟鸣鼎食，积累了丰厚的传统文化资源；或经商大成，村人宗族南下南洋，北上沪浙，累世积代拓建出跨地跨国的经济网络与交流渠道。凡此种种，川流不息，浅者为窟，深者成潭，汇成一条条无形的精神溪流，一处处草木滋荣的大溪美地。

在我小时，潮阳尚未纳入汕头市区，属于汕头行署辖县，据称是中国人口密度最大的一个县。潮阳地面，以大南山北麓近海这一带的成田、沙陇二镇而论，溪东虽区区小村，若细编清末民国村史，信可作半部上海贸易史、大亨传乃至文化记来读。周边村庄，同样名人辈出，如我童年生活过的盐汀村，即是影视名人郑正秋、郑少秋以及侨领、金融实业家郑午楼、郑铁如等的故里；沙陇另有一番荣光，从明代进士、清代翰林到民初的留学生、实业家、教育家，沙陇镇的兴陇、东坡、溪西等乡，曾是潮汕地面红顶势力与正统文化影响最强的地方，民间至今仍有"日出沙陇郑，日落钱家寨"的说法。钱家寨在揭西县，深入潮汕腹地，已属半山区，地势险要，民风彪悍，曾为盗匪之薮，官兵无如之何，因此与沙陇分别代表红黑两道。至如溪东村，则相当于黄道标杆，有更多海派与近现代的气息。可以说，那时的潮汕乡村处处潜藏着隐士高人，像溪东这样旧日曾与十里洋场声气相接的村落，更是恣肆澎湃的大溪地！就在溪东村，我出门得溪，在心智性灵的启蒙阶段不断得天机，遇贵人。那是我精神技艺的悠久学堂、性灵情味的隔水毡乡。

五　我的命格，马爸爸的朋友圈

"这个命局，叫四相一贵格。不过，命宫多金，缺木，如金银满筐扁担细，大器晚成。"

"一生虽有起落，也不算真吃大苦。狮目近视，逢凶化吉；菱角嘴，食四方。"

"桃花临水，逢漂则去。中年不慎，则身下之卿，如过江之鲫，恐破家累身。"

"让我再看看——再有，得运虽晚，但命格显示，早年涉溪，数遇贵人。"

辈分小我一辈年龄却是父辈的算命先生马化周老师把我爸爸报出的我的生辰八字写在纸上，起了四柱，研究半天，边划边说。

"十八九岁后怎么样呢？"那时我已上初三，严重偏科，成绩很糟，父母严重焦虑我以后能否考上大学，抓住这个关键时期问。

"此命宜技艺发展，政界勿问；十九到二十四岁名利双辉。"

父母面露喜色，放松神经，擒起滚烫的工夫茶朱泥冲罐，一番关公巡城韩信点兵，招呼大家："食茶，食茶。"——潮汕人称茶叶为茶米，喝茶作食茶。

化周老师是家三村人，原为民办教师，后来不知何因双眼坏掉，近于全盲，改行算命。化周老师平时戴着墨镜，潮汕人称"乌遮目镜"。

乌遮目镜那时还很少见，可算神明发放给盲者的算命卜卦营业执照。化周老师出身教书匠，比一般走江湖的算命仔有文化，更会聊，声名在外，生意不错。常有回乡省亲的番客请他批命书，还曾被请到香港、泰国去给大头家（老板，富商）算命。有段时间，化周老师和继峻先生一样常上我家食茶。那天，父母专门请他给我算命。潮汕乡下，老辈人有讲究，命不能经常算，算一次是泄漏一次天机，多算折损福气。

我听得半懂不懂，也不太当回事。因为那时常来我家聊大天的不止化周老师一个算命先生，经常聊着聊着就算起命来，有时干脆带客户过来现场开工，附带蹭个工夫茶。算来大凡吉多凶少，富贵可期，我听多了自然难以相信，左耳进，右耳漏。就说化周老师给我算的这命，未来事难验，先按下不表。早年涉溪，贵人若干，是谁，怎么对不上号？涉溪是何鬼？也算好运？没听过。难不成家住溪东，就涉了？

惊回首，还真是。

我父母要求孩子严格执行前电力照明时代的乡村作息时间。他们不会也不可能看到菱形月亮。在他们看来，很久以前的那一夜不外是小孩成长过程中越来越严重的淘气调皮抵制叛逆中寻常的一次，当时或稍觉奇怪，隔天应已淡忘。他们只能在那片大溪地上给我一间开着天窗的寻常屋子。缘溪行，忘路之远近，那是我自己的事。

父母的结合，用现在的话来说，近于学霸嫁学渣。

我母亲在上世纪五十年代考上广西医学院。那年代的大学生很少，万里挑不到一，女生更是凤毛麟角。父亲却在初小毕业后就应征入伍，在长春和杭州笕桥的空军预科学校念完高中文化课，成绩优秀，得过军旗前照相的嘉奖。眼看就可飞天，却因在部队填写履历表时自拍脑袋补上个早不来往的泰国远亲，被提前复员。回到地方，政府让他选择职业，他选小学教师。

解放初乡镇青年能读到初小就算不错，相对学力不比今天的高中毕业者低。空军预科培养飞行员，数理化更没含糊。而在本镇，父母两家大致也门当户对，都是商号被公私合营掉的破落少爷兼新青年。我三舅能画像，擅打卦，四舅擅榜书，而父亲喜文学，我猜他们都属那个年代的乡村文青，为少年游，我的父母因此对上眼罢。前网络时代，姑娘家谈对象，兄弟的哥们儿一直是主要来源。第二条，当然是人帅身体好，空军甲级身体！再说那个年代的革命军人，即使没在部队入党提干，退伍也是国家分配工作，光荣而有前途，与大学生有得一比。

我的父亲，下称马爸爸，虽算乡村文青，但无家学渊源。养父只是乡下商铺小掌柜；养母靠诵读潮州歌册（一种类似平话的韵文体民间文学读本）粗识文字，还能讲古。母亲这边，外公没进过孔子门，到布行当小伙计，硬是靠勤奋聪明，心识目记，能写会算，创业大成，并有能力供养一群儿女上学，提供不错的经济与学习条件。但若论家学渊源，同样谈不上。

人的交游圈基本由出身、经历、职业设定，除掉奇遇，所交往者大概同一层次，成年人尤其如此。即使到了今天网络资讯与交通非常发达的时代，仍然如是。大家朝夕往来，就像同一缸里的鱼，今时之吐沫吹泡，不过彼日之老水微澜。偶遇高人，身怀绝技，或另有乾坤，限于自身眼界见识、胸襟学养，不擦身而过，即熟视无睹。我父母交游的圈子，从乡镇干部、同行同事到乡村郎中、算命先生乃至拳师裁缝，也都算粗有文化，按那时乡村的水平，已属高级，称得上"往来无白丁"了，但平日所聊，除激愤世道人情，大致不外文人雅士的传说逸闻，脉候命理。加上那时前逢"文革"，继以"批林批孔"，古籍名著基本属于禁书，成田公社供销社货柜上小小一处卖书的角落，除了革命书籍，以连环画居多。乡村读书人大致属鱼处涸辙，欲读无书，欲谈无资。

我后来细细回想，那时父母朋友圈中最有文化含量的人事，除了他的发小、我画画的启蒙老师马烈涛先生，我到现在能记住的，也就三两位，若干宗。

一位是鲁滨先生，年近七十，是当地很有名气的老中医。鲁滨先生的诊所开在成田电影院对面的溪边，我跟父亲走进门去，似乎进了荫翳世界，喧嚣被割断在外面。鲁滨先生安坐里间罗汉床，伸出颤巍巍三只如鹤之指，搭住我脉关，闭眼入定。我瞪大眼睛，发现自己脉搏的跳动竟让鲁滨先生花白的胡子微微颤抖。良久，鲁滨先生睁开眼睛，和我父亲说话，一边让随侍在旁的继峻先生或别的弟子开处方。我每听得半懂不懂。

父亲常讲鲁滨先生用脚在尘埃里写过一首打油诗，我却是一听就记牢。

父亲说，鲁滨先生在反右运动时被划"右派"，有次五花大绑批斗完，被关进公社粮管所一个小小空仓房，看守在门外，严令犯人不准说话。谷仓中还关着两个人。天光从墙上窄窄的气窗透下来，鲁滨先生静静看，久年腐掉的蛀谷如尘如粉在亮光中自在飞扬，像另一个世界的物事气象，鲁滨先生的心就放松下来，被拗到后背的双臂也不那么麻痹了。看着同囚的另两个"右友"垂头丧气，一脸痛苦忧愁，鲁滨先生被一种不合时宜的滑稽感唤回精魂，他伸出脚尖，以鞋画地，在厚厚的糠灰尘粉地上即景书怀：

身入哑世界，世界谷笪大。
有口不能言，你看怪不怪？

谷笪是竹编的席子，用来晒谷子。潮汕话中，界、大、怪三字的韵母都是"ai"，读之协韵。如今用潮汕话读古诗，自《诗经》下至唐诗宋词，多比普通话更协韵，婉转动听。潮汕话又称"河佬话"，方言民俗学者多以为此乃"河洛话"的讹

揽山入怀图

读,指这种方言来自九州中心的河洛一带。潮汕人的祖先,除土著外,移民多来自中原,一回回乱世,一茬茬战乱,衣冠南渡,渐行渐远,入江左,而吴越,而福建,复南徙,陆路多入梅县客家地区,海路多迁潮汕,尤以西晋永嘉之乱、中唐安史之乱与宋元鼎革之时为多。潮汕已属天涯海角,省尾国角,三面立山一面向海,战乱鲜少波及,潮汕话因此保留了不少原汁原味的中古汉语或者说中原古汉语,被公认为最古老的一种汉语方言。鲁滨是名,姓什么,我不知道。后来读小说,读到《鲁滨逊漂流记》,想想鲁滨先生岂不就是潮汕谷仓里的鲁滨逊。

　　鲁滨先生的关门弟子继峻先生比我父亲年轻。继峻先生生有异相,面如傅粉,留两撇墨胡。因为先天残疾,他的右手手腕稍为挛曲,开起中药处方来很用力,像揽山入怀,特别斩截决断的样子,足让病虐之鬼破胆。走路两脚稍显长短,说话有些舌头打结,但一看就是个性情中人、有文化的人。他常上我家食茶，与马爸爸高谈阔论，相得甚欢。继峻先生似乎读书不少，是马爸爸朋友圈中不多的常聊到"古书"的人。继峻先生和马爸爸聊天最常提及的古书，是《阅微草堂笔记》，偶尔还有《东莱博议》。两人聊得最兴奋的段子是有天皇帝突然来了，光膀子的纪晓岚来不及穿官服，躲到桌子底下；此外就是脉理症候之类心得。我现在猜测继峻先生可能也就小时得了点机缘，或有并不丰厚一点家学，有幸多读几本《阅微草堂笔记》一类的书。多乎哉？亦不多。

说到文青与读书，马爸爸真有个事着实可大吹一吹，但有副作用，会使人怀疑读书是否真能使人不断开窍，尤其怀疑鲁迅的作用，而这也是我后来疑惑过并有所开悟的一个问题。一九七三年人民文学出版社出版的平装《鲁迅文集》，资深鲁迅迷都该知道。当时的情形，中国可以出全集的除了马恩列斯和伟大领袖，也就是鲁迅了。这套全集出得很人性，不一古脑儿几块厚砖，慢工细活，按初版的样子分册，一本接一本出版上架，装帧敦朴，原汁原味。现在看，不是便宜得要死，而是死去活来。比如，《南腔北调集》，180个页码，定价四毛一分；《集外集》，187个页码，四毛二分；《中国小说史略》，309个页码，六角四分。但兄弟，那是一个小学公办教师月工资就三四十元的年代。马爸爸吧，绝对是骨灰级鲁粉，居然把这套书买齐了！买齐也没什么，居然通读了一遍！那通读是真的从头到尾大声读，听众是我母亲，读书时间是每天晚上，通常是八九点左右，母亲累了，上床躺着，马爸爸就打开书在床边或床头大声喧哗地读，边读边画线，边读边叫好，边读边自己笑，也要求妈妈附和。让他叫好的内容，十有八九是鲁迅骂人的部分，而且理所当然，鲁迅的骂都是好骂，该骂；被鲁迅骂的人都是坏人贱人！现在再翻，可以发现整套书几乎画个遍，用的是七十年代的圆珠笔，蓝

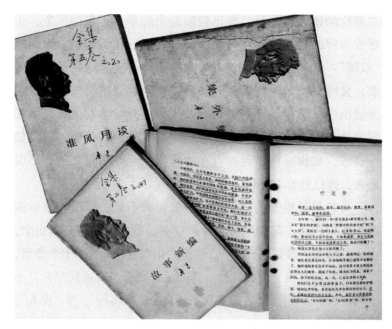

马爸爸购读之《鲁迅文集》若干册

色油膏黏稠到发亮的那种,纸也黄了,伪造不得。我后来自己读书多了,回头想:这放谁身上都是厉害的事,1949年后的鲁迅研究可是养活一帮人的显学,但真通读全集的,恐怕并不多。然而,当年在我父身上这究竟算个啥子事呢?!都说熟读唐诗三百首,不会写诗也会吟。按理,一个人真通读了鲁迅,自可增三分博学,四成辛辣,境界通达,文章精进,可马爸爸不!我综合评估,认定马爸爸狂粉鲁迅,毫无长进。马爸爸复员不久就被划为潮阳县峡山区教育系统第一个"右派",一段时间下放秋风岭农场劳动,饿得水肿,几乎没命。本来老实迂阔的乡村小秀才,才入世就被狠洗一澡,大概胆魄尽落,"右派"摘帽后就彻底成为一个逃避式的愤世嫉俗者、非理性的道德优先兄。鲁迅被塑造出的革命无畏的形象，正好成为那时乃至如今全国无数马爸爸们的精神饲料、犬儒式"双溪"：既满足作为文青对大师的崇拜与别无选择的阅读需求，又可自行角色代入，一回回痛快现成地嬉笑怒骂，安全泄愤出气。马爸爸直到退休后若干年才开始学写文章，但那实在谈不上文学性，就是带着一串括号的白直记事，虽说如鱼缺水，如梅匪曲，而亦曾在省级报纸上发表过几回。话说回来，这已经非常正经，非常难得了。

　　马爸爸更根子的问题，应该是先天不足，即没有家学渊源，换句话说，是幼稚时无缘早读书，读好书，缺高人启蒙，少童子功夫。等到三四十岁，性格人生观业已定型，十个鲁迅，也无法撸起钝顽，再换气性。所以了，我想，要是我没有自小生活在那片"大溪地"，要是我不懂自个"缘溪行"，寻"贵人"，情形必然相当尴尬：以父母本身学识与他们那批同样局限的朋友，我大约只能成为学无渊源缺乏童子功的新一代文青，凡文青劣根性一样不误全上身，却文不上档，文不到位，歪脖子半吊子，新时代残次品。

六　三贵人

　　"那片人烟之顶，雕音纯白。原野蕉林无际，溪烟葱青。"
　　芭蕉在潮汕随处可见，有的地方还曾成片种植，比如原来潮阳县界食榕江水的金玉、灶浦数个乡镇，我幼年曾随父亲去过，青年时也曾数次到访。但见蕉林围村绕屋，亘野际江。芭蕉田的坎垄常时有七八分干燥，少杂物，蓬松洁净、静谧阴凉，挂蕉季节，无尽弯月。走进去，宛如置身迷界，会幻想遇到绿衣女仙，或和连琐有个约会，哄她跷起脚尖采蕉果，戏探其怀，

"则鸡头之肉，依然处子"。

恰有一角蕉林，安于我枕畔。

潮汕平原有三大水系：韩江、榕江、练江。潮阳县界大部分属于练江流域。成田地处大南山北麓，多为近海平畴，除稻麦三造外，主要经济作物有柑、蔗、麻等。几十年前，潮州柑名扬四海。至于芭蕉，大抵路边屋角两三株，少连片成荫。不知何因，我家屋后却有大约一二亩的旷地没建房子，荒种芭蕉，常年成林。从"下山虎"开在过道小房"厝手"的后门出去，十步之隔便是这数垄蕉林。春夏时节，风来绿问墙，肥大的蕉叶总在头顶挽成连荫。"秋风多，雨相和。帘外芭蕉三两窠，夜长人奈何？"雨打芭蕉的夜晚，仿佛响起黄宗泽老校长的浩歌清吟，听到李后主的小楼悲风。那时我已长成少年，不时会在夜雨中听出另一种让身体躁动的神秘音声。

看官要奇怪：我十二三岁小小年纪，既乏厉害的家学渊源，那年代又古籍匮乏，禁谈风月，倒是从何处识得连琐，听闻处子？这连琐可是《聊斋》中有名尤物，阅微草堂虽亦偶谈鬼怪，论香艳不及蒲松龄万一。还有，怎么就心头眼底浮起来道地的唐诗宋词？有一次，我看到一只母鸡带着黄绒绒鸡雏在芭蕉丛下啄食，正好先生让我画水墨小鸡，我按课徒稿临罢小鸡，又在小鸡头上横七竖八加上粗笔乱墨，要学先生画芭蕉小鸡图。先生见了，很是欢喜，说我比别人多了个横窍，有灵根，孺子可教。

先生者谁？陈世霖老师也。世霖师者谁？邻居一高人，与我家仅一巷之隔，当时已从中学教职上退休，居家养老。

大家会想，呵呵，平常嘛，大约一个中学美术教师罢了。

没错，但不很平常。

世霖师长脸宽额，浓黑眉端吐出长长毫银，常着四个口袋的灰蓝色中山装，手上一支烟斗，气概清朗。他是溪东陈氏世

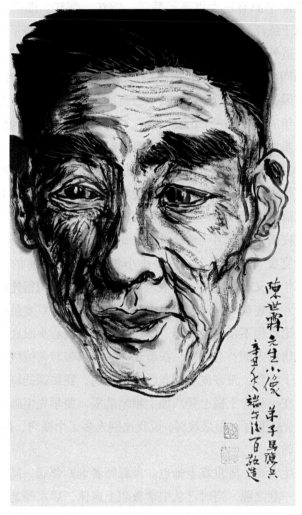

陈世霖先生小像

家子弟,父亲为民国时上海滩巨贾,本人在上海出生。上世纪三十年代先后就读于广州华国美术职业学校、上海新华艺专。新华艺专在中国近代美术史上为一重镇,黄宾虹、徐悲鸿、潘天寿、颜文梁、诸乐三、诸闻韵、关良、丰子恺、汪声远、周碧初、倪贻德、来楚生、唐云、徐希一、陆抑非、朱天梵、王个簃等曾先后执教于此。世霖师年轻时师承王师子、汪亚尘、唐云诸家,擅国画,尤精金鱼、小鸡。年轻时曾旅居泰国,后返乡,自此困于堂坳,以美术教师终老乡间。尽管如此,世霖师的人生也有耀眼的高光时刻,1956年,他的画作《金鱼》入选第二届全国美展,地方政府给予特别奖励,连升三级工资,一时名动潮汕。

尽管如此,世霖师仍属清贫,因为那个年代基本无人买得起画,没有卖画这回事。世霖师空有一身画名,有时还要靠儿子儿媳给工艺厂画蛋壳补贴家用,添购纸墨。尽管如此,先生丹青不辍,古风毋替,偶收生徒,唯看根苗缘分。他的几个弟子,恢复高考后陆续考上美院艺专,其后均成知名画家。

世霖师的祖宅是一座"四点金",土改时有三分之一分给另一户。尽管如此,世霖师所居仍属宽敞,上厅大门一侧的主房,就是他的画室。一进画室,如入另一个时空,四壁皆画,卷轴满地,大画桌上文房四宝列张,铺纸设砚,随时可以提笔濡墨进入状态。溪东村有清末民初上海滩这个大渊源大来历,有世家底子的大户人家不少,虽经历次运动,仍有大量精美的老式家具得以保留。我现在无法准确回忆世霖师画室的摆设,但器具物品肯定多是有年头的老东西。我一个毛孩子贸贸然独闯画室时,世霖师正在画画,我一下子迷上了。

我是怎么寻来的?

我家搬到镇上溪东村那年,我正好小学毕业,转入溪东学校上初中,成绩就一路糟糕下去,数学几乎零分。我是六岁上的学，年龄小，老师建议留级。留了一年初一级，不见起色。校方怕我升上初二拖累班级成绩，建议再留级一年。父母商量后，决定让我转学到本乡家二学校。转学后，成绩还是不好，勉强上初二，数学、物理、英语都烂。怎么办？找老师辅导。父母找了一位老师，也是溪东村人，姓陈，新字辈，加利。陈新利老师毕业于本县师范学校，是个难得的全才，初中的数理化和英语都能教。他家房子就是土改时分到的世霖先生祖宅的三分之一，我出家门过一条巷，转个弯就到。那年头人情无价，新利老师是我父母的朋友，给我补课，不仅一对一，全科补，还不收费。偏我想不明白何以非得学数学、学英语、学物理，补课经常心不在焉，不是偷看课外书，就是在作业本上"画人仔"，"三斗油麻，倒无粒落耳"，收效甚微，他只有摇头叹息。

　　画画或者说画人仔，从小就是我至好。古装小人书也即连环画是那时孩子比较容易接触到的精神食粮，我从那儿晓得怎么画武将，画文官。搬到镇上后，我跟着父亲的发小马烈涛老师学过一段时间的画。烈涛师那时在初级中学教语文，书画属于自学，但功底扎实，擅木刻与工笔国画人物，书学颜柳，法度谨严，在本县大有名气。烈涛师沉静儒雅，淡泊谦和，口不言人非，有古人之风。现在想来，我从他那儿得到的潜移默化人格影响，远大于学艺。后来因为我的课内成绩不好，父母不再支持我学画。其实我才不是个糊涂蛋，我才是个胸有大志的孩子！那时我已立下目标，第一是当画家，其次当作家，但仍然想不出ABCD、公式函数与画画当作家有什么直接关系。我在新利老师那儿补课时偶然听说前厅住的陈世霖老师是大画家，脑筋早被点醒，补了几次课，熟门熟路后，有一天瞅见前厅上房门大开，我就跑过天井摸了进去。世霖先生正在作画，我静静站一边，一看个把小时……烈涛教师所教，是西洋的画法，从素描、造型入手，世霖先生则是纯正的中国画，让我一下子大开眼界。

你看，这条美的溪流，属我"褰裳涉溱"，自寻所得。

另两位对我的知识经验与精神成长产生重要影响的"贵人"，黄宗泽老校长与根婶，都是我在溪东学校上初中时同学的家长，都是住在溪东村的外乡人。另一个更有趣的共同点是我和宗泽校长、根婶都很快成为忘年交，与那两个同学反而疏淡，所谓得鱼忘筌。如此说来，这清溪两道，也属我天机自得的菱形月亮。

我刚上初一时的同学——根婶的儿子陈更生是学习尖子，后来一路顺水顺风，考上重点大学，毕业留校，早成省城高校老教授。我们本是两类孩子，开始时可能因为差异产生好奇和吸引，而串门互访。那时我因经常躲在家中蚊帐后的暗处看父母禁止的课外书，已被查出真性近视，戴上眼镜，成为"珍稀动物"，并获"零点五"的花名。另一个出名的原因是课间总有一群同学围着我，求我给"画人仔"。我是武将文官、关公太公、画戟戈矛之类信手拈来，随画随送，老师不打正眼瞧，同学欢喜如赶集。

根婶不是溪东村人，是溪东媳妇，娘家姓郑，"日出沙陇郑"的郑。人世无常，残阳如血，沙陇镇郑氏大宗族在1949年前后的土改中日落巢倾。所幸根婶作为长女出生较早，十几岁前的童稚阶段仍在锦衣玉食中度过，发蒙识字，弦诵化育。所以她读过《聊斋》《家》《春》《秋》《红与黑》等，属于向往进步的开明青年。她说她的婚姻属于自由恋爱，不过我想，沙陇的郑姓世家小姐嫁入溪东陈姓家族，大体也还算门当户对。

认识根婶之后，我和根婶居然非常投契，成了那个年代潮汕乡村新老两代文青的奇特组合。有个阶段，我几乎天天上根婶家玩。那时大约是七十年代末八十年代初，书店中文学类的书慢慢丰富起来。一些古典文学的选本开始出现，如《历代文选》《中华活页文选》等；四大名著外，如蔡东藩的《东周列国志》这样的杂书也可买到。黄谷柳《虾球传》、陈残云《香飘四季》、周立波《山乡巨变》、秦牧《黄金海岸》等正当红。后来外国名著也陆续上架，如《牛虻》，简直相当于《保卫延安》之类革命小说。《铁道游击队》《冰山上的来客》《小花》《庐山恋》等电影大概也在那个时期相继上映。我刚接触小说，一下子读得如痴如醉。我听根婶讲《聊斋》，有些篇目如《连琐》《黄英》《促织》《婴宁》，她甚至能背出精彩片段。我陪根婶一起读《三家巷》，偶尔讨论巴金笔下的"梅表姐"。根婶的丈夫早年赴港，不幸早逝，她在言谈之间，不免常常伤逝，忆及旧日情爱与欢乐，对少年的我来说，也是一种懵懂想象与间接的性灵情昧启蒙。我印象较深的一件事，是1980年戴厚英《人啊，人》出版，那年我正念初三。我买到书，对根婶说，我有一本好书，太太太好看了！您看了肯定放不下，要一口气读完，不然会难受。她不信，说，我们打赌一泡好茶。我记得当时赌的就是村前杂货店卖的"海堤牌"乌龙茶，硬盒装，黄底红字，可以拆零卖，因为大盒装小盒，一小盒一泡，一泡要几角钱，在那时算很贵很好了。那时潮汕人喝的乌龙茶，大多产自福建安溪，本地的叫土山茶，现在风靡天下的凤凰单丛那时还没名头，但已有饶平县山区的"岭头白叶"，或即单丛母树初种。周六早上，我把《人啊，人》放根婶家，中午再去，一进她家厝手后门，果然见她坐在靠墙竹椅上，正抱书大读，缝衣筐歪在一边。我大乐，劈手一抢，根婶马上认输，从自缝的花布钱包中抖出几个角币："好看好看！茶米换书。"

"哈哈，胜利！您先慢慢读，我上宗泽校长家去，明天买了'海堤牌'再来叩茶。"潮汕人平素说食茶，改食为叩，是碰上闲情逸致或者好茶要慢慢品时。叩，指喝茶时宾主互相谦让招呼，屈起食指，以第三节指骨之背轻叩茶盘以示邀让。另一个说法是旧时有皇帝微服私访，臣子不便跪拜，以叩指代磕头，后遂成潮汕民间通行礼节。如此叩指邀茶之清响，与中国第一代聊天工具小企鹅的网友上线提示音"笃笃"绝似，或许马化腾的设计灵感，即天然源自家乡工夫茶特有的礼节人情和氛围声色。

黄宗泽校长的家就在根婶屋后，也只隔一巷，不过已到村尾，可以遥见公路边上的成田公社卫生院了。他是我在溪东学校留级一年时班上另一个同学黄鹤生的父亲。鹤生成绩一般，但大家都知道他专练毛笔，墨字写得好。如此一来，他与我算同好，又都不姓陈，彼此很快走动起来。鹤生上我家一两次，就自觉没趣，断了脚迹，原因是我父母早已限制我学画看课外书，对鹤生颇为冷淡。

但我一进鹤生家，就牢牢黏上了他爸爸宗泽老校长。

宗泽校长不是溪东村人，而且不是潮阳县人，是从更远的地方——府城"流"到潮阳小村溪东来的外乡人。府城指潮州，因为潮州是旧时潮州府衙门所在，在汕头兴起之前一直是潮汕的政治文化中心。不知何年宗泽校长到潮阳任教，当过小学校长，退休后赁屋客居溪东村。宗泽校长的老妻也是正宗潮州府人氏，这个不用问，看长相听口音就知道。而鹤生已一口纯正硬直潮阳话，应该是在潮阳出生长大的。

我头回和鹤生上他家，刚走到屋外，就听到一个苍劲雄浑的老者的声音，像在唱，又像吟，打屋外经过的乡人说是校长又在诵经，但比和尚诵经好听多了。进了屋，才知道浩吟者就是鹤生的父亲宗泽校长。老人家额宽脸方，相貌堂堂，须发皓白，一下子使人想起《说岳全传》中的宋朝大臣宗泽。他当时吟唱的是李后主的词《浪淘沙·帘外雨潺潺》，用的是潮汕话的美声唱法。此法何来？宗泽校长自小从他的父亲、叔父、爷爷那儿听来学来。原来他出身于潮州府城书香世家，太爷爷为前清举人，古诗文的这种潮汕话吟唱之法，乃直承家学。大部分经典名篇，从《诗经》、《乐府》、李杜、三曹、宋词的代表作，到《赤壁赋》《陈情表》《祭十二郎文》《吊古战场文》《李陵答苏武书》《别赋》等，宗泽校长都是从小听来，烂熟于胸。如今投老，故乡亲友大半已在百年世变中飘零星散，自己客居异乡村僻，老妻稚子，靠微薄的退休工资度日，个中况味，恰如杜甫《江村》所述："老妻画纸为棋局，稚子敲针作钓钩。多病所须唯药物，微躯此外更何求！"宗泽校长说，每当花朝月下，风晨雨夕，或者苦闷郁结无以自解的时节，这些自小刻入骨髓心魂的美如醇酒的前朝水声，就不召自来，从胸臆喉吻间汩汩涌出，潺潺流淌，万般忧愁自消散，真乃忘忧良药。前面说过，潮汕话又称"河佬话"，可能是"河洛话"的传讹。潮汕方言是现存最古老的汉语方言之一，保留了大量的中古汉语，自中原古语至不同时期的吴语、越语都积淀在潮汕话中，此已为学界公论。一个直观的佐证，就是用潮汕话读古诗古文，常比普通话更协韵。特别是用柔软的正宗潮州府城口音抑扬顿挫诵唱出来，音韵之美，即不知内容，亦足以让听者迷醉。我当时就醉了。如饮千日酒，一醉数年。我与宗泽校长成为捋须级别的忘年友、忘形交。缘着宗泽校长这道花林夹岸的清溪，少年的我"忘路之远近"，赤足蹚进中国古典文学的桃花源。

七　失溪记

我大学毕业后当教师，进机关，不久辞职下海，在得轨失轨、有轨无轨中乍进乍退、忽快忽慢地悬浮前行。人生况味，亦如"溪云初起日沉阁",时有风景而郁勃未舒,且不妨一笔略过。

那些年,曾经的清溪日渐污染,更有一种自然与社会联手的疯狂生长,肆无忌惮。四十岁前后吧,家乡的溪河逐渐变脸,终至相失。

前面说过,我有个土尾村的同年弟姓王名涛。在我童稚印象中,涛的父亲英俊健壮有活力,待人忠恳,后来当了土尾村的村支书。有一年,涛到汕头市区办事,见面聊天,偶尔说到现在土尾出入村更麻烦,正路都断了。

"你说什么?出村的路?原来不就二指宽石条搭的小桥,这些年难道没改善,还'断了'?"

"真是,原来那条石桥给盐汀人拆了,不让走。现在要多绕半个村,到后溪从临时搭建的木板桥过东寮,绕田垄走回来再得上公路。"

"为什么?"

"盐汀老人组请人看风水,说这条石桥架在盐汀村后,泄了龙气,仗着乡大人众,硬把桥的一头弄断,石条推倒。镇政府也管不了。"

我有些不相信耳朵,仿佛天方夜谭,回到历史资料描述中的清朝总兵方耀铁血清乡前正处于失序状况的潮汕社会,那时,强宗大族每每欺凌小村弱房,刺流横行,械斗不断。

我想了想,自以为得计,说:"你和你爸说一下,过些天我约个朋友去采访,她是记者,《羊城晚报》粤东记者站的,应该比本地报纸更管用。我请她把这种事报道出来,上面总得重视。"——我满以为此事太奇葩,明摆着大乡欺负小村,里头还夹着宗族势力和风水迷信。借助媒体的力量,可以促成问题的解决。

个把月后,《羊城晚报·粤东版》报道了此事。拿到报纸

当年《羊城晚报》的报道（马爸爸剪报成癖，幸得保留）

一看标题，我大吃一惊：《争"风水"争得村里断了水》。桥非新桥，路是老路，明明是大村强宗为了本村的所谓祠堂风水龙脉仗势挑事，欺压小村，朗朗乾坤之下公然拆桥断水，能说土尾（土美）和盐汀争风水吗？如此制题，直接改变事件性质，变成乡下愚民乱争一气，甚至隐斥土尾以小惹大咎由自取？我打电话问去采访的记者，她说，题目是主任改的。主任要求报道中性稳妥，标题吸引眼球，她做不了主，也很无奈。

祸不单行。这回镇政府倒非常重视，很快有了反应——数天后，同年弟的父亲丢了官。据说领导很光火，指责他不该擅自接待记者，把事情捅出去。

第二年，有人告诉我，桥仍断，路仍绝。加强叔不当书记了，新支书更弱，土尾村现在没人行头（带头），更拿盐汀没办法。

我唯有叹气自责的份儿。

涛和加强叔倒没吱声，没再就此事求助，也没有埋怨的意思，当一个巴掌大小、水断路残的小村支书，本来就吃力不讨好，涛也早已出外做生意，不在村中讨生活。此事若放到十年廿年后，我混迹机关时的那些同事密友大都有了好位子，我至少可以从私人层面进行救济，不让加强叔反受其累，当时却是真没其他办法好想。那些年本是中国经济发展的黄金期，但汕头的经济与社会发展却日趋沉滞，不仅在第一批四个经济特区中押后，一度更在广东省范围内掉到中下水平。除了华侨统战这个改革开放的药引或者叫引擎已完成使命，"省尾国角"自生自灭的地缘劣势又明显起来，浓厚的宗法传统、人情社会及与之相伴而来的更严重的吏治腐败、民众迷信、社会治理水平混乱低下，却也是自作孽。土尾村溪前那斜插溪心的石桥板，一直梗在我心。此事如何了结，我没再问过。

与断桥相比，那次"下乡"更让我触目惊心的，是溪，是江。

溪与我彻底反目，但我也怖惧而笑。因为与我反目的溪不是昨日清溪，是变相复活在乡村间的丑陋之巫。

我家在潮阳乡下时一直赁屋而居，并无祖业。我毕业时经多方找关系通关节，没被按政策发回本县，出脱到汕头市郊一所新办中学教书。不久父母退休，也搬来同住，我就鲜少再回童年生活过的潮阳乡下。再说了，若不是带记者采访断桥，即有走动，也只是顺着公路车来车往，不再越陌度阡。另一方面，虽说发展工业带来的污染在所难免，汕头市区边上所见，如韩江口、澄海那一片乡野上的阔大水面，也还差强人意。

显然，那时潮阳乡下溪河的污染更加严重，非常严重，非目击难以想象。

且不说土尾断桥根本就像插在污水中，溪边多见塑料袋、饮料罐、泡沫碎等载沉载浮——如报道所称，土尾一村已买水九年——盐汀溪面稍阔处、溪东面前大溪湾也好不了多少，水体已近锈绿，近岸往往有垃圾漂积，间见一片一片水浮莲（凤眼蓝），可以想见谁若还敢落溪游泳，出水就得去皮肤病院挂号。至于饮水，那时农村已普遍实行水改，喝上自来水。自来水来自山上水库，"在山泉水清"，也还好。世间好事皆双刃，试想没得自来水，官民人等何敢如此同谋，作践自己栖居之所的溪流？

本来，江大河阔，比起溪沟，水体自净与更新能力更强，没想到，练江的污染更为触目惊心。

前面说了，潮汕平原是沿海冲积平原，亦称三江平原，练江为其一。练江发源于普宁大南山五峰尖西南麓杨梅坪的白水磜，上游称流沙河，干流全长71公里，流经潮阳多地，由海门湾入海。明代曾修建运河，连接练江和牛田洋，可通航运。潮汕三市分立后，练江成为汕头市辖区范围内最大水系，在这个新的行政地域概念上，练江已升格为汕头市的"母亲河"。我童年生活的那片乡村，便属于练江流域。

练江因河道弯曲、蜿蜒如练而得名。"澄江静如练"，又是中国古典美学中一个具有代表性的意象。潮汕虽称省尾国角，而有江名练，独占千年诗境，是造物分外赐福，让人神往不置。练，一直是我格外珍秘的一个有着圣洁意蕴与母亲情结的汉字。

那次下乡，去时匆匆。目击了一众不可卒看的溪池水面后，回程留了心。车过和平大桥，我特意停下来，因为练江从和平桥下流过。

我站在桥心栏杆上，但我没看到江，找到水。

我看到什么了——

雪！绿雪！

一眼望去，堆堆叠叠深深浅浅的绿色积雪似涌非涌，欲动不动，蜿蜒如蛇，从远处枯淡的平畴村镇处来，拥过桥下，向

扛着土尾断桥，去看西湖残雪

另一个方向同样枯淡的平畴村镇而去。间或可见鱼肚白，细看似是泡沫脏物。

动起来：远远一条褐黄色的虫动起来。嚄，居然有一块黄褐色的木头，不，一块木板：一条小船，不知从哪堆绿雪中钻出来，船头站着个人，用竹竿边拨边撑，吃力前进，似乎是在勾捞垃圾，又似乎是一次孤军突围的行为艺术。

我知道，我看到的绿雪，不是雪，是水浮莲，或称水葫芦，学名凤眼蓝。

如果不知此物前世今生，远看雪绿，近如紫云，未尝不是一种美。但现在，我清楚地知道，这种已被公认为农业、水利、环保大敌的入侵性物种，已覆盖、污染了我的母亲河。

练江的污染为什么会这么严重？后来我了解到，那时的潮阳县境内，练江上游几个镇工业比较发达，相应的污染也严重。更甚者，有的地方因为用化工材料清洗所回收的手机等旧电器配件，局部土地也产生重金属污染。即使如此，听说不少乡村仍连排污管道都没法科学埋设，其中一个原因，就是民众普遍讲风水。这使人联想到土尾的断桥，甚至多少可以原谅当地政府的懒政失责。

江湖满地，绿雪塞天。溪声锈哑，中有神示。原乡僻处一隅，坳堂之水，现在连这杯水也日向腐臭，我想，是下决心离开去、走出去的时候了。

我再寻思，我生尚早，不为不幸。童稚的我虽以居民户口的身份悬浮于上世纪六七十年代的中国乡村，所喜到处尚有清溪可嬉可游，得自悬自泅。后来的乡村孩子虽然享受着改革开放带来的物质红利，但已被污染的溪河风物实质上正在将土地上的居人从他们生活的环境中部分剥离，这种生生造成的自然与人的疏隔，何尝不是另一种悬浮，却一点不美，毫无哲思诗意。

2007年，我离开汕头，去往中国最美的地方——杭州。

曾和朋友开玩笑：都说北漂，没听说杭漂吧？我就是。

我不要绿雪。我可以扛着断桥，去看一湖残雪。

这一漂，十多年。

正好练江的治污，也要十来年后方见成效。大概是2018年吧，我回老家，再过和平桥，水浮莲已基本绝迹，澄江初复。我虽未老，尚无归思，但高兴。我知道，假以时日，那家乡的菱形月亮，又将盈满溪声，澎湃奔腾。

　　　　　2019年初初稿于重庆，年中修改于北京
　　　　　2020年秋天改定于景德镇莲花塘畔

下篇　潮汕浪话

我是潮汕人，天性不羁。二十世纪末，韩少功《马桥词典》出版，我读之，快且憾。想那马桥弹丸之地，十里村言，得少功先生锦心绣口而大行天下；我的家乡潮汕，地控东粤，颠连南溟，古老另类，生动诡谲，却未得高士妙客一为发扬，奇葩空璨，楚璧沉埋。由是不揣僻陋，野人献芹，开聊潮汕浪话。

潮汕是"海上丝绸之路"重要节点。潮汕话是潮汕文化的代表。作为现存最古老的汉语方言之一，潮汕方言从读音到词汇，都非常复杂、多元，几乎不同时间层次的中原古汉语及吴语、楚语等方面的语词，都汇集到潮汕方言之中，当代生活尤其是中国改革开放的浪潮又为其注入了新的元素和活力。潮汕浪话在潮汕人的唇吻间白雨跳珠，波谲云诡，承载、反映着潮汕的历史与现实生活，是活色生香，妙趣无穷的方言宝库，故当有传。

甲　浮氏物语

1. 产地说明

作为历史地理区域，潮汕有过诸多名称，幅员也世有盈缩。在此基础上产生的潮汕文化，可以定义为由讲潮汕话的民系所创造的一个文化共同体。

潮汕话是潮汕文化的主要代表和载体。潮汕浪话（"浪"的方言本字为"卵"，指男性性器，潮汕话卵、浪同音）或曰潮汕方言流行词，是潮汕人日常生活中不可或缺的交流工具、无处无之的脱口秀，属"未定型口碑文化"中最活跃的日常话语层，直接反映当下生活，并不断迭代出新。就像品潮菜一定要吃海鲜，海鲜打头，少不得生腌血蚶咸膏蟹，扪摸潮汕人文风气与社会心理，潮汕浪话是最鲜活的田野材料。

无论就汉语的演化发展，还是族群文化的互动融合，潮汕浪话都自成体系，特色鲜明。可以三字界说，曰僻，曰福，曰浮。

先解"僻"。

秦汉时，潮汕属百越之地，揭阳等地名已偶见史籍。然晚至唐朝，在中国正统历史书写中，潮汕仍地属蛮荒，几近化外，是让官员士人们谈瘴色变的贬谪流放之所。"臣所领潮州，在广府极东界上。"（韩愈《谢上表》）"潮之州，大海在其南。"（韩愈《祭鳄鱼文》）"一封朝奏九重天，夕贬潮阳路八千……知汝远来应有意，好收吾骨瘴江边。"（韩愈《左迁至蓝关示侄孙湘》）韩愈有三叹，千载而不绝！

宋末元初，南宋小朝廷一路南溃，败兵入潮汕，传说文天祥曾登临潮阳县（今汕头市潮阳区）海门镇莲花峰头，望洋浩叹，以剑刻石，指为"终南"。其后崖山决战，左丞相陆秀夫背负年仅八岁的宋末帝赵昺投海自尽，大宋帝国最后一根弦戛然而断。

潮汕地处中国大陆东南隅，东北、西北连峰亘岭，与内陆关山阻隔，交通不畅，而东南低平，敞腹向洋。在漫长的大陆文明时期，潮汕像海上漂来的弃婴，寄在"陆"家拖油瓶，错位尴尬。另一方面，潮汕紧邻福建，历代北来移民多先由江浙入闽，再从海路迁来此境，俗称"潮州人，福建祖"；潮汕话也属闽南方言。但潮汕的行政区域历史上常隶广东，今日亦然，这进一步加剧了潮汕政治经济与文化的边缘化，是之谓省尾国角。作为一个历史人文群体，潮汕人也不免遭逢边缘、飞地的宿命与际遇。

但潮汕浪话有言："鼻大补目塌。"因为省尾国角，潮汕另开洞天，别占洪福。

"福"之一：泰与否俱，福从僻来。恰因如此特殊的地理位置，在改朝换代的战乱时期，每每不等战火烧到，中州山河早已定鼎，潮汕仍俨然化外桃源，世面相对太平。潮汕民风也向来淡于政治，不知有汉。如明清易世之际，潮汕就有好长一段时间稀里糊涂，"不清不明"。

"福"之二：回归线素有地球绿腰带之称，潮汕是北回归线与海岸线在亚洲大陆唯一交点，潮汕平原在海洋季风调节下四季如春。就现代地球物理学和环境气象学的视角而言，潮汕平原无疑是最适宜人类居住的地方之一。理所当然，潮汕成为历史上中原人士避难移民的福地洞天。

再说"浮"。

潮汕自古以来是鱼米之乡。由韩江、榕江、练江、黄冈河、龙江等水系冲积出来的三角洲平原，乃一只"浮"出沧海的沃土桑田！又如一艘双桅船，船头冲上滩岸，高挺成向着内陆的三面山陵，船尾却贪听龙吟，浴沧波而懒起。在古代，在漫长的农耕文化和大陆文明中心期，这种地理格局如头枕"反骨"，颇不合时宜。

索性，潮汕先民我行我素，以浮救僻，海里来浪里去，热眼向洋，自求多福。

自古以来，潮汕与东南亚的海上交通，往往相对内陆便利，很早就是中国海上丝绸之路的重要一环。唐宋以后，更有大量潮人漂洋过番拓殖谋生。今日开枝散叶繁衍于海外的潮人，几乎与本土数量相当，不少乡村，"番客"的人数甚至超过留居本土者。"海内一潮汕，海外一潮汕"，是"潮汕十八怪"中实打实的头一怪。

因僻得福，借浮自振，历史上潮汕多少兴衰起落，都在"僻""福""浮"三字中演绎生发。今日潮汕诸多特点、问题、困扰，以至对策、出路、机遇，根子仍与此三字息息相关。

如上所述，因僻得福，翻浮作景，自魏晋以来，潮汕成为中原移民不断汇集的乐土。各时期的中原文化，尤其是语言风俗等，随着移民从原发地战乱动荡急剧变化的环境中剥离，辗转播迁，溅落潮汕，多得保留积淀，层累叠构如活化石。潮汕由此成为一个语言的陈年酒窖，酵母古老，配方奇特，如方言学者林伦伦教授在《潮汕方言词考释》中所论：

> 潮汕话是现存最古老的方言之一。……在现代的潮

个人沉沉

汕方言之中，不论是读音还是词汇，都表现了相当复杂的内容。在词语的构成上，几乎不同时间层次的中原汉语及吴语、楚语等方面的语词，都汇集到潮汕方言之中。

如是，这窖原浆老酒，成为潮汕方言的主要语基、潮汕浪话的特殊酵母。不少古汉语，尤其是中古时期中原汉语的词汇、构词特点和表达方式等，在现代汉语中早已芳踪无觅，却仍活跃在潮汕话中，很苗壮，特时尚！著名语言学家王力曾说，潮汕话是古汉语。从潮汕人唇吻间，从潮汕俚语流行词中，可以剔出一件又一件精彩的活古董。另一方面，不同层面、不同时段、不同来源的语言元素长期混合融汇，又使潮汕话独具面目。

"伙颐，潮语之为方言沉沉者！"

我想起一句秦汉时期原汁原味的河南话或者说楚方言，稍微修改，可以套用来形容这窖千年老酒。

秦末，陈胜、吴广起于大泽，陈胜自称楚王，建都陈县（今河南淮阳）。昔年他替人耕田时曾对同伴说："苟富贵，无相忘。"那帮乡下朋友听说陈胜发达，找上门，一看排场气势，发出惊叹："伙颐！涉之为王沉沉者！"（《史记·陈涉世家》）楚人谓多为伙（夥），颐乃语气词。"沉沉"，双声形容词，今日仍可在潮汕话中找到用例，如"沉沉重"形容物重难提；"个人沉沉"，形容表情严肃阴鸷，深有城府。感谢司马迁两千多年前如此原汁原味的"沉沉"记录！

2. 浮氏物语

浪花过隙，千年弹指，人类历史渐次汇入海洋文明时期。中国近代史上，潮汕的出海口之一汕头，一早就被欧洲列强的

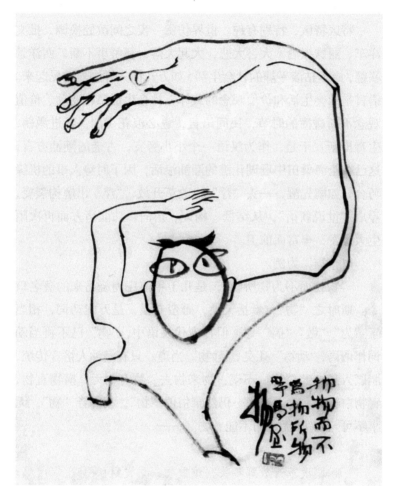

物物而不为物所物

枪炮"浮"上《南京条约》，成为通商口岸。二十世纪下半叶，中国开始改革开放，汕头一跃而为第一批经济特区，天涯海角变身黄金海岸，省尾国角翻为开放前沿。

特区特区，特别有趣。世界仿佛一夜之间改腔换调，批文洋车、丽姝绿酒，大喜大悲，大起大落，新鲜事不断，西洋景联翩，原本枯淡平静的社会生活，如万花筒一样剧烈摇晃起来。语言是社会生活和价值观念的载体，社会生活急剧变动、价值观念不断碰撞的时节，民间语言，也必浪花飞溅，奔进激荡，生奇出新。于是，作为汉语一个小小旁支，古老的潮汕方言，这已在沧海桑田中珊瑚化礁的潮汕浪话，因了时势人事的机缘巧合，如酒先醒，一头"浮"进改革开放，"浮"出解构裂变，浮成"世说新语"，从结撰、构词、指向、功能诸方面再次陌生大爆发，丰富而前卫。

以"物"为例。

"物物而不为物所物"，是几千年前庄周绕出来的著名口令。斯时之"物"，囊括天地，野蛮专横，是万能动词，相当于"为""做""搞"等。但在现代汉语中，"物"已不再当动词作谓语，"动物"死矣，"静物"当道。只有潮汕人恪守传统，胆肥人猛，照"物"不误：物来物去，物有物无，横物直物，青物白物，散物硬物……仍然雅俗俱"物"，动静皆"物"，无事不可"物"，无往而不能"物"——

刚改革开放那年头，谁敢物，谁发财！
再嚷，老子物死你！
看天欲落雨，无事物杯酒。
…………

头一句中的"物"，宽泛抽象，相当于干、搞、做；第二

散物（乱搞，随性干）麻辣烫（郑家乐摄于汕头市长平路国新花园）

句的"物死"，义同弄死、搞死、打死。"无事物杯酒"岂不比"宁饮一杯无"来得散淡笃定？如此物来，跨界，随性，平常得声色犬马。

的确，潮汕人自古以来就是出了名的"敢物"一族。潮汕人老早就被称为"东方犹太人"，一条水布下南洋，跨洋过海物世界。改革开放前，中国没有哪个地方的人像潮汕人这样遍布海内外（近些年好像给温州人比了下去，这是后话）。虽曰成也敢物，而有时败也因之。例如改革开放后，曾有一个时期退税骗税猖獗，潮汕属重灾区。个别活头（窍门多、脑子活络）敢物的乡亲只消腰掖几本发票，就赚得盆满钵满，美酒笙歌，日夜浮景（风光、享乐）。只不过出来混总是要还的，到头不是挥霍一空，就是法网难逃，多不免滴汤（破败）起飞（倒闭破产、逃债失踪）大败局。好在福天浮地毕竟厚德载物，小物、散物、就头物（乱搞）虽间出，大物、善物、好物终是潮汕人的主流。谁能说得清楚这种群体品格孰优孰劣？所来何自，所向何处？

甲　浮氏物语

我想，如果潮汕有幸处于或接近政治文化的中心，潮汕人这种"敢物能物"的群体品格，有形而上的资源可以滋养，有王道通途可供发展，必化而为慷慨激昂，特立独行，大智大勇，不断孕育出敢立言、能举事、善创造的大哲名贤。可惜，大陆文明与海洋文化的内在冲突与此消彼长、政治文化乃至经济的边缘地位等因素，迫使一代代潮汕人被动或主动选择形而下的路径，在求生务实的层面沉浮打拼，有盗统，无道统。祸福相倚，历史上，潮汕名宦硕儒虽不多，却盛产海商巨贾，另一种人文的进程由此创生、延续，另一脉话语符号，也因之生发、演绎，并在潮汕方言俚语——潮汕浪话中不断积淀、化现。消息藏焉，天机发焉。

十年来我远远活
越活越远
去年一年就活出老远

现在已经远得看不到我
有时想起来找一爿瓦片大的我
也要走很长距离
实在折腾不起

远活（釉上彩瓷板，2020）

欲望，我的欲望，我的欲望像落叶一样
减少
我知道，秋天深了

成正比的片状物：语言
先是不需说话，后来不需自语，
并关闭倾诉
但是风声并未饶恕，永不饶恕

枯树赋（釉下彩瓷瓶，2021）

我搬过一根空气
用好眼色看一会
用力跺到地上
立在家里

如闻·立春（青花瓷瓶，2021）

窗外风声忽然粗大，像行路者脱鞋打墙
我在细雨如愁的内陆深夜听见太平洋明月溅溅
我在元月初二的海边拂晓听见沙砾诧异地响
敲击宋朝秦观划出的诗歌租界和太虚世象

天池素女图（青花玉瓷茶池，2021）

我的肉身响满秒针

像城里那条美艳的路：一整个秋天枫叶没扫

猫之灵（国画，2016）

性情中人
情中性人
性中情人

谁在性情中出将入相?
谁在情性中流落他乡?

朝云扶醉图(国画,2017)

春雨如油
枝抽条绿
连红鬃野马都一夜长高
连油画的刮刀都中枪一样叫
连身体都比心慌乱了

连个人的生活都熠熠生辉了
连念佛的想法也没了
连死也不需要了

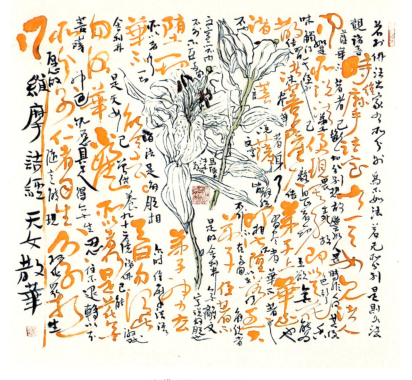

如佛（国画，2020）

正午
大觉寺阳光明亮,人间安静
我听到悉索风声,准确,清凉

然后是飞机像加糖的陈年橡皮擦过
金箔的猫
这一年秋天开始

大觉寺之秋(国画,2019)

一丝不挂
在九月白日的穿堂风中起床
那不叫起床
那是竹席子拔出新笋
并长满四山
四百个妖精,放火清凉了春山秋山

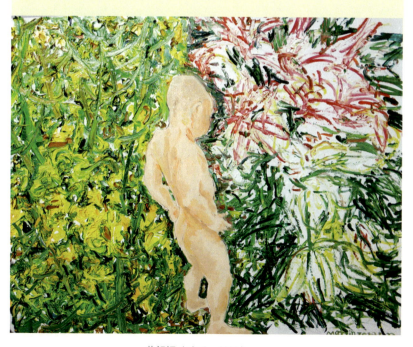

花间词(油画,2020)

被风吹醒的眼睛满是河水
流向人烟

抬高望远，望远，纯白中有点

鸟在天空过年——
为什么我想出这句话？
那烟树最高的枝丫在半空怔住
扳不回嵌在鸟巢中的眼珠

鸟在天空过年（国画，2019）

晚年：
生下来就晚了
一生寂寞
度日如年

睡透了（国画，2021）

我锁门关窗
收起菜刀火种
今夜喝酒

为策安全
还得把窗外河流搬走
给河对岸秋千垫上白云
把方圆三里内的石头磨掉棱角
把所有夜行人阉了
今夜,我俩喝酒

小白送酒图(花瓶,综合瓷艺,2020)

我沐浴换衣
套上藏青新袜
深蓝睡袍
百事可合

一个深深的海洋
生活在浅浅陆地

蓝瓶百合（国画，2021）

突然想高声吟诗
我可不可以爬到树上
获得鸟的位置

跃上葱笼四百旋(国画,2021)

我躺在湖面上
身上盖着湖水

有人在我睫毛上温酒,说话
有人聊起张岱
有人说她听到落雪的声音

欲投人处宿,隔水问樵夫(国画,2021)

如果没被那把火烧掉
中年以后的生活
当按我的预言展开

倒真没被那把火烧掉
中年以来，生活完全按我的预言顺次展现
在大海的方向，时间缝纫犬牙
那失败的行囊乱石穿空，铺天盖地
嫁给成功的拉链

天地外（国画，2019）

乙　扛着鸟铳去战斗

1. 浴布与脚仓

　　潮汕地处亚热带，虽终年海风吹拂，盛夏不免有段时日溽暑难耐。可以想见，在蒙昧世代，在贫穷落后的岁月，疍民、盐户、种田汉们有时未免缺衣少服，其实也不大需要穿衣服，也许有些人还不太想穿衣服。证之历史风俗，潮汕男人在穿衣遮羞方面的确相当通脱灵活，物证之一，就是浴布，又称水布，乃长方大巾一幅，长约两米，宽半米，以纱纺成，多印泥红条纹和细格，尾端稍絮开，善渍汗，颇飘逸。

　　浴布不拘一用，缠腰、盘头、盖被、挽摇篮、做包裹，种种随宜，百变全能。

　　夜走山路，越陌度阡，想手中有件武器防身，怎么办？将浴布往溪涧水田一浸，轻飘飘一幅土纱薄巾拖水带泥，立马沉重如棍，使得开去，不减"病尉迟"镔铁软鞭，只怕你没那个莽气牛力。

　　旧时民谣唱道："食到无，走暹罗，一条浴布下南洋。"不劳哪国政府何方口岸戳关防盖大印，在战乱饥荒的往昔岁月，一无所有的潮汕汉子，腰扎一条浴布，就敢漂洋跨海，另闯生天，当然也有不少人被"卖猪仔"，是被动过番的。他们中历尽劫难死不掉的，在异国他乡开枝散叶，乃至创出偌大家业，富甲一方，成为侨领，衣锦荣归。以此而言，浴布可谓"国际护照"。

在河水清且涟兮的年代，浴布的正业、主业，是供潮汕乡村的男性在下溪落河劳作游泳时扎个简易筒裙，前遮浪鸟，后掩脚仓，即使溪墘河边洗衫挑水的姿娘（女人）成堆，也无碍观瞻，不伤风化。当然，这是二十世纪七十年代前的世象风物，其后乡村溪河饱受污染，非人可亲。近年环境保护治理渐有起色，水质回清，但早已家家浴室花洒，野浴基本绝迹，浴布也不免随风飘逝，或束之高阁，成为文物。

脚仓？人就两腿一双脚，哪来的仓库？屁股呗。

潮汕人名屁股为"脚仓（尻仓，骹仓）"，乍听匪夷所思，细想非常形象、贴切。小腿在下，大腿在上，人作为直立行走的高等动物，双足自脚踝以上，由小腿而大腿，越长越肥，一路把好皮细肉往上收，收到屁股成集束，堆起圆圆两座谷囤粮仓。更妙的是称男性脚仓前面的生命部件为"浪鸟"，设想鸟儿雀儿背倚谷囤，自然无愁忘忧，傲骄昂扬，摇曳生姿。浪鸟虽不是鸟，这么一浪，却暗藏了唬小孩的奇招。光屁股的两三岁小男蛋，对性一无所知，偶尔发现自家开裆裤中有只小鸟鸟，保不定就全心全意遛起来。这倒不妨，以前潮汕农家庭院是鸡鹅猫狗的天下，都有见鸟欲扑的德性，有时看到小主人开裆裤中鸟仔白白，会产生错觉，欲扑欲啄。于是大人就经常吓唬孩子：嗜，鸟仔摸不得，好好藏着，藏不紧要飞走。或者换个角度：嘿嘿，鸟仔快藏好，不然叫鸭母（母鸭）食去，狮头鹅吃去。静言思之，混沌初凿的婴孩与鹅鸭猫狗其实发生着同样的错觉与兴趣，而大人也将差就错一个赋比兴，清宁天地仿佛回到诗经时代。

再说扎浴布。

在我看来，扎浴布算得上技术活，说是简单，实有章法，

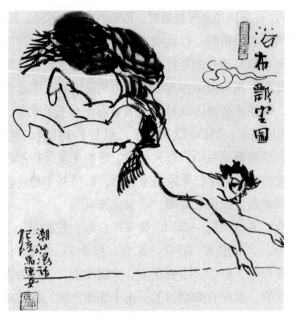
浴布飘空图

甚至需要那么一点天赋。我小时学来的扎法,是左手先将浴布一头捻起,捺在腰侧,右手展开布幅,绕脚仓一个半来回,浴布门刚好收在童子腰的另一侧,然后缴起布角,打转,回旋,扎束进已被勒紧的腰胯与布缝之间,浴布就自脐至膝遮严了前鸟后仓,远看如英格兰裙。我的扎功总不到火候,容易松脱。一九七五年前后,那时家乡的村头溪边总有几条木船横泊,船头溪水较深,是扎猛子的好地方。有几回我站到船头,脚后跟发力起射,人还没跃入虚空,"花裙"已翩然散脱。或者脖子已入水而肚脐还干挂的一刹那,浴布半空飘开,脚仓如新荷翻波白,浪鸟似蛤虬(以前潮汕乡村水田中常见的一种小青蛙,约指头大小)射睚青,白白让近处眼紧的人免费参观。另一种情况是,浴布头虽扎得紧,但浴布门定错了位,影响遮挡功能,横风乍起,也难免浪鸟跳珠乱出帘,让在溪塍石级上浣衣挑水的老少娘们儿一览春光,笑出目汁(眼泪)。

2. 浮 景

"昨夜浮景无?"

有一阵子,潮汕人见面不问"廉颇饭否",而以"老板浮景无?"换下"老兄食未?"。

浮景,是改革开放后潮汕人尤其是潮阳、汕头人自创的海派浪话,市井热词,大意是有行情、得好事、发了财、大快活。

溯洄从之,浮景并非潮汕原创,其来有自。这中国浮景史还真不短,祖宗做的都是大单,客户主打皇帝。

"是邪?非邪?立而望之,偏何姗姗其来迟。"烛影摇红中,李夫人翩然而至,又徐徐离去,"未亡人"刘彻只能隔帘相望,痛彻心扉。两千多年前,长安城中未央宫,汉朝的道士就已如此这般替汉武大帝痛浮一景。

"忽闻海上有仙山,山在虚无缥缈间。楼阁玲珑五云起,其中绰约多仙子。"杨太真九华帐里梦魂惊回,原是汉家天子使到。在白居易《长恨歌》中,唐朝的道士又替明皇上穷碧落下黄泉,上天入地,传情浮景。

不过,在浮景祖师爷徐福看来,汉唐道士都是些本事不济的道子道孙。某天,徐福站在东海边上一处崖岸,指着云雾中隐现的海市蜃楼对秦始皇说:陛下请看,那就是蓬莱仙山,上有不死神药。

徐福带着五百童男童女浮海而去,秦始皇一定到死都在等他的消息。这位浮景创始人、践行者,没当过墨子、鲁班一天门生,亦非七十子再传,却画山指海,忽悠大帝,大船得造,团队高配，种子五畜皆备，乘巨槎而浮沧海，一出手就是远洋航行的气魄，跨海殖民的架势，浮成一道恍惚迷离的历史风景。

前面我们讨论过潮汕在历史地理上长期面临的尴尬与困境。多少世代，潮汕如浮槎、如油瓶，孤悬省尾国角，而潮汕人也自得其浮，西洋多景。

海上起风，叫浮风。

浮脚行，是游泳的一种方式。

沉东京，浮南澳。这个俗谚后面流传着扑朔迷离的故事，其所指向的真相或曰事件，至今成谜。

在潮汕，地名带浮者比比皆是，乡镇如浮滨（隶饶平县）、浮洋（隶潮安县）、村集如浮东、浮西，不胜枚举……凤眼蓝到了潮汕，改名水浮莲，是本地溪河最常见的浮水草本植物，曾因过度繁殖，而污染环境，阻塞水道。

以油炸食物，叫浮：浮豆干、浮油渣粿（油条）、浮油锥（一种时节祭神粿品，以面做成，球状而有尖锥，中空）、浮膀粕（猪的肥肉榨油后产生的肉渣）……

感冒上火，叫浮悦（热）、浮火；哮喘咳嗽，叫浮喘、浮痰。

引申开去，风流韵事乃浮桃花；性格褊急烦躁不安，叫浮情燥气；发怒生气，叫浮性；不开心给脸色，叫浮肿、浮恼；耍赖不认账，叫浮臭；起话头挑事，叫浮话。

麻将桌上，上家打出下家要吃的，或者摸到自家要入的，叫浮牌。

出人头地、引人注目，行情、运气来了，更是一浮为快：浮头、地浮三尺、浮行情、浮运气、浮风水……

1978年，中国开始改革开放，两年后，汕头与深圳、珠海、厦门一起成为首批经济特区。天降大任，地垫春雷。恍然如梦中，海气潮声惊涛拍岸，大浮之世，终于到来！潮汕人血液中周流四海、经商逐利的本能，被迅速唤醒。

春江浮景图

方此之时,谁能起而承之,浮而为景?

不会是大批体制内的中下层,如普通机关干部、教师、企事业单位职员,乃至未下岗的工人,"铁饭碗"既提供基本保障,也让人本分、怯懦、保守、后觉。

不会是好好学习、天天向上的广大青少年。在那火热的年代,我辈"有良少年"自觉或被迫闭关于校园,埋头挤独木桥,唯求高考上榜,再拼毕业分配。心中的"愿景"如照相馆背景板上的水粉画,确然木然,胶固不动。

起而承之而大浮其景者,主要来自两拨人。

上为社会管理层中既得位又"敢物"的官僚及其子女亲属,他们掌握着信息与行政、社会资源,本属浪险人物。

下为正困顿滚打于社会底层的白徒布衣、城市流氓,即潮汕浪话所谓活头弟、破家仔、天塌舍一辈。这个阶层大致"赤脚不怕穿鞋的"，不少人曾因投机倒把、走私、赃污、流氓、偷渡香港、偷拍锡箔造纸钱、私屠宰等大大小小的罪名被"企汽灯脚（挨批斗）"，甚至判刑坐牢，其中原不乏胆识超群见机能奋者。鸭野入春江，要成浮景人，这一回，财富之门真为四十大盗打开了！

这两拨人中脑儿特尖胆子尤大的，首先反应过来并直接结合，内外呼应，正邪互补，官民联动，迎天风，浮涛海，接住天上馅饼，通过倒卖批文与进口物资、贷款、走私等方式，攫取第一桶金，迅速完成原始积累，而后各随性分福缘，发展分化。或努力转型，经商创业，办厂做实业，终成正果；或继续游走于法律边缘，像偷油老鼠一样不断盗取并挥霍政策、区位红利，终有一天难免积恶店碰箍——塌台滴汤，起飞走路，打回原形。

且说当日特区既设，国门斯开。政策让你发，运来钱找人，只要敢贷款，银行是我开。"胆大掠去物，老实终久在（胆大的拿去享受，老实人原地踏步）"：这从"一条浴布下南洋"的潮汕先人那里传下来的古训，又一次闪亮应验。汕头是中国一个缩影，回头看，某种意义上，二十世纪下半叶中国改革开放初发之时，真如秦汉之交，是布衣白徒的黄金岁月！不同的是这次是经济领域的鼎革。想当年，当机关人员、教师职工的工资还在龟爬一样十元百元慢慢涨，迎住浪头得景敢浮的人多已轻轻松松空手套白狼，一夜暴富，赚钱如割草（钞），花钱似撕扇。人民币一麻袋一麻袋往家捐；通关节，"掷情礼"，信封装满"一百头"；上夜总会动辄群发小费，小姐妈咪在者有份；请起客来，路易十三如同牛栏山。

万元不过一粒子（潮音 jī）；美女可称一粒（条）妮。

另一个与"粒"同义的货币单位叫"件"：身家上千件，千万富翁也。

在从元、角、分到百粒千件的巨大反差与裂变中，潮汕的社会生活发生巨大变化。而在"粒只""粒妮"到"鸟兄飞去""滴汤喷无（失踪，消失）"之间，则是沧海横流、纸醉金迷的眩幻与根基未稳、前路不明的迷茫。于是乎，无须徐福点拨，"浮景"神词横空出世，大为流行——

  今夜物第个（做啥事，干吗）？无事找个地方浮景（玩乐，享受）。
  老兄这段时间在哪浮景（寻欢作乐或风光发财）？
  听说这家宾馆有景（色情或其他不正当服务）。
  有景知浮，有酒知食（及时行乐的潮汕式表述）。

祸因恶积，福缘善庆，总体而言是恒定的因果。天下没有不散的筵席、不灭的烟景。一人、一家、一机构乃至族群、地域，若只知飘飘然享受靠祖荫、机遇、巧诈、特权等轻松获得的好运财富，而不珍惜天时地利，踏实做事，创业进取，好日子不会长久。浮把景就死固然痛快，青物白物四散物大浮一景之后，能抓住海运潮声赐予的时代机遇，收心实干，把海市蜃楼化现、建设成落地生根的人生风景、家乡美景，方显潮汕人敢物善物英雄本色。

3. 吟唱灵魂

每回听《酒干倘卖无》，我就想到一个词，叫"吟唱灵魂"，想起黄宗泽老校长。

在我还是潮阳县成田公社溪东学校初中一年级学生时，我走进了退休占籍小学校长黄翁宗泽的黄泥小屋。那是一间厢房，破旧而孤零，门前有碎砖满地的旷埕。小屋位于溪东村的南边，因为住着宗泽校长，风月高旷，世面悠远。

　　黄泥小屋其实不算孤零，它是一座大宅的辅屋中最靠埕门的一间。宅子东西向，大门右侧，向前增建出一列四进辅屋，前后各一房，中间是两庋只有后壁的榭式小厅，厅面开敞，从前大概是主人家拴牛养猪堆放柴草之所。辅屋长臂一舒，和两道成直角矮围墙三面合扣，就把左前方几亩见方的旷地收入大宅版图，圈成个露天大埕。从主宅门楼到埕门之间，是一片铺了红砖的硬地，宽约二十步。因为年岁久远，砖块多已凹凸裂缺。再过去，埕子的四分之三被主人开成菜地，横排排也有数十畦，平时间种数样时蔬。菜园深处有一棵大树，大概是香樟或木棉，印象中非常高大，主干合抱，霜皮溜雨，树龄不短。

　　旧时乡村不像现在的洋房、排屋、半山别墅什么的，总弥散着些许原始共产主义，老话叫淳朴风俗。历史上，潮汕平原因乱世不断接纳一路南下的中原移民，又靠僻处海隅与三面连山，挡阻北来兵匪，舒缓而层累地窖藏着中原以至吴越等地的北调南腔与悠远文化。丰饶而无常的大海与诱人却艰险的海外贸易甚至是亦商亦盗的生涯，又要求族群热血向洋，高度团结，合作共享。即使在明清两朝厉行海禁的年头乃至改革开放前相当长的闭关锁国时期，潮汕的"小国寡民"们也鲜少如中原农人那样一门心思盯紧自家地头，竞刀锥之利于一亩三分地，人与人之间的关系相对宽松，不易为时政外力蛊惑挑拨。有人注意到一个现象，"文革"时期，潮汕乡间不少出身不好的逍遥派乡贤文人躲过抄家揪斗活下来，而且活得比较像人样，"破四旧"亦不如其他地方彻底，这与如此地域人文、群体性格有一定关系。那时的溪东村厝宽屋大，门前有宽阔埕子的大宅院不少。不管埕大埕小，埕门无门几成通例，就是说埕门只竖石门斗，一般不装可以关严上锁的门扇，乡邻外人不论早晚，均可进出。不少围埕前后开门,实际上成了连接上下两巷的通道,过往行人自然不少。黄泥小屋前这菜园埕子只有一个门进出,不具备村道的功能,可常日也人进人出热热闹闹。为什么?你往大树那边瞧仔细,看到没?树荫下向里去数十步,有口有年头的大水井。为方便主妇淘米、洗菜、搓衣服,井栏边铺出好大一片粗面青石板地,靠墙再搭一列青石台。春日迟迟,秋日依依,常日里总有姑婆妯娌雅姿娘聚井栏边洗衫洗菜,或去来挑水。鸟雀啁啾,风吹耳动,常常就有人带着好奇好玩儿的口吻提醒大家:"听,宗泽校长又在诵经!"大家侧耳静听,真有井泉一样不绝如缕的吟唱,从埕门边的黄泥小屋随风传来。

  说黄泥小屋孤零,是因为屋子已相当破败,外墙大部分剥落,老化的泥沙浆粗糙灰黄斑驳,到墙脚着了苔点,渐成苍黑。若不是屋顶还好好盖着,就快成"破厝斗"(破败倒塌只剩下断墙颓壁的屋子)了。小屋临埕开着好大一个方窗,窗玻璃有数处破裂,破裂处绷着的塑料薄膜也已变色起毛。窗前,从墙角土围斜过来一株茂盛的曼陀罗(亦名洋金花),终日枝叶婆娑。好长一段日子,我总是在晚饭前后的薄暮中走进埕门,常常便也走进了那种熟悉而神秘的意境,如水天光在苍郁舒缓的声音中摇曳生姿地律动:

  人生不相见,动如参与商。今夕复何夕,共此灯烛光?少壮能几时,鬓发各已苍。访旧半为鬼,惊呼热中肠。焉知二十载,重上君子堂……

  少焉,月出于东山之上,徘徊于斗牛之间。白露横江,水光接天。纵一苇之所如,凌万顷之茫然。浩浩乎如冯虚御风,而不知其所止;飘飘乎如遗世独立,羽化而登仙……

> 贈衛八處士 杜甫
>
> 人生不相見，動如參與商。
> 今夕復何夕，共此燈燭光。
> 少壯能幾時，鬢髮各已蒼。
> 訪舊半為鬼，驚呼熱中腸。
> 焉知二十載，重上君子堂。
> 昔別君未婚，兒女忽成行。
> 怡然敬父執，問我來何方。
> 問答未及已，兒女羅酒漿。
> 夜雨剪春韭，新炊間黃粱。
> 主稱會面難，一舉累十觴。
> 十觴亦不醉，感子故意長。
> 明日隔山岳，世事兩茫然。
>
> 馬陵兵書

杜甫《赠卫八处士》

那是黄老校长的吟唱，从窗纸间，不，从黄泥小屋的呼吸间流溢出来。有时已到掌灯时分，老校长的身影便应着节奏，在一窗橘黄灯晕上迂徐摇晃。

黄校长的名字浪裂（浪者，很、非常；裂者，风光、厉害）有气势：宗泽！宋朝的宗泽可是浪险人物，朝中大臣。在《说岳全传》中，岳飞就是宗泽发现的。"岳飞巧试九支箭，宗泽为国收良士"，我早就从奶奶讲古和小人书里稔熟这段故事，而且，我家老式衣橱门上的描金古装人物漆画，有一扇所绘正是这个题材。乡村画匠的手笔，稚肥而粗拙，穿着锦袍的长者方面厚髯，正伸手欲扶背弓负矢、伏拜于地的短打少年。黄宗泽校长恰是典型的方面浓眉，有含威藏神的牛眼大泡，地阁阔且朝（上翘），银灰色的虬须兼葭苍苍。现在回想起来，他的山根也很饱满，鼻准周正厚大。总之，黄宗泽老校长完全符合人们想象或史书描述中非贵即富的公侯巨贾之相，真上潮剧戏台,扮相绝不会卸衰(辱没、给人丢脸)那位忠心为国的宋朝大臣,可以想见年轻时的他是如何一表人才,风流倜傥。可事实上他一生的经历却平淡普通,无显赫功业可言,晚年更显落魄寂寞。在他生命的最后一站,他是一个拖家带小、流寓异乡的退休小学校长,仅靠一份微薄的退休工资支撑老伴稚子一家三口的生活!溪东村原住民基本姓陈,左邻右舍平时都叫他宗泽校长或老校长,不道姓。现在想来,那未尝不是一种巧妙的尊重,抵销了惯常对外乡人难免夹带的歧视和欺负,却无助于改善老人家那时正经受的老病清贫。

我是经由同班同学黄鹤生认识宗泽校长的。

因为母亲从乡村卫生站调回成田公社卫生院,那一年,我也跟着"回城",转到公社边的溪东学校读初一。班上有个男同学叫黄鹤生,成绩一般,但小有名气,老师同学都说他会写毛笔字。我虽然英语、数学常坐红交椅(指考试不及格,那时老师记录或公布考试成绩时,用红笔标出不及格者的分数,故称),但在课间求我给画张文官武将、青龙偃月丈八蛇矛的"粉丝"也一拨一拨。再者,他姓黄,我姓马,在一式姓陈的溪东村都是外乡人。我们由此引为同类,很快交往密切起来,先偕行,接着互访。可那时我父母正千方百计诱迫我放弃"画人仔"的兴趣,转换脑筋去记清楚乘法歌诀和英文字母。丹青与书法同属,恶屋及乌,鹤生到我家串门,受到客气的戒备和冷淡,自觉无趣,便断了脚迹。而我,打自头回跟他迈进那个埕门,走进黄泥小屋,认识了他的父亲黄宗泽校长,就铁扑磁石鸟投林,很快由鹤生的好同学升级为宗泽校长的"超级粉""研究生""忘年交"。

现在想来,那时宗泽校长的境况的确相当窘迫寒碜。破屋是租的,门外用竹篾稻草苫起来一圈墙,将只有后壁的过厅隔出一半,聊作举炊之所。涂炭炉(潮汕俗称圆筒形的蜂窝煤块为涂炭,涂炭炉就是烧蜂窝煤的筒子炉)和烧柴草的阔口土灶挨着,后面柴条、煤块杂堆,与暗红色的砖地和渐弱的光线淤成一片。记得第一次跟鹤生走进竹篾门,暗里浮过来软软一抹略带干涩的女声:"阿鹤,放学了?""嗯,妈,我同学。"鹤生答话时,浓暗中慢慢漂出一瓢白,眼睛稍再适应,我才看清楚那是鹤生母亲的脸。鹤生妈平平常常瘦个子,却看得出不是本地农村老妇人:弯眉细眼,肤色很白。譬如好花,虽然已被岁月打上几层霜,但凋卷的花瓣仍然可以让人想见骨朵红润时的玲珑娇窈,而口音更是典型的"么声"(潮汕方言区不同县域或流域的人说话声调有较明显的重轻之别。一般来说,潮阳、惠来、普宁或者说练江流域的人口音拙直响硬,而潮州、汕头、揭阳等地或者说韩、榕两江流域的人则软腔轻调,前者称后者为"么声""呾话么么"),应该是潮州汕头那边的人。我在暗暗惊怪中随鹤生迈进黄泥小屋蜡黄的石门坎,另一个浑厚而略显苍老的"么声"又从屋中面相庄严慈裕的老者那儿传来。鹤生低声告诉我:"我父母都是潮州府城人。"先前我并不知道,因为鹤生的口音已和我完全一样,不用说,他一定是在潮阳出生长大的。这种情况换成史传或族谱的常规表达,该叫"黄公宗泽,潮州府城人,任教职于潮阳县,退休赁居大南山脚成田公社溪东村,子孙遂占籍焉"。

我头回推开黄泥小屋柴扉的时间,应该是一九七六年或者次年,中国的改革开放即将开始,城乡交通尚很落后,小镇和外面世界的去来,基本就靠小车站一日两班往返于潮阳县城和汕头市区的客车。每天黄昏班车到站,下车的客人中间或夹杂一两个衣着时髦、外地模样的人,不是"番客",就是"么话"。常常有好奇的孩子跟在"么话"屁股后,就为听陌生人呾么话。再往后,内地人开始大量涌向中国东南部尤其是沿海地区,汕头作为经济特区更一度成为光芒四射的"新大陆","么话"很

黄翁宗泽村居图

快失敏,并湮没于南腔北调"电影话"(普通话)中。这是后话。

回到黄泥小屋。

屋很窄。一面糊牛皮纸的篾墙,隔出里外两间。一只潮汕乡间常见的老式眠床,满满占去外间的一半,临窗胀开阔大破旧的长书案,行坐待客的地方就被逼仄到窗对面的角落。一只毛毛扎扎的藤编太师椅,已是乌油赤蜡,落单在小圆桌和高高矮矮几块木凳中。那天的黄宗泽老校长,就坐在藤椅上,乐呵呵地接待了我这个不速小人客(潮语称客人为"人客",称母鸭母鸡为"鸭母""鸡母",与普通话正好相反,此亦潮汕方言多保留古汉语词汇的一个例证）。

　　从那天开始，直至我离开本镇，到邻镇中学读高二文科班，前后有五六年时间，宗泽校长没有搬过家，黄泥小屋始终是我朝夕相见的好朋友。准确地说，我像一颗刚剥开红壳青皮的汁多肉饱鲜荔果，整个浸入满瓮陈年老酒中。我得鱼忘筌，完全不在意小屋的简陋。我与宗泽校长成了忘年交。我们一老一少的亲密程度，大大超过我与同龄人鹤生。四五年的细节和印象重重叠叠，再加上记忆的槌琢风干，早已打磨烧嵌成一件质料厚实的景泰蓝，或者《百年孤独》中退役还乡上校终日锤打的小金鱼，在虚室生白中举目可扪，扣耳成听。至今老校长在我记忆中有意无意闪现时，他总是坐着的，穿着那件灰色的旧中山装，坐在那乌油赤蜡的旧藤椅上，略带快意地摇首浩吟，有时手上正捻着纸烟。藤椅虽破，对这一位威仪堂皇的老者，想来也是当时唯一强可匹配的装备了。

　　那么，彼时稚气未脱的我何以与一位已经踟蹰在生命另一端的老人如此投缘呢？开头说过，黄泥小屋外面的旷埕铺满碎砖，半已废败，远远有口井，再过去的围墙边，杂草闲树也已成行。废埕行迹晚来稀，而风晨雨夕又为一个挈妇将雏僻居荒村的潮汕传统文人提供了释放、升华苦寂的诗意氛围。在我还没走进黄泥小屋之前，我想，宗泽校长的清吟浩歌只是他生命的积习和独唱。

　　我的加入，使独唱丰腴成了一老一少两个生命的和声。

　　宗泽校长和夫人都是正宗的潮州府城人氏。潮州作为潮汕地区文化中心和行政首府的地位，早已被港口城市汕头取代，但潮州有湘子桥，有古城楼，有开元寺，有金山古松，有鳄渡秋风……更本质的，有从韩愈直至更为久远的历史中传承下来的文化积淀与灵气荣光。曾听宗泽校长说，他的家族本是府城一个有名的书香世家，他那用潮汕话把古诗文吟唱得婉转如歌的独门秘笈也有个名字，叫"美读法"，即直传于身为前清秀才的从祖父，而他的从祖父又是自小听高中举人的曾祖父终朝吟唱而耳熟能详，融于血脉而发为音声的。

日后我对潮汕文化有更多了解，知道潮汕之所以能诞育出像饶宗颐这样的学界泰斗艺文通家，离不开以潮州府城为代表的传统文化重镇，离不开他本人所背倚的积淀了多少世代的人文传统和文化资源，离不开潮州饶氏宗族自祖上入潮谋生、传至选堂本人已历十九世的文化与财富两方面的积累，更直接地说，离不开他那身为潮州著名学者的父亲饶锷及其藏书楼、朋友圈。从饶老等前辈乡贤学人的家世传承中，我仿佛感受到了一个个旧日潮州府城书香门第的影像与声息。

多少次，我们一老一少醉心于《赤壁赋》《琵琶行》《陈情表》《吊古战场文》《李武答苏武书》等千古名篇，在"帘外雨潺潺""春花秋月何时了""黯然销魂者，唯别而已矣""不闻号令，但闻人马之行声"那回肠荡气的氤氲中，在"清江一曲抱村流""人生得意须尽欢""梅须逊雪三分白""一片春愁待酒浇"的性灵天籁中，手舞足蹈，清歌浩吟。我仿佛陪侍着宗泽校长——甚至穿越为一轮甲子之前的龀龄稚子，在诗意时光中逆流而上，置身二十世纪二三十年代潮州府城的某个书香门第，于池沼之旁、廊楹之下，幽兰暗香或玉兰馥烈中，堂上大人正浩歌勃发，间或把酒低回，不能自已，而我也就一知半解地默默记住了好多、好多——

　　　　风吹柳花满店香，吴姬压酒劝客尝。
　　　　金陵子弟来相送，欲行不行各尽觞。
　　　　请君试问东流水，别意与之谁短长？

我清楚地记得，李白的这首缠绵而又豪放的《金陵酒肆

饶宗颐先生造像

留别》,是我走进黄泥小屋后第一次听到的歌吟。这首诗给了我最初的感动和迷醉,虽然朦胧,却轻而易举地把一个文心初萌的潮汕孩子引领进了充满古典气息的金陵酒肆。如果是若干年后,尤其在今天,这或许说不上是什么特别的机缘:只要自己喜欢,谁想听听古诗,读读古文,都不是一件难事。语文课本上有的是文言文;书店中各种版本、不同层次的诗选文集让你摸都摸不过来;除了传统的电台电视,喜马拉雅之类的听书软件随时欢迎你下载,更别说网络视频、手机抖音上各种直播鸡汤。可那时是上世纪七十年代,反封建、"破四旧"的狂风暴雨刚刚止息,中国虽大,到处是一片文化荒漠,且不说镇上供销合作社那小小一角文具图书柜台还尽是工农兵读物和抓特务连环画,就连老校长家里也让人难以置信地没有一本像样的书。

幸好节气毕竟已开始回暖抽芽,我才在金陵酒肆里微醉,供销社文具门市书架上(那时得县城才有新华书店)就雪中寒梅般悄悄出现一册《历代文选》,我如获至宝,倾囊买下,又千方百计央父亲托香港友人寄来一本繁体《潮汕字典》(其时尚未发行内地简体版)。然后,在我家天井边的柱础前、在我住的那间"下山虎"厝手(靠大门较小的侧房)昏黄的15瓦灯泡下,甚至是在教室的课桌柜里,一个在黄泥小屋初开窍、从金陵酒肆新出发的孩子,凭着心智初开的纯净光明,赤足走进了美丽神秘而遍地是拦路棘林的古典秘境。

现在回头检视这本几乎是我书架上最旧的"文物"——《历代文选》,繁体直排的字行之间密密麻麻填满了歪歪斜斜的"旁批",那是我这个"早期训诂大师"对照着字典抄出来的有关生字的注音释义。就这样,我细听李密的殷殷陈情,抚摸被失侄之痛的韩愈涕泪打湿的冥界之门,享受了陶渊明归去来兮一路上那拂衣和风与东篱黄菊,沉浸于李太白桃李园的春夜氤氤,在白居易的《长恨歌》、王若虚的《春江花月夜》中久久徘徊,在《西厢记》中"闲愁万种,无语怨东风"……我在直承自清朝举子文士的潮汕话古诗文"美读法"中,享受被乡音悠久窖藏的中古汉语那比普通话更妥帖的诗文韵律之美。那些在珠圆玉润的婉转文字中浸泡千年的离情别绪,供我如婴儿般吮吸;又如"海门波浪打城头"(原潮阳县海门港莲花峰摩崖石刻《竹枝词》之句),成为我日后取之不尽、用之不竭的又一派锦心绣口"潮声浪话"。

说起来,我这"呾浪话"的天赋,当初也是从宗泽校长那儿"激灵"出来的。黄泥小屋中,病翁、老妪、稚子,靠着微薄退休金,捉襟见肘清贫度日。宗泽校长常引杜甫《江村》自譬:"老妻画纸为棋局,稚子敲针作钓钩。多病所须唯药物,微躯此外更何求!"宗泽校长也喜欢下棋,比起老杜,他似乎福薄些:汤药虽有老妻理落(伺候、打理),棋纸还要自己画。有几个常来的棋友,往往一杀开就半天一日。黄老太理家做饭,还常常在一边冲茶侍候,总的说来非常贤惠。可有时老头子焚膏继晷忘了世界,冷了饭菜,这位软顺的府城女子也会怨怒满脸,有一次终于浮性(脾气发作),扯破棋纸,翻倒残局。

宗泽校长还有一件事,长期令老妻着恼,鹤生不解。前面说了,宗泽校长这样一个弦歌不辍的性情中人、淳淳儒者,家中却几乎没有一本像样的藏书,大约早已在历次政治运动和家庭迁徙中胶漏(遗落、遗失)了了。省尾国角的潮汕小村,不过是一汪坳堂之水,闭塞而平静。可不管谁进入黄泥小屋,只要稍作环顾,就会发现眠床上下、桌缝柜顶,特别是里屋空出的角落,这一摞那一捆地塞着报纸,有的已泛黄得厉害:那是老校长数年来一直自费订阅的《人民日报》!看过的报纸,本来仍有不少用途:给鹤生练习书法可解缺纸之忧,让鹤生妈拿去论斤卖掉换点零钱,既补贴家用,又清通空间,可宗泽校长一律严禁。他把旧报纸按月收拢，一叠叠藏起来，极力珍护不使散佚。纸荒确实闹急了，宁可千方百计挤出零钱去买。要知道，让鹤生苦练书法，专一临摹方正规范的颜楷，在宗泽校长来说，是为小儿子将来饭碗计的"基本国策"（事实证明他是对的，鹤生后来果然凭着一手漂亮的颜体被特招进镇文化站，现在是地方文化干部、书法名家），保证习字用纸同样是头等大事！那时的我，还未到过大世界，对图书馆以及合订本之类的东西尚无所知，只朦胧觉得这满屋报纸是很宝贵的资料，宗泽校长加以保存，功不可没，经常表示支持声援。后来有一回我刚走进埕门，就听见老人在屋里激动地大声嚷嚷，进屋一问，原来是鹤生妈又偷偷卖掉一捆旧报纸，叫他发现了，正发脾气。我童心大作，也不管平仄，套着词牌就地胡诌，打油一阕《如梦令》：

　　茅屋老儒古浪，报纸满房砖少。世态炎凉文，覆了红尘蛛裱。孬耐，孬耐，防着老婆偷卖！

多年后的一个下午，我偶然收捡笥箧，翻开那本开挂的《历代文选》，一张发黄的纸片滑出来，打开一看，上面抄着我的这首"填词处女作"，行间赫然横嵌两个浪话：古浪（古怪、穷讲究）、孬耐（巨耐）。记得宗泽校长看后，当时霁怒为笑，一点不以为忤，摸摸我的脑袋说写得好。恍然如昨中，逝水三四十年，宗泽校长早已归山，但他那吟唱灵魂，不仅从未模糊，每每因美如歌吟的潮声浪话愈发清晰生动：

　　忆昔午桥桥上饮，坐中多是豪英。长沟流月去无声，杏花疏影里，吹笛到天明。（陈与义《临江仙》）

4. 我浪，校长

古人有言：十里不同音，百里不同俗。同操潮汕方言，不同区域的人，或以县分，或以流域论，腔调有区别，外人或难分辨，潮汕人门儿清。一般来说，以潮汕三市未分设前的政区分际论，大家公认汕头、澄海的口音中和纯粹，听来舒服干净。以此为中轴，分化出硬、软二途。韩江流域的潮州音也即府城腔是软的极端，软得叫父叫母都有乐感，骂人如唱曲，怎么发火也虎威如猫。饶平县口音半咸不淡。榕江流域的揭阳、揭西两县糯中生变，或委曲，或重浊。以上诸地口音，总属软的一派，即上节所谓"么声"。另一个极端是潮阳人，主要是练江流域的子民们，说话吐词，陌刀大斧，如墙而进。一边进到普宁县地面，刃头渐卷，像八九月的绿叶，不经意间黄苔凝边；一边推向惠来县去，惠来山红石厚，海气横城，飙风偏刀路，先重后轻，怪怪。南澳岛，可能因为移民的缘故，腔调接近隔海相望的澄海，细辨又带点惠来、饶平声口。

如上所述，同是潮汕人，同操潮汕话，俺们潮阳人大饼硬肉如刀截，人家潮州人两个黄鹂鸣翠柳。假设有条嗓大喉粗的潮阳壮汉，一柱擎天如姚明，娶了个三代家住潮州府城书香门第的千金小姐，貌美如花，小鸟依人，两人一唠嗑还真应了西晋名将刘琨的夫子自叹："何意百炼钢，化为绕指柔！"潮州人与潮阳人彼此听不惯，互相讥嘲，经典段子是"宁甲（与）潮州人相骂，勿甲潮阳人咀话（说话）"。潮阳人听了还不好发脾气，一发脾气，喉粗嗓门直，更坐实了说话甚于吵架的公诽。这种事还真经常发生：潮汕话听力不过级的潮州人乃至汕头、揭阳人，乍一听潮阳、惠来人说话，一愣一愣，不懂不懂。潮州男人则一不小心就有娘娘腔之嫌，却也父母所生，没法没招。

举个例子：我父我浪。

人一辈子总不免在某个关头痛不欲生，魂飞魄散，或某些片刻爽到起飞，无法忍受，不能自已，失声而喊："天哪！""我的妈呀！""我的娘！"……说是喊爹叫娘，八成儿扔了爹，只抱娘。潮汕人硬朗清爽，大海是故乡，对如此呼天抢地表情包有个不屑表达，贬之曰"叫父叫母"。自家真要叫，也就二字："我父！"仄，短，克制。若极其激动、惊惧、意外、绝望、眩晕什么的，极端情形是双声叠韵"我父我浪"，再不得了，加上个类似"啊"的后缀叹音。

我的朋友郑家乐先生讲过他乡里潮阳县沙陇公社发生的一件趣事。他说，上世纪七十年代，某村有一老兄，其父去世，他作为长子，带领几个弟弟去溪墘"买水"（潮汕乡村传统葬礼有"买水"之俗，由孝子披衣戴笠或持伞，用钵到溪边舀回长流水，象征性为死者浴尸，谓之"买水抹尸"。有研究者认为此乃畲族遗俗，是从畲族发祥地潮州凤凰山上流传下来的）。他在前面领队，手捧粗陶钵边走边干号："我父啊，你做呢（为何，干吗）正（这么）早就走啊，舍下我们兄弟以后怎么活啊！我父啊！"走下溪墘石级踏板时，他一脚踩到水蛇，差点儿栽下溪去，不禁失声惊喊："我父我浪！"干哭一下决堤成真号："我父喔，蛇啊，你怎么这样吓我啊，叫我们兄弟几个以后怎么活啊！"这炸雷般一惊一号被南村群童目击，传为笑谈。想来这"我父我浪"俱为仄声，潮阳人吼出来，还真粒粒铜豌豆。若遇上操正宗府城（即潮州）么话的乡亲，天生绵腔软调，能化仄为平，再拖上个"啊"，则再火烧眉毛之我父我浪，亦恐销凝成慢板抒情。

我猜想，潮汕人关键时刻脱口唤爹，或与渔业传统海上生涯关系密切。一般来说，女人上渔船是犯忌讳的事，海上作业，不管拉网起鱼还是遇危救险，靠的都是父兄的同心合力，叫娘一律不灵（妈祖或许除外）。

我浪，校长

平常交际中，"我父""我浪"也属高频词，后者尤常用，表示惊奇、强调，甚至虚化为略带调侃意味的发语词。

偶有民间高人临场发挥，妙用"我浪"，别开丰富多歧五味杂陈之交际场景，对潮汕浪话语用的延伸做出了一点贡献，比如成田中学杨成铿老师。

杨成铿老师是我读中学时的数学老师，他毕业于华南师范大学，专业过硬，常徒手上课，在黑板上信手画圆绝对不扁，粉笔头儿打最后一排开小差的学生绝对不偏，很让同学们服气。但杨老师生性耿介幽默，向来不买领导的账，潮汕话叫"圣过浪"。有次因事和姓白的校长闹翻脸，好长一段时间，杨老师远远看见白校长就绕开走。可人类只有一个球，成田只是一个镇，有一天他到镇上访友，从草墟这边走上桥，恰好白校长也正从溪对面猪仔墟升阶过桥来。狭路相逢，校长毕竟是领导，杨老师既要顾及礼貌识大体，又不甘就此落势，他马上在脑中徒手画圆，秒喷切线。且看他计上心头，放缓脚步，背端双手，上身后倾，满脸笑容，主动出击：

"我浪，白校，食未（吃饭了吗）……"

洪湖水，浪打浪。白校长当时真像耳轮被微波一拍打："我，浪，食。"不过他随即回过神来，嘿嘿干笑：

"嘿，食食了。我浪你好啊，杨老师！"

杨老师是地道潮汕人，白校长也是。能当领导的一般都九窍，聪明狡猾理当在下属之上，当下乍听不善，又不好发作，一时心塞，语无伦次，但仓促过后没忘咬牙切齿顺回一浪，真是高高手。我每把这事讲给乡亲听，他们都哈哈大笑，笑过表示担忧："我浪，你老师真调皮，下岗没？"

杨老师那时的身份叫国家干部，公办教师。他过桥的年代，恰在反右斗争已歇，优化组合未至的台风眼中，是"大锅饭更年安全期"，所以他不用为自己的行为艺术与发语词涉嫌歧义负责，早已安全退休。话说回来，当日杨老师主动迎讶白校长时满脸春风，浪裂（很，非常）真诚，为"我浪"铺垫了一个友好热烈的环境，让领导无浪便（没办法），只得迎浪而上，仓皇应战。

5. 余咸士杀菜

杨老师巧借"我浪"亲切揶揄领导，自是"呾浪话"（发牢骚，说怪话、闲话）高手。汕头市区平原肉菜市场也曾出过一个边杀咸菜边呾浪话的民间高人余咸士。

话说上世纪八九十年代是纸媒与文艺黄金时代，汕头本埠就有三四份公开发行的报纸，每家都辟有大版面文艺副刊。某报副刊约请一批本地作者开专栏，其中有个汕头市区平原市场卖潮汕咸菜的个体户余生。编辑请他自定专栏名称，余生想想说，我的就叫"涛声浪话"。汕头枕海，涛声生浪话，岂不正大光明。可大家一听哈哈笑，说："谁不知道你余咸士一向出名呾浪话？这回假装枕海听涛，斯文得拿报纸包咸菜刀。"

余咸士"文革"期间上山下乡，到海南农场割橡胶。回城之后，自言浩劫余生，改名文浩，字生。余生振奋精神，创业不辍，屡折屡战，不屈不挠，后来又在市区平原肉菜市场街口开出一爿书店。这菜市口在京曾为杀头处，在汕满眼鱼肉肆，五更开早市，三月尽膻味，如何卖得圣贤书？一年不到，赔娘折本。余生悔过自新，从杂咸腌制厂盘来十几只粗陶咸菜瓮，排成街垒，每日里良夜读书，晨眠午起，下午三点到薄暮，开铺当垆削咸菜，操刀服务街坊食客。

咸菜在潮汕腌制品中排名第一。潮汕咸菜与江浙川渝等地的酸菜一样，以芥菜腌制，不过腌法有异，口味不同。盖因潮汕地处海滨，不缺盐，故人只要鲜，不嗜酸（贵州人喜吃酸汤鱼，据说是历史上缺盐迫出来的）。酸菜多形容暗褐，卖相拖沓，失轮廓，无圆光。潮汕咸菜所受蹂躏不深，一般得以保持轻黄明亮的好个头，新咸菜更是青翠如玉，出瓮之日，具足庄严，轻轻酸，浅浅咸，咸到妙处三分甜。

潮人用咸，迥异内陆山地，起味提鲜第一，不朽其次。潮菜之最鲜者，要数白煮海鲜，海盐数粒足矣；清歠响螺，唯甲（搭配）上好咸菜，须削得和螺片一样薄。寻常百姓，豆腐鱼或者车白贝生滚咸菜汤，也是杀嘴（极言可口、鲜香）至味，天下无敌。余生削咸菜的专业标准，是逆刀解礴，两指夹起削出的咸菜片，在午日夕照之下，那被盐腌透的植物纹理，摇漾一片金黄佛光，刹那滤隔市场的尘凡喧嚣。余生经历丰富，学博而杂，他在报纸上开专栏呾浪话，用上的也是削咸菜烧响螺的一流功夫，自然入味解颐，大有粉丝。

后来余生一对儿女渐渐长成，学业也不错，眼看他如顾恺之食蔗，渐入佳境，好老运就要开始，遽料文章憎命达，忽罹绝症，撒手人寰，余记咸菜归佛光，潮声浪话成绝响。朋友们

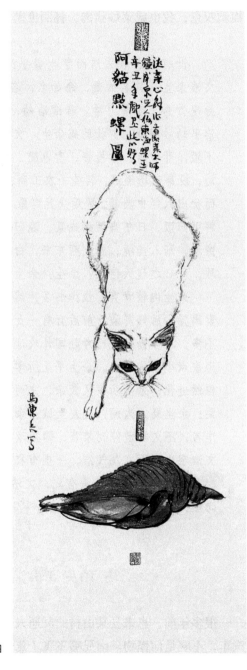

阿猫点螺图

乙 扛着鸟铳去战斗

扼腕叹息，我也咸菜炒猪肉，杯酒庶羞，为文以祭：

世有姓余名文浩而字生者乎？潮汕有之。潮之处士文浩余生，其名如谶，命如名，名如人。余生自幼羸弱，身瘦骨秀，嗜书力学。昔遭浩劫，下乡海南，投荒万死。洎乎劫后回城，少壮已成余生。文浩余生自强不息，创业不辍，开书店，学投资，卖电脑，刻光碟，售冻品，当校对，投身市场经济，转徙士农工商，屡折屡战，不屈不挠，而犹出入经史典籍，挥斥众丑群愚。五十之后，达人知命，解甲归贩，日午当垆杀咸菜，晚归教子闲读书。正谓已悟穷通，渐入佳境，忽剧病东来，白鹤西去。昨晨之谈笑在耳，今日之辽天何在？余生：余生！

余生肉精骨直，钱少书多，然婚史情史颇有可观。前妻离异，后妇贤淑，前后育有一女一子，子称纳米，女名不多。不多勤奋，已考赴国外攻读医学；纳米犹稚，亦已为重点小学优等生。余生平生所学特杂，非只文史，也关自然进化；余生所贩又极杂，文而挂笔卖书，武而操刀杀菜；余生骂人太痛，交友至诚；余生所订杂志，所喜图书作者，不久非遭停刊禁售，即须改弦易辙。当世有姓余讳文浩字生，而文茂气浩，一生布衣，特立躬行于经济特区肉菜市场中者乎？汕头有之，文浩余生可以当之。呜呼，尚飨！

6. 山兄假虎浪

很多年前，惠来县某山村的灵通人士南兄上城，头回看到汽车，不晓是何怪物。南兄嘴飞飞（能说会道，动辄满嘴跑火车），回村新闻报播：

"那怪物，四个脚桶仔扛个眠床桶，'嘟'一着放个屁就行！"

全村人听了目凸面呆，齐声说：嗬，嗬，浪险，浪裂浪险！

旧式实木大床，潮汕俗称眠床。眠床桶指床架子，长方大框，四腿支地，如壮汉扎马步，又如巨桶前横，故称。眠床桶四角竖柱，支起藻井一样平顶，三面栏板，一面开口，上挂床楣。在床架子上嵌上床板，铺好草席，舒褥置被，高挂蚊帐，就是世间安乐窝、家中鸳鸯池。到夏天改铺竹凉席，搁把葵扇，放一对竹枕或漆枕，大人孩子都可以光溜身子在席上滚，汗渍被竹肉吸收。年份久了，席面蜡亮乌油，触肤如玉。那时潮汕家家有番客，虎标万金油、驱风油、风油精之类床头常备，与木竹布缎的味道混合，特具一种凉香醒爽。若逢被席新晒过，日晒的味道也和在里面，就是人间一等温清。

旧时眠床乃一家重器，上好眠床用名贵木料如红、檀、楠、樟等打制，多髹红漆，大红玫红，金红彩红。也有反过来，黑漆髹地，以金粉绘饰。除了木料，好眠床照例描金镂凤，螺钿贝嵌，更有在床楣栏板上雕花画戏出人仔，题材多为文王百子，状元及第，草长莺飞，富丽堂皇，让寻常百姓家平添几分庙堂之气。家中娶新妇，眠床如古彩戏台，锦褥红被鸳鸯枕，红绡帐上囍字高。通常会在眠床一侧与墙间拉道花布帘，帘内墙角置一只新箍的圆木桶，椅子一样高，带盖，没散尽的桐油味与鲜被新帘的土布味在空气中调和出喜庆而腼腆的气氛。旧时风俗，新妇过门入洞房，先要穿着嫁衣端坐在这上了盖的新木桶上。当夜解手，木桶就正式服役。前节提到宗泽老校长的黄泥小屋几乎没一件家具值钱，但大眠床还是有的。谁家要连一只眠床都置办不起，睡觉只能板凳架铺枋（简易床板）打发，肯

潮汕新娘坐帘图

定是穷人。穷人更穷，家中连条板凳都没有，四块红砖支铺枋，半床破絮堵（应付）一冬。我小时在乡间听得最多的形容赤贫的话，就叫"生无眠床，死无棺材"。改革开放前，乡间打不起眠床娶不起老婆的精壮劳力不少。另外，那时少见塑料制品，木物大行，洗脚用脚桶，淋浴用浴桶，都是用短木片箍成的平底圆形容器。我们在电影中常可以看到这样活色生香的场景：龙门客栈或大宅深宫，裸体美女正在盛满热汤的高高木桶中沐浴。可能是因为地处南海边亚热带，气候湿热，即使冬季也不会很冷的缘故，潮汕人家的浴桶不过比脚桶宽，直径该有一米，高却与脚桶差不多，也就几十厘米模样。如果用潮汕浴桶当道具，必致春光大泄，臀乳俱现。

浴桶戒色，脚桶忌老。潮汕人说"老脚桶"，相当于"老东西""老物""老混蛋"，是骂人的话。脚桶哪年月得罪了乡亲呢？此事实不可解。比起浴桶，我更爱脚桶，坐在眠床边"烫脚"，是我儿时一大享受。

潮汕人有条养生之道，叫早蔗晏柑，甘蔗宜早啃，甜柑要晚掰。冬夜掰个柑，甜瓤泅齿，柑皮扔灶头生铁鼎中，烧一鼎热水倒入脚桶，到六七分满，留一瓢放桶边，稍凉即添。坐在眠床边或者小竹凳上，一边泡脚一边食茶，是旧时潮汕乡村老百姓公认的人生至乐。潮汕民谣便是这样唱："一好皇帝伊阿爸，二好烧水（热水）烫浪脬（即浪鸟。脬，潮音pā），三好豆仁（花生）熬猪脚（猪蹄。脚，潮音kā，与爸、脬协韵）。"皇帝的老爸是太上皇；豆仁熬猪脚，那时乡下人是要过年才吃得上的大菜；热水泡脚，烫的足三里，暖的肚脐埮。这样的人生，简直快乐无边。在南兄发现怪物汽车之前，眠床与脚桶的空间关系，相当于脚仓、浪脬与脚的关系，那可是三九寒天家里热乎乎的温暖静好，不是马路、公路上臭烘烘的响屁运动。

当日惠来山内活头仔弟南兄出县上城，到汕头埠访亲，陡然发现街市上有个怪物像眠床桶下垫四个竖立小脚桶,正自惊讶,那怪突地发动,喷烟而驰,在南兄看来,就是眠床桶竟然放屁,这屁一响如炮,震得众脚桶一齐滚动,把偌大眠床桶弄得飞跑!眠床桶锃亮新奇,还是铁的,真是惊人!真是惊人!有新闻敏感的南兄回得山村,借桶说车,将他目击的第一印象准确描述出来,形象传神地向乡亲们推介新生事物,功德无量!但他一牛摆疯(疯牛疾奔)就收不住缰绳勒口,当时继续发挥:我叔公家,大富大有钱,暹罗开金行,袭叨(新加坡)娶二人(姨太太),汕头埠最浪裂。叔公家就有这样一只放个屁就跑的铁眠床,我初时不知不晓,躺上去刚要困觉,不料肚子胀风,爆个响屁,这不,嘟一着,从礐石渡一路摆回神前港(潮汕渔港之一,位于惠来县)!

　　乡亲们半个舌头还没来得及缩回去,眼睛又一次凸成牛牯:哗,南兄堵孬兑(挡不住,不得了)!你叔公堵孬兑!浪险浪裂!浪裂浪险!

　　当日山人南兄的这段产品介绍想象奇特,清奇生动,广告效果天下无敌,四乡六里众口相传,一下传遍山内山外。后来世易时移,汽车普及,这段经典西洋景就成了山兄(山里人,少见识)假虎浪(装大头,吹牛皮)的鼓框(掌故,话头)。

7. 这个鱼是那个鱼

　　惠来县山村浪话达人南兄信手拈来,用家乡的日用器物直接切入工业时代,向乡亲推介外面大世界的新式怪物,神来之笔,浪裂浪险,惊艳人间,倒绝众生。由于认知困境与翻译障碍,潮阳县海门港的渔民兄弟却舌头打结,一口咬死这个鱼是那个鱼,引起误会,差点破坏军民鱼水情。

话说当年国民党军队节节败退,撤出大陆,退守台湾。解放军势如破竹一路南下,于1950年2月攻克南澳岛。潮汕全境解放后,部分野战军驻扎下来,一批军队干部转业出任地方官员,老百姓无师自通发明一个总称,叫"南下大军"。南下大军基本上是外地人,北方人。

潮阳县海门港,也就是历史语景中曾让南宋宰相文天祥望洋兴叹的"终南"之地,是海防一线,海边丘陵上挺起高炮,有南下大军驻扎。

部队驻扎下来,官兵得假,炊事班采购,自然要上海边玩玩,鱼市逛逛。尤其是北方的农村兵大都长于内陆,因打仗南下,不少人头回见海,活蹦乱跳奇形怪状的海产海鱼多从未闻见,新奇不置,自然要东看西瞧,操着半咸不淡的普通话,连比带划问天问地。偏这渔民鱼贩十有八九文盲土著,言者赘赘,听者聋聋,夹缠迫戚,弄出笑话是小事,"这个鱼是那个鱼",据说还真让大军不忿,引起误会——

"渔民兄弟,这个鱼是什么鱼?"
"报告大军,这个鱼是那个鱼。"
"什么?那个鱼——我是问这个鱼是什么鱼?"
"这这个鱼就是那……那个鱼。"
"这个鱼到底是什么鱼?"
"这……这个鱼,就……就是那……那……那……个鱼,那个……个鱼!"

我小时常听大人讲这个笑话,颇替那位卖鱼兄弟担心,后来又陆续听到几个不同版本,基本情节没变,但主角与时空被替换,遂明白此乃方言名物艰难通译过程中出现的高频误撞,不必太当真。不管是现代的大军、古代的客商还是知县、秀才,问者必为不晓潮语不识海的外地人,远来乍到的"初南食"者;答话一方,则为土著粗人,心虽了了,呾话无人晓,开口聊死天。我们不难想象公元九世纪初韩愈贬到"海气昏昏水拍天"的潮州,会被多少如"蒲鱼尾如蛇""蚝相黏为山"之类的海物水怪惊倒,要经赵德们几许咕哝,才明白"蛤即是虾蟆,同实浪异名"(《初南食贻元十八协律》)。

"这个鱼就是那个鱼",完全是异字同音惹的祸。"那个鱼"其实是"那哥鱼",盖因潮汕话的"哥"读如普通话的"个",虽平仄稍异,但把"那哥鱼"和"这个鱼"放一块,不明就里、不懂方言的人肯定一下子听成"那个鱼"。我问你"这个鱼是那个鱼"?你不回答就算了,竟故意重复一遍,这不是反动派吗?快查查是不是刚从台湾那边泅海过来的特务!哥们儿瞧瞧,就这个坎,把我们大军同志与卖鱼兄弟一起绕进去了。

那哥鱼在潮汕是很常见的海产,除了用生姜、蒜头、冬菜或者普宁豆酱生炊,切块熬汤焯生菜或茼蒿、水菜,也很鲜美。但十多年前我移居杭州后,很少在菜市场见到那哥鱼。查了资料,知道那哥鱼专属南海,而杭州的海鲜主要来自东海,所以稀见。北方人当然更不认识。这种鱼的学名非常拗口,叫多齿蛇鲻,听起来简直不是鱼。"那哥鱼"还真是它主要的土名,至少潮汕人都这么叫。

"这个鱼是那个(哥)鱼"是个基于语言翻译换码与常识不对称造成的沟通障碍典型标本。任何一个方言区的人群初与不同语言或族群的外来者在翻译缺席的情况下直接对话,都可能出现类似障碍或误会。时已解放,军民关系亲如鱼水,高炮威武,百姓安堵。南下大军是人民子弟兵,只要不怀疑你是漏网渔霸或台湾特务,什么都好说。但若把这种普遍的困境放到另一时空,不妨尽量放远点,比如上古两个野蛮部落搭腔,或者哥伦布刚登陆北美遇见印第安人——当然也可以拉回潮汕,比如蛮荒时代潮汕先民驾驶独木舟靠着季风和洋流的推送初登琉球列岛，碰上土著，或者唐朝将领陈政带着军队刚刚开进潮汕，与山峒僚蛮对话，都可能碰上语言转码和误读的问题。如果发生严重误会，弄不好可能就此动武，真出人命。大家别说我读三国掉泪，代古人担忧，在这个鱼那哥鱼上兜一圈废话，我再问你，这种事要是发生在日本占领潮汕的沦陷期，卖鱼兄会不会被日本兵甚至是某个北头跟下来的伪军一刺刀当街挑了？难怪中国古史介绍远方异域之国万里来通贡使，往往要特别说明"重译而至"，如《新唐书·南蛮传》谓骠国"其乐五译而至"，乌蛮之语"四译乃与中国通"。隔在中间的各个邦国部族，都得有人加入翻译团，一重一重翻译过来，大家才不至夹缠在"那哥鱼""这个鱼"中，把宾主尽欢整成血溅五步。隋唐时期以经商著名的中亚粟特人，就是因为通晓多国语言，在中国与西域诸国的商贸往来中发挥了重要作用。

8. 扛着鸟铳去战斗

古代潮汕因地处海隅，且山阻岭隔，与中国内陆交通不便，而也成为自然屏障。多数情况下，即使在改朝换代的大乱之年，若兵火延至闽中赣南，或烧过岭南，中原政权已基本定鼎。像五代十国时南汉、闽等割据政权在此攻城略地，宋元易世之时元兵追蹑南宋君臣转战入潮所在残破的情形，近乎特例，而后者也导致一大批遗臣士人留居下来，丰厚了本地的文化积淀。相应地，历史上潮汕本地的山海寇乱虽经常发生，大规模的铁血屠城也不可避免，但相对内陆少发，比较著名的，有潮州屠城、鸥汀屠寨等。前者发生在宋元易世的1278年（宋景炎三年，元至元十五年），潮州按抚使马发降元而复叛，元兵围城,城破之日,血流成河。后者发生在明清易代、潮汕"不清不明"的年头儿,郑成功率部从福建下潮州打粮,控扼着从牛田洋内海进出韩江平原西部各都和潮州府城通道的鸥汀坝乡负固为敌,多次截杀郑部。1657年(清顺治十四年),鸥汀寨寨墙为郑成功火炮轰破,"大小尽屠之"。

到了抗日战争,坎子就大了。

1939年,日军铁蹄已踩躏潮汕,汕头、庵埠、潮安城、澄海城等相继陷落。时距太平洋战争爆发还有两年,香港与南洋群岛、中南半岛尚未被占领,离日本投降则要六年。后期交战双方处于拉锯势态,日伪军队占据沿海平原,中国军队则保卫着山区。潮汕毕竟不是抗日主战场,未发生惨烈战役,但日军的占领切断了海外大米供应和南洋侨批汇入,而1940年和1943年的春旱时期,潮汕又连续发生大规模饥荒,人祸天灾相踵,一时疫病流行,饥民相食,死人无算,人口锐减。其影响范围与残破之力,远非一城一地的直接屠灭杀掠所能企及。

我老家潮阳县成田镇地处大南山北麓,既靠山也近海,大部分区域为练江冲积平原,日占时期应属沦陷区,因为小时常听阿婆讲"走日本"的经历。印象深的有几条。一是那时个把日本兵进村,即能把村里大狗小狗都吓住不敢吠,老人就感慨说这狗也懂时局;一说日本兵喜欢拿人练刺刀,一语不合自小腹向上撩,开膛破肚。又听说那时日寇打到南海边,货真价实的日本兵已不多,假日本的伪军倒不少,多数是东北人,听起来真有点像明清时期潮、漳海盗海商冒充倭寇北侵江浙。像"这个鱼是那个鱼"这种换码困境,碰上真日本,就是"八嘎牙路",也要等翻译说完;碰上假日本,一听冒火,可能二话不说就直接把卖鱼的"那哥兄"一刺刀撩了。

阿婆说,正宗日本兵枪法很准。那时每个村寨都建有炮楼,炮楼上有日本兵站岗,步枪端在前面,子弹上膛,枪口向下,若发现远远野地里有可疑的人,左手一提一屈,右手扬起,枪杆划个半弧端平了,扳机同时扣响,基本弹不虚发。说起这种炮楼,我是爬过的。我童年随下放到农村卫生站的妈妈在成田公社盐汀村生活过好几年,我家赁居的那条巷子已近村边,巷尾连着地瓜田,田头就有个废置小炮楼,可以爬上去,二层还是三层,忘记了。我上初一时的语文老师面形瘦削,双眼炯炯,讲起这事绘声绘色:"Gao-Gon,砰——鸟铳!"Gao-Gon,普通话发音相当于"告—贡",是模拟步枪从打开枪栓到击发的声音。

"鸟铳",是一个有特殊意义的潮汕俚词。张晓山先生所编《新潮汕字典》在"铳"字下就收有词条"鸟铳",本义是明清时装火药的鸟枪,下列一引申义,为坏了、完蛋了、报废了。而在潮汕浪话中,类似的"鸟词"还有一批,与鸟铳基本同义的有"鸟老""肿鸟",另外如"鸟兄飞去",意谓跑路了,弄飞了,没下文了,凉凉啦,也不是好事。

好端端的鸟,哪儿得罪潮汕人了?人家不管在古汉语还是普通话中,都热热闹闹百鸟朝凤,"鸟人""鸟厮"也不过瞧不起的意思,怎么飞到潮汕,就鸟枪换铳要玩儿完?

由堂堂火器变成完蛋的代称,鸟铳,可能积淀着潮汕近代一段血火凝结的乡村治乱史。

16世纪中叶,潮汕曾发生比较严重的山海动乱。倭寇海盗肆行杀戮,官军亦剿亦劫,沿海地方遭受的荼毒远甚于山区,乡村百姓不堪其苦,便组织起来,抱团筑寨,武装自保。一批高墙深沟的大村寨陆续建立,如海阳县的塘湖寨,澄海县的溪东寨、冠陇寨、樟林寨,潮阳县的凤山寨、濠浦寨、和平寨等。从长远来看,大型村寨的形成和自保导致了官府对地方控制力的削弱。至19世纪初,潮汕乡村宗族械斗蔚成恶俗,禁而不止,愈演愈烈。前期以乡里强宗为主,后期几为刺流(乡间游手好

马上使铳图（取自清人练兵教材《兵技指掌图说》）

闲、不务正业的流氓，文献多称作烂崽）把持，遂于19世纪中叶酿成潮阳陈娘康、郑油春，海阳吴忠恕、陈阿十，揭阳林元剀及普宁许亚梅等人的啸乱。

19世纪潮汕的乡村械斗还有一个突出特点，就是普遍使用鸟铳，出现了职业的鸟铳手。潮汕史学者黄挺先生在《中国与重洋：潮汕简史》中有一段生动详细的介绍：

> 潮州民间使用火器有久长的历史，很多年轻人都能够熟练使用鸟枪。18世纪以来的人口膨胀，改变了潮州人的谋生方式和观念，19世纪20年代已经出现专门受雇助斗的职业枪手。乡村械斗，经常招揽这些人带枪助阵。事先签订合同，按日计算佣金，受伤由雇佣者负责医疗，死于械斗则另补身价银若干。说起来也可怜，三天一银圆的薪酬，一百几十银圆的身价，受雇者还要背上凶手的骂名。
>
> 这些鸟枪手惯打鸟枪，两颊大都会因为枪托摩擦留下疤痕可以记认，甚至还有作为身份标识的装扮：穿着

黑色衣衫，袖窄钮密；辫发尾梢扎着五色丝线。19世纪20年代的地方官会根据这些特征，抓捕鸟枪手，给予严厉处治。

清朝咸丰四年（1854）澄海刺流头目吴忠恕等以会党形式组织造反，旋被平定。清廷眼看械斗之风仍继续蔓延，同治八年（1869）祭出重手，授予南韶连镇总兵官方耀生杀大权，加署潮州镇总兵，武装清乡，办理抢掳械斗积案，追缴历年赋税。在随后三年时间中，方耀铁腕治潮，讯结积案数千余起，严办敢于抗官的强乡势族四十余处，抓捕著名土豪八十多人，惩办枪手惯匪三千多名，收缴枪械几千件。清乡之后的近二十年里，潮汕由原来广东最为混乱之区变成治安良好的一方乐土。可以想见，当年有多少刺流鸟铳手在这场惊雷奔电的清乡行动中，由原来耀武扬威操纵乡绅、鱼肉小民的流氓痞霸，"鸟铳"成了方大人的阶下囚、刀下鬼！

不过，手持鸟铳的潮汕刺流对大清王朝也并非全无用处。太平天国起事以后，清廷就不得不大量招募善使火器的潮勇，"潮勇"在当时的文献，包括曾国藩、丁日昌等大臣的奏折中出现频率颇高，第一个攻上天京城墙的清兵，据说也是潮勇。但海洋文化不主一成，淡漠王法，潮勇一向以雇佣兵自居，认饷不认官，善战而不好管。连英法联军打清兵，也要招募"潮勇"。孙中山在《军人精神教育》中就说过："满清咸丰时代，英法联军因鸦片事件与中国构衅，英国即招中国广东潮州人为兵，号称潮勇者，使之攻大沽，攻天津，攻北京。"另据《庚申夷氛纪略》所言，英法联军"在粤招募潮勇，传言不下二万。潮勇者，潮州无赖游民也"。不论功过，"扛着鸟铳去战斗"的潮勇的确曾是闻名天下的战士。别以为潮汕人只经商出名，祖上曾是多面手，今日宜具文武才。

9. 县城那个，乡下苦臊

放过铳，来说鸟。

在潮汕话中，鸟是被浪带歪的，而亦乘风破浪，鸟出异样风情。

浪话之"浪"，本字其实是"卵"。"卵"在潮汕方言中保留着雌雄二义。雌生之卵，如卵子、鸡卵等，念本音；雄之义则指男性生殖器，"卵脬""卵鸟"之"卵"皆是，且发音亦变，读如"浪荡"之浪，而"浪"之潮语与普通话发音相同。这一来，遗忘和移置跟着发生，潮汕老百姓素日里虽嘴皮子上挂浪话，也都清楚"浪鸟"是何鸟，却很少有人知道"浪话"本来是"卵话"。当日鲁提辖避难落发五台山，受不了佛门清规戒律，一天到晚嚷嚷"洒家嘴里淡出鸟来"！晋地山木少，秋景有时飞独鸟。鸟兄飞去，飞到相国寺，飞越野猪林，都没事。若叫这鸟飞到潮汕，保管海水弄咸，浪花打湿。在潮汕话中，咸鸟可不是什么好鸟，相当于咸涩鬼（吝啬者），是骂人的话。

我小时听得耳朵长了茧的咸鸟故事，叫"县城那哥，有钱买无"。

话说潮阳县城某财主，既咸涩又特装。若有乡下穷亲戚上门，不好不留饭，财主就浪裂世情（热情、客气），大声吩咐下人上街买咸（买菜），并当庭扳手指下达采购单。只见财主右手拇指使劲把左手小指往外扳："买几条粗粗肥肥那哥鱼来激汤。"无名指内屈："一捆白菜。"中指也向内："看有萝卜实心的称一个。"食指又外扳："买个大猪脚（猪蹄）两条苦瓜来炖。"拇指再一挑："有米酒扛一坛。"乡下亲戚一旁听主人指出指入响亮，大鱼大肉门儿清，丰盛得像大过年，高兴又感激，连说不劳上街，胶己（自己、自家）亲戚，家里咸酸橱（放饭菜的木橱）有啥吃啥，白糜配咸菜也好的。财主说至亲胶己人，

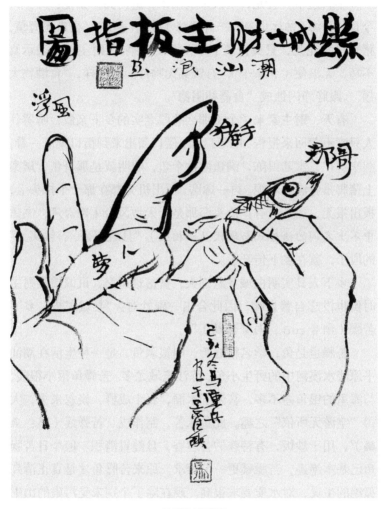

县城财主扳指图

好不容易上城一趟，得喝一杯，就别客气了。乡下人忙不迭谦让感谢过，口液流津坐在小板凳上等幸福。

不料过不一会儿，下人采购回来，进门高声禀复："阿爷，今日龟头海（练江出海口一片浅海）浮风（起风），街市无海鱼，猪脚早卖光光，只买得萝卜甲（与）白菜。"财主摊手表示真不巧，无浪便（没法子），有钱买无物件。就这样，"食酒物大顿"，眼睁睁闪蚀成"食斋补阴德"。

有天，财主家来了个不那么憨厚老实的乡下亲戚，听罢仆人只素不荤回来报告，咽下口水，借口溜出来到街口菜市一看，熙来攘往，水陆俱陈，满鱼筐这个鱼，明明就是那哥鱼，屠案上猪脚排骨满挂着呢。再一琢磨，悟出机关都在那十个指头上，扳出报无，屈入可有！龟头海那是天天做风台（即台风，潮语中不少名词的语序正与现代汉语相反）。"县城那哥，有钱买无"的段子，就在乡下传开了。

乡下人其实明白城乡差别大，贫富难深交，讥讽咸涩财主时倒也没忘自譬自嘲，因此合出一副妙对："县城那哥，乡下苦臊（潮音cuō，与哥协韵）。"

苦臊也是鱼，学名很好听，叫银飘鱼，是一种生活在潮汕平原淡水溪河中的野生小鱼，练江流域尤多。苦臊鱼很小很贱，与海里的银鱼差不多，喜游于水面，百十成群，倏忽来去，大得"空游无所依"之趣。此鱼味苦，制作成"苦臊蟹（蟹：鱼醢）"，用于炒饭，有特殊的苦腥香，且健胃消积。但今日苦臊鱼已基本绝迹，苦臊蟹更一勺难求。原来苦臊鱼才是真正清高孤绝的生灵，对水质要求很高。现在除了个别未受污染的山中坑潭，已少见此君踪影，更难得有人专门到山潭水库去捕这种小鱼来做醢。去年我突然想起小时常吃的苦臊蟹炒饭，食指大动，找老家很有手路（关系、办法、能量）的一位好兄弟老邹，请他帮忙寻觅。街市当然不会再有此物卖，好不容易寻到两罐，是乡下人家自己存放了十多年的宝贝，老邹匀了一罐给我。我舍不得吃快，离开杭州时还剩半罐，送给了良渚文化村的朋友周悦晓，也不知道他吃出门道没。

著名咸鸟品牌"县城那哥"大大固化了我对县城人啬啬势利的印象，以致后来上大学不太敢也不太想和县城女生谈恋爱，偏偏班花来自县城。现在想来，县城那哥，其实是过去物质生活普遍缺匮，城乡差别大，彼此隔膜严重，乡下人对城镇居民羡慕嫉恨得厉害，催生出来的一种民俗意象。如今全国城镇化，小地方的城乡差别基本消失，"县城那哥"早成老皇历，但潮汕人指责某人太过分、太奇葩，仍习惯说："你太那个！""那个家伙太那个！"真不知是"那个"还是"那哥"。

10."七铺"与"九窍"

潮阳县的乡下人虽以苦螬自詈，但小鱼有小鱼的本事，你看苦螬在水中倏忽来去，疾如飘银，那灵活劲儿肯定不比大鱼那哥差。潮阳人关于乡下苦螬与县城那哥斗智斗巧的龙门阵甚至摆到北京城，把皇帝也拉进来跑龙套。民间传说有个"离城七铺"的段子，说是明朝嘉靖年间，有一天，国舅陈北魁与御史陈大器一同上朝，嘉靖皇帝问陈大器：两位爱卿同乡同姓，老家是不是也住一起？陈大器实话实说："启禀圣上，我们虽同乡，我家住潮阳县城，国舅家在贵屿都。贵屿离城还有七铺。"明代十里为一铺，七铺就是七十里路。嘉靖没听清楚，问什么是"七铺"？陈北魁抢过话头："陈御史说的是七步，我们两家只相差七步，小时经常一起玩儿呢！"陈大器听了，也不好意思再辩。可不，俩放尿敲沙（撒尿拌沙，旧时农村野孩子的过家家游戏。敲即拌也）的小伙伴，玩儿着玩儿着就玩儿到北京城皇帝老儿的金銮殿上来，这距离听起来比曹丕曹植兄弟还短。明朝正德、嘉靖年间，潮汕人在朝为官者的确不少，高中状元的林大钦、官至兵部尚书的翁万达等人大致活动在这个时期。陈北魁也有原型，真身陈洸，正德六年（1511）进士，《明史》未为他单独立传，事迹主要散见于叶应骢、夏胜良、张曰韬、桂萼、方献夫、霍韬等人传记与《明世宗实录》。《明史》卷二六〇中的"叶应骢传"几可当"陈洸传"来读，因其与这位两受廷杖、曾任嘉靖朝刑部郎中的浙江人叶应骢缠斗最深。因为陈洸在嘉靖初期"大礼仪之争"中的表现，这位"寄生传主"在叶传中被称"潮阳无赖"，遭保守文官集团多方围剿，却始终受嘉靖保护。真身在朝不太好的名声一点不影响他在家乡被老百姓封为"国舅"，活跃在传播区域以潮阳、普宁为主的民间故事中，成为混世魔王成功的标杆和偶像。此是后话。"离城七铺"的故事虽属杜撰，倒也说明潮阳乡巴佬头脑清楚，虽鄙恨县城人，理智上还是承认县城比乡下优越，碰上大场面，潮阳乡下"苦臊精"应急的方式首先是脑筋急转弯，缩七铺为七步，巧妙贴牌，拉个县城人士垫背增高，如此天赋异禀，潮阳人称之为"活头"。

潮州城乡之间的爱恨情仇，另有典型表现形态，代表是府城和庵埠。经典的俗语也有两则：一是"三个府城硕，当无一个庵埠憨"；二是"庵埠人九窍"。郑绪荣《潮汕俗谚》对"庵埠憨（愚憨）"如何骗倒"府城硕（精明）"，有一个精彩的段子：

> 从前，在一个下着小雨的黑夜，潮州府城的南门外来了一个挑着担子的庵埠人。他敲着城门要求进城。三个守城的府城人在城楼里答："三更半夜进什么城？明天再来

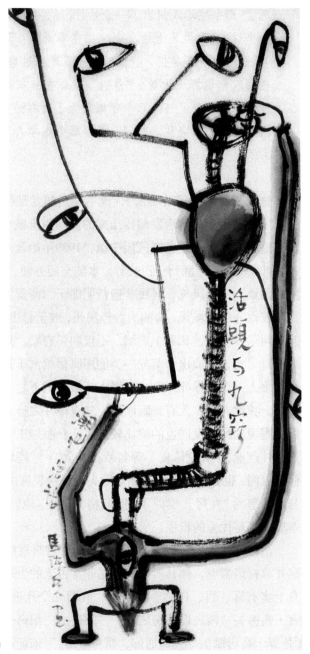

活头与九窍

吧。"那个庵埠人想出了一个妙计,他装着三个人的声音,一个说:"天黑又下雨,今晚住在哪里呢?"另一个说:"担子上有一条扁担,我们三个人就睡在这扁担上吧。"其他两人都说好。于是,"他们"就睡在一条扁担上,还争吵着,说不要乱挤。三个守城人听了大感稀奇,便开了城门想出来看个究竟。城门一开,那个庵埠人便乘机溜进城去了。

这故事听来挺像《聊斋》,说不准当初就是哪个庵埠秀才受了《聊斋》套路的启发编排出来的。潮州府城也是潮安县县城,庵埠原为潮安县龙溪区溪中镇,1939年始改今名。庵埠镇地处汕头、揭阳、潮州三市交界,水陆交通方便,汕头开埠后,庵埠因地利,得风气,居民普遍精明能干,商贸发达,社会活力反较保守的府城强,倚汕头而轻潮州,敢于打出自己的品牌,直接叫鸟(挑战、抗衡)府城。不仅叫鸟府城,别的地方普通人不过七窍,间或出个南兄一类能用脚桶给汽车打广告的活头仔,多人一窍,撑死八窍,庵埠人竟敢冒天下之大不韪,再凿一窍,独称九窍,大有睥睨潮汕、独尊市井之势。改革开放之后,庵埠的经济发展也的确比较迅速,食品加工、印刷成为当地支柱产业,"九制陈皮"等名品驰誉全国,"庵埠奶粉"虽惹假劣丑闻,也曾大创招牌。潮阳活头界科代表陈国舅的"七铺"与庵埠憨的"九窍",套路不同,而精彩各呈。他们虽不使鸟铳,本质上都是优秀的枪手。

话说回来,"九窍"也可以理解为明赞暗骂的损号。盖九窍并非村语凿空,溯其所来,原是非常古老的生理术语,指人身上实有耳、目、口、鼻及尿道、肛门九个孔道。《周礼·天官·疾医》:"两之以九窍之变。"郑玄注:"阳窍七,阴窍二。"《楚辞·高唐赋》:"九窍通郁,精神察滞。"宋朝诗人范成大如此形容全身是病极不舒服，谓"百骸九窍，无一得适"(《问天医赋》)。可见"九窍"之号皮里阳秋，话中有话，是真的办法多点子灵，还是只不过经常无赖到敢把一般人不会用不敢用的阴招使出来，还要就事论事。

11. 新武一声吼

1973年7月的一天傍晚，溪东村村民陈新发得信，有条船下半夜将在大寮海口下水，偷渡香港，他冒险来招堂弟新武一起走。

新武发怵，犹豫不决。新发恨新武无浪（没胆量、脾气或本事），低吼一声："我你壮壮个赚工分强劳力，如今穷得生无眠床，死无棺材。你平日老说想偷渡，见着真，支浪缩入腹（形容胆怯畏缩）。敢死的，盘起浴布跟我走。你不走，我走，再迟就误船了。"

"奴啊，去，去吧！"新武脸上阵青阵白，还在犹豫，里屋巍颤颤走出八十多岁老祖母，手里拿着个小香包："你们太爷前清走南洋，就是穷得拴条浴布从樟林港上的红头船。没死，割橡胶，做伙计，后来千辛万苦成了头家（老板），寄番批（华侨汇款回家乡的银票）回乡里起新厝。别怕，去吧！阿婆求妈祖保佑你。你太爷有灵，也会保佑你的。带上这只拜牛路头伯公（土地神）求石敢当老爷请来的灵符去吧！打虎亲兄弟，一起有个照应。大寮水口是条平安路，妈祖会保佑你们。"

新武热血涌上头，吼一声：大浪（什么天大的事？豁出去了，不管了，等等），走就走！死浪煞（结束，歇戏，作罢）！

偷渡香港，也叫逃港。高发期大概是在上世纪六七十年代，那时内地尚未开放，经济落后。毗邻港澳的粤、闽沿海侨乡青壮年为摆脱贫困，多铤而走险，通过水陆两路偷越关境，以非法移民身份进入香港谋生，俗称偷渡逃港。偷渡危险重重，生死难卜。若被内地边防或香港警察抓住，轻则遣送原籍批斗，重则劳改。遇横风恶浪，翻船迷航，未免葬身鱼腹，有去无回。但成功的也不少，你去香港问问七八十岁以上的人有多少当年是偷渡客，举手的大约不会少。不是曾发生香港合法居民公开抗议抵制港英当局遣返内地非法入港者的运动吗？因为这些入港者基本是他们的亲戚乡党。

那时我还是个小孩子，随分配到乡村卫生站当医生的妈妈生活在潮阳乡下，三天两头总听人说偷渡逃港的事。谁谁偷渡成功，那边传来信息报平安，说是躲进什么新界铜锣湾，被亲戚藏起来，或者被工厂店铺招做黑工，甚至已经领到工资，寄回第一张番批；谁谁倒霉，被抓住遣送回来，正关在公社民兵营，等着企汽灯脚——那时潮汕乡村还未有电力照明或未普遍通电，公社或生产队晚上开批斗会，就在台上悬起烧煤油的大汽灯，挨批斗的"坏分子"或"犯人"双手反绑，胸前挂着纸牌站在炽热白亮的大汽灯下。潮汕盛夏天热多蚊，"企汽灯脚"就是受炙挨叮；更惨的是谁谁过了多少时日仍杳无音信，可能死了，喂鱼了。又常听大人们在滴茶（冲泡工夫茶）说法（闲聊），或者一帮姿娘围坐绣花时转相告庆：听说香港那边又放水大赦啦，谁家的谁谁当了多年黑户，终于取得合法居留权，可以露面出街，过不久就能回乡探亲娶雅姿娘（漂亮女人）啦；谁谁通过关系或机缘，成为香港合法居民啦……除了偷渡，也有不少人找人托关系，通过申请获得政府批准，合法移民港澳或东南亚等地，那时申请赴港移民的最硬条件，就是那边有直系亲属，即有直系的"番客"亲戚，为此，潮汕雅姿娘嫁"番客"老公相当时尚，多少好花插了牛屎橛。

记得当年我妈有个好朋友爱丽,长得千娇百媚,经我妈介绍,明媒正聘嫁了土尾村的香港客阿鹏,阿鹏一表人才,倒也般配。婚后,爱丽向政府申请赴港团聚。一等好几年,就是走不了。虽也托人送礼通关节,但受托的人末了都支支吾吾说她的事特殊,不知什么原因就是卡着不好办。再后来关节终于通到县公安局新上任的头头,调出爱丽的档案一查,问题出在公社这一级,申请表上公社武装部政审意见一栏赫然写道:"此人思想偷渡,应加强监督教育。"爱丽一听明白就里,失心崩泪,大哭一场。

原来,爱丽当日找人托关系,左手两条"大前门",右手四斤"一枝春",上公社武装部部长家送礼。"大前门"是名烟,"一枝春"乃名茶。部长一看爱丽花容月貌,不要礼物要佳人,爱丽扔下礼物拼命挣脱。部长冲冠一怒,首创"思想偷渡"原罪,让爱丽独守空房,面壁改造。

偷渡香港,多是下船走海路。听说当年也有身体强壮不怕死的,直接泅渡深圳湾。连文弱书生骨直肉精如浩劫余生者,亦曾见海欲跳。那时汕头市市区与潮阳县隔海相望,轮渡单程近半小时。这片海湾俗称礐石海,是韩、榕、练三江的出海口,仅三江口的牛田洋水面就近万亩。余生说,当年每天都有好多人下礐石海学游泳,苦练泅水功夫,为偷渡做准备。他当知青到海南岛农场割橡胶,其间曾托关系请病假回城养晦,也天天中流击水学渡苦海。自觉九转丹成,功赛水鬼,假满乘船回海南岛,夜过香港海面,余生潜出舱外,逡巡再三,咬牙闭眼望空一纵,半晌没听到破水之声。试做划水状,只拨得夜风呼呼响,身后有人嘎嘎奸笑,腰腹勒出连珠响屁,这才知道自己早被人盯上,起跳一刹那,有革命大侠从后一拎腰带,把企图偷渡的轻型水鬼余生半空拿了。"郎今欲渡缘何事?如此风波不可行。"(李白《横江词》)余生后来倒抽冷气说,现在回头想,那革命大侠该算救命恩人。

12. 从姜尚到鬼市

新中国曾是个标语之国。偷渡逃港年代，吾年也稚，早忘了街上刷过什么标语，阿婆之符、新武之吼，却让我想起来"泰山石敢当"。

潮语称村舍房屋为厝座，泰山石敢当——或仅谓"石敢当"，常常一拐弯就迎面出现在村头路口、厝角墙根，多用火红桐油直接写在小石桩上，在时还添画个简易八卦或印象太极。泰山石敢当所立之处，通常都很简陋，既没庙檐遮风雨，又专站旮旯歧路，感觉连"田头伯公"这样的芝麻小神都不如。但阿婆正告我，这泰山石敢当大有来头，是姜子牙姜太师给自己封的神位。据说，周武王灭殷后，姜子牙设坛泰山大封神明，封完众神才发现漏下自家，而所剩神位非残即次，大怨怒，宣言我老姜逢神克神，逢煞化煞，顶天立地，遂自封"泰山石敢当"。泰山者，地狱所在也，群魅皆哭，众生大喜。是后普天下不论乡村城市，凡居所道路犯冲有煞，均请老姜抵挡驱除，天涯海角浮地潮汕也不例外。如此一尊神明在潮汕大地的声威、气势与道行法力，与新武下决心铤而走险偷渡香港时吼出的一声"大浪"，实在消息互通，不唯睥睨一切，逢佛杀佛，更含一层逢凶化吉的自信或者说祷祝，无怪乎潮汕人言语之间会常提及"泰山石敢当"。

姜子牙变身泰山石敢当，分身远赴潮汕乡野履职上岗，属于民间信仰故事传说。考诸史传载籍，"石敢当"初见于西汉史游《急就章》，原非神祇，其准确含义，历来众说纷纭，何时变身为民间驱邪、禳解的专职神祇，乃至与"泰山"连体，

揭阳市惠来县靖海镇城外水仙宫中,耶稣被称为番公老爷,配祀于水仙老爷右侧(张声金摄)

已不可考,亦无与姜子牙发生关联的记述。民间信仰本属淫祠杂祀,缘起流变复杂多元、含混杂缠,且潮汕民间崇拜历来不主一神,见神就拜,但求有效,不问来历。我的阿婆出身潮汕乡间小户人家,虽说阿公(爷爷)解放前曾在镇上开过杉铺,她多少算个师娘,但没受过新式教育,借《潮州歌册》的濡染,勉能识读。《潮州歌册》是旧时以潮汕话写成的韵文小册子,内容或演义讲古,或敷设风物。潮汕妇女长日无事,相聚诵唱歌册,乃她们的一项主要娱乐。在诵唱讲古中口传心授,敏慧者每缘此粗识文字,略知古事,而基层教化也于此中落实。我猜阿婆关于泰山石敢当的故事也得之某本《潮州歌册》。按照这个版本,"泰山石敢当"乃典型的外来神祇,真身姜尚,则是中原历史文化中正宗王侯将相、特级古圣先贤。

在主流传播的层面,强势政权、文化中心区域或曰主流文化对边缘地区的渗透、影响、辐射以至改造、同化,往往借重大事件或文化名人的活动来晕染、标识，潮汕概莫能外。姜子牙并不孤单。

姜子牙之神附石北来，在潮汕干的是为民祛魅、辟邪的实事，有"大浪一声吼"的实际担当。兹事虽未见文献载述，潮汕百姓自有灵犀，通过民间故事广为演说。只是这种传播方式过于草根，真真委屈了这位几可比肩周公的古圣先贤。

韩愈的成功，恰是另一种风景、另一条路径。这条路径，真可谓"呾浪话"。

"知汝远来应有意，好收吾骨瘴江边。"虽说韩愈此前曾贬阳山，但潮州更在阳山南。在他的荒服想象中，潮州显然远比阳山可怕，不仅烟瘴毒人，更兼水泽潦汗。大概初上贬途的他还在担心太监带着余怒未消的宪宗皇帝赐死的诏书追来，好不容易平安过了蓝田驿（唐朝皇帝喜欢在贬谪途中赐死官员，多人曾罹此刑，初出长安的蓝田驿乃赐死多发地），他又想自己大概要死在贬所，悲观绝望地交代起后事。不意刺潮八月，全身北归。这段经历不仅为其生平功业平添亮色，更在身后不断发酵，赢得潮人无量景仰，江山名韩。前此后此远贬潮州的朝廷大臣，如常衮、李德裕，均官居宰执，却声闻湮微。你道一段八个月忧患相随的贬官生涯能有多少实在的政绩与建树？你道韩愈真有那么敬业能干？但毫无疑问，韩愈能说，能写。未到贬所，他就宣称"潮阳未到吾能说"，说什么？"海气昏昏水拍天。"（《题临泷寺》）这不端的是正牌"呾浪话"吗？到了潮州，他更不停言说，向远在京城的朋友描述荒忽瑰丽的海景，推介千奇百怪的海产，为本地俊彦名士如赵德辈扬名张目，与禅宗高僧大颠往返酬答，赠书留衣……甚至打破不语怪力乱神的禁忌，投文祭鳄，祭湖神，祭界石，祭城隍，等等。七分言说三分做，凭借道统意识与满纸云烟，韩愈硬是将自己的贬官生涯逆袭、塑造成一个在边远蛮荒地区教化作育百姓的先驱和中原士大夫正统文化的象征。

数百年后,宋代大文豪苏东坡又与潮汕着实瓜过一葛,或者说煨上数芋。

苏轼曾被贬惠州,此地毗邻潮州。名列"潮州八贤"的处士吴复古曾专程到惠州探视苏轼,教他食白粥,煨芋头。《食物本草》上有苏轼一帖:"夜饥甚,吴子野劝食白粥,云能推陈致新,利膈益胃。粥既快美,粥后一觉,妙不可言也。"另有诗《除夕,访子野食烧芋,戏作》:"松风溜溜作春寒,伴我饥肠响夜阑。牛粪火中烧芋子,山人更吃懒残残。"这白粥、香芋没白吃,异日坡公撰《潮州韩文公庙碑记》,破空一句"匹夫而为百世师,一言而为天下法",真有"文起八代"之力,一语道破韩公以"吾能说"获"百世师"的浪话天机。"咀浪话"的祖师爷,舍文公韩愈,莫石敢当。

韩、苏二公才不世出,光耀千古,得其一言,声闻天下,历久弥新。以此而言,潮汕有福。

说古不应忘道今。余生亦晚,以吾所识,近年以外来文化人而深切了解、融入、热爱潮汕文化,致全力于研究推广者,首推隗芾先生。

隗芾(1938—2016)祖籍辽宁新宾,出身满族正黄旗,生前为汕头大学荣休教授,主要研究中国古典戏剧与声律。先生三十多年前从吉林省社科院转任汕头大学文学院教席,潮汕就以迥异于内地甚至大多数沿海城市的特殊历史风貌与人文内涵,引发他的浓厚兴趣。数十年间,仅潮汕文化研究方面,隗芾先生先后撰写出版了《潮汕诸神崇拜》《潮人与海》《潮人与市场》《潮人与神》《岭东客话》《潮汕四十怪》《潮汕导游》及遗稿《潮商学引论》等著作。

此说想非凿空过言。历史上非本土士大夫或士绅而抚潮入汕,多缘贬谪宦游,一则居停时短,二则非专力于研究整理,

二十多年前本书作者与隗芾教授（右）、友人戴朝晖（中）摄于汕头大学隗芾寓所

大致不过为政之余、客居之暇赋诗赠序，留碑为记，珍则珍矣，片简零编，雪泥鸿爪。汕头大学未创之前，汕头尚无面向全国招生的综合性高校，客观上也无法吸引众多高水准的外地学者入潮工作，"占籍"定居。另一方面，外地人尤其是北方人审视潮汕文化，先天拥有跨区域、跨文化的距离优势，恰好与本地学者的研究参照互补。隗芾先生研究潮汕文化，在基础资料的严谨周致方面或有先天不足，但他注重田野调查和存世民俗，并把旅游推广与地域文化的研究结合起来，积极参与各地的民俗活动，足迹遍及潮汕各个角落。

隗芾先生于我，属亦师亦友的忘年交。三十年前我还在汕头某政府机关当小公务员时，就有好几次陪先生下乡开展田野调查，有一次差点把他摔坏在田头。那次我骑"大乌鲨"摩托车载隗芾先生越陌度阡，按他指示，寻到濠江南岸潮阳县河浦镇（今属汕头市濠江区）的一处田野，那儿有个年头不短的小土地庙。乡间土路实在崎岖,过一处土坎时我没操控好,车翻人仰。那时隗芾先生虽已年届五十,身手却比年轻人还矫健,站起来拍拍屁股继续"垄上行"。后来读《新唐书·孟郊传》,谓韩愈与孟郊一见,为"忘形交",我想真的忘年交首先得是忘形交,不忘形,何忘年?

隗芾二字,姓僻名奇,他在潮汕的知名度又很高,经常被人误称为"鬼市",至谓汕头大学有一鬼教授。朋友们有时亦会在问候时顺便打个趣:"鬼教授最近好吗?"此与五代后汉皇帝刘知远的亲随勇士石敢被后人误为石敢当的原型一样,可为人间小小一乐。

13. 柴浪小考

外来和尚好念经,外方神明易显灵。既说到石敢当,不可漏了水流神。在潮汕,石敢当虽多处旯旮路头难免风吹雨淋,有一条却比水流神乃至一众平时安居庙中的大小老爷好,就是不用被拖被抢。

话说那盘古开辟,洪水滔天,天地恰如一盅骰子在女娲娘娘掌心摇。摇啊摇,摇到湘子桥。这话虽说得颠倒,却有由来,总先得有那有千劫亿灰,劫灰零落碾作泥,泥沙俱下,海枯石烂,多少千万年才冲积出潮汕平原这如弥勒巴掌大一块飞来浮地。我佛骨秀肉腴,掌纹深深,韩江一道,榕江一道,练江又一道,还有龙江、黄冈河,自西北向东南摇曳入海,纹网所及,水田漠漠烟如织,柑黄鱼青远村碧。海气涨天之中,时有蜃楼琼阁。你说潮汕是什么地方?人间佛境,东南福地!

既是佛境福地,自有神仙常临。韩湘子跟着从父韩愈到湘子桥头走一遭,就名列八仙;张巡、许远搭个顺风车南下显圣,潮阳县城东山脚下就建起来双忠祠；连敌不过娄金狗（民间传说朱元璋是二十八宿中的娄金狗下凡）的虱母仙（陈友谅的军师何野云，传说他乃虱母仙，兵败后埋名避居潮汕）都上这来云游。更有一种不请自来的神圣，俗称水流神。潮汕庙宇多杂神异祀，来源不一，水流神不会少。

　　水流神，顾名思义，是流水带来的神。被潮汐冲到海边或河涌上游冲下来的无名神像，甚至一段形如鬼神的断树、形状奇怪的木头，恰被好事者捡起，被网捞起，若放庙里供起来，总少不了一份香火。碰上年景顺人畜蕃，或某些祈祷之事应验，神贶如响，从此香火大盛，金身重塑，不难成为名动一方的大老爷。但若不灵甚至给供奉者带来灾难，则神亦可羞可辱。水流神突出体现了潮汕民间诸神崇拜的特点。繁密的水网滋养平原，而冲决泛滥也经常带来灾难，大海更是风云莫测变幻不定的所在，不主一成，充满未知，鼓励冒险。与这种自然环境相应，潮汕人虽出名迷信，却不专主一神。见神就拜另一面，是拜了要灵，不灵则拖，拖散重塑。这种实用主义的泛神论，骨子里有着蔑视权威、挑战规矩甚至神自我作、破釜沉舟的不羁之气。明朝中叶以后海上贸易与移民的大发展，提供了家国乡土之外的另一种空间和可能，进一步强化了这种气质。

　　不管水流神被捞上来时是现成的神像，还是木头疙瘩一段待施刀凿，只要是尊男姓神祇，理该配上阳具，否则"老爷无浪"，哪有神通和心情来保佑人？须知"无浪"在潮汕浪话中是个严重的贬词，相当于骂人没骨气、没节操、没能力、胆怯畏缩。

　　另一方面，菩萨神明来到潮汕，往往被弄得不男不女、又男又女。有个民间故事叫"五谷爷告无状"，专一嘲讽性别意识太强的小神明。五谷爷是潮汕民间崇奉的农业祖神，但"五谷母"也没少人唤。五谷神被众生爷来母去，受不了，跑到观世音菩萨那儿告状，说他被潮汕人搞得男女不分。观世音笑着说："你何必那么介意？我不是也一样？有人称我观音大士，有人叫我观音娘娘。"五谷神又去找玉皇大帝评理。玉帝一听笑掉了胡子："爱卿，这潮汕人连朕都计较不得。他们的口头禅是'父是天，母是地，老婆是玉皇上帝'。只要他们没忘给爱卿金身配柴浪，男女并称又何妨？"

玉帝说得没错，歇后语"老爷家伙——柴浪"在潮汕可谓尽人皆知，想必柴浪应该是一众老爷金身——各路男性神祇的标配。柴字出头，说明潮汕地面的老爷金身以木雕居多。至于水流神，不用说也该是木头。俗话说泥菩萨过江自身难保，泥偶一泡就散，石头入水即沉，能冲上岸、挂着网的，肯定是木头。柴头老爷身上什么地方枝长把短容易挂网惹钩？除了手足，该数性具。

我注意到一个奇怪的现象，潮汕乃至南方各地的石狮石马，不论是在陵墓、故居或新辟景区，还是城市中一些气派建筑的门口，性别特征通常都不突出，尤其是雄兽的性器，往往体积小且轮廓模糊。带着这个印象，多年前我在沈阳北陵公园参观时，曾诧异于昭陵中的石狮石马，均使用直接、有力的表现方式，强化雌雄之别，尤其是雄兽的性器——按潮汕话说，该叫"石浪"，无不比例硕大，着意夸张。沈阳昭陵是清太宗皇太极和皇后博尔济吉特氏的陵墓，女真族——后金政权兴起时的剽悍善战，虽历数百年，仍从石兽身上透体而出。这是南北差异呢，还是满汉之别，或者说是马上弯弓的游牧民族与平和内敛的农耕文明的区别？我未做系统考察比较，无从判断。从南方特别是潮汕本地石兽造型在性别上的含蓄、模糊处理，可以类推潮汕地面木雕的老爷金身在"柴浪"方面若非忽略，大概也只是意思一下，鲜写实少夸张。

乙　扛着鸟铳去战斗

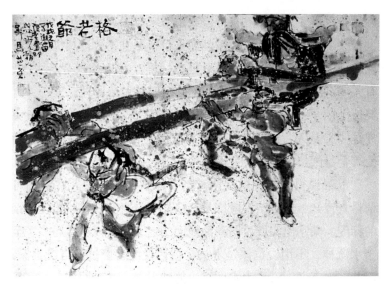

潮汕格老爷

以"柴"称浪,却可谓潮汕方言保留古汉语用法的又一例证。

一般来说,木指树木,或未分解的整树大材;柴指劈开的木块木条,以便作器或燃烧。古汉语中,柴比木更常用,直接原因是木柴为前工业社会最主要的燃料,日常生活需要伐木劈柴来烹煮、取暖和照明,樵采成为主要劳作,甚至发展成为生活方式。而在现代汉语中,木早已跨界通吃,成为主角。此种情形,被潮汕话挡在柴门外,除了"柴浪"及与之近义的"柴头"(老爷)、"大柴憨"等用于揶揄人呆板不灵活,更有"柴配"(刨木花)、"浪脬柴马格"(阳具被木马路马之类硌了卡了,喻事有所碍难遂人愿)、"柴头戏"(木偶表演)等一众俗语词。同样的意义,在普通话中都已易柴为木。

尤其有意思的一点是，潮汕人以"柴浪""柴头"称神像、戏老爷，既保持传统，更含着揶揄与批判。

在古代祭祀仪式中，柴有实际功能并因此被赋义，带着宗教性和神圣性。

"柴"的宗教性很早就在实用基础上发展起来。古代的祭天仪式，"积柴实牲体"，即烧柴燔牲以祭，烧祭产生的冲天烟火和浓烈气味可以产生"上宾于天"、人神交感的幻觉和仪式感。缘此，柴在先秦已成为祭祀不可或缺之物，《尔雅》所谓"祭天曰燔柴，祭地曰瘗埋"，"燔柴祭天"也叫"柴于上帝"。《尚书·舜典》谓"岁二月，东巡守（狩），至于岱宗，柴"。"柴"乃至可以指代整个祭天仪式。直到明清，燔柴祭天仍是王朝首祭，官方大祭。如明朝建圜丘以祭昊天上帝，王铎诗谓"清庙为吹籥，圆丘俟举柴"。圜丘中设有燎坛，对燎祭用柴的材质、规格都有特殊要求。祭祀体系的基层化、民间化也一直为历代王朝所重视，并视为落实意识形态统治的重要手段："至于庶人，亦得祭里社、谷神及祖父母、父母并祀灶，载在祀典。"（《明史·礼志一》）这祭神之柴是从圜丘太庙一直燎到乡村社会的。

潮汕人对"柴"的认知与感情，显然含混复杂，"亲切而缺少敬意"。一方面，潮汕人热衷于对水流神像乃至"天赐神木"进行"二次祭祀"或曰"再迷信"；另一方面又动辄呼之为"柴头老爷"，乃至生发出"柴浪"这么一个至今在世俗生活和人际交流中使用频率颇高的讥贬之词。如果说柴头、柴浪还离不开神像即老爷金身这么一个实体，那么，以"大柴憨"形容傻头傻脑大笨蛋，不孝媳妇骂家姑"柴头柴大家，会食袅纺纱"，"柴"已被直接抽象出来形容某种品格、行为，其借神像揶揄人事、呵仙佛以讽俗世的意味巧妙到位，非木所可代替。

丙 潮汕人怎么喝路易十三

1. 潮汕咸史

潮汕濒海，海气昏昏水拍天，海水大咸。这种地理环境在话语层面一个直接表现，就是"咸"成为基本词素。与"咸"有关的名物、熟语大量出现，既一路沉积，又一直活跃。

喜儿的父亲杨白劳欠高利贷还不起，喝卤水自杀，这是《白毛女》中悲剧的重音。北方内陆盐贵重，咸水不兴随便喝；潮汕临海，谁没呛过几口咸水，早明白个中味道与因果，并如此告诫人们不要饮鸩止渴："咸水是喉渴人喝的！"

汉初吴国靠煮海为盐开山铸铜，不赋民而为强藩。潮汕濒海，鱼盐自古是主业。盐田的场景与劳动方式，为"咸"的词义向饮食男女方面流釉窑变，提供了诱因与路径。

讲故事，潮汕话叫"学古"。"咸古"就是黄色故事，下流、色情的言语叫"咸话"。更形象的一个说法是"耙盐"，把男女间关涉色情的调笑谐谑情景化。什么情景？我们可以想见盐民在盐田上耙收结晶盐粒的时候，边干活边大声插科打诨，讲讲荤段子，交流、制造性幻想，苦中作乐，借以减轻劳作之苦。进一步推测，荤段子亦当由此获得"咸古"之名。

潮汕农村的聚落，大者为乡、为寨、为村，小者曰厝、曰埠、曰寮。上厝下厝，东寮西寮，草草名之，往往可遇。在潮汕民间故事中，"耙盐"不单拖累了咸，污名化了鸡，连寮的不堪往事与低贱出身也曾被抖出。

旧时天花、梅毒传染病等曾经流行。这类恶疾，潮汕土话有个有音无字的怪称，读来恰如普通话的"泰哥"。得了"泰哥"病的人，每为乡党宗族所弃，而聚居于"泰哥寮"。据说"泰哥寮"多孤零零支在广袤盐场或溪僻垾田上。从"泰哥寮"走回正常的村镇，要越陌度阡，涉溪过田。北方民歌中，"左手一只鸡，右手一只鸭"是媳妇回娘家的欢乐画风，在潮汕，这类画面弄不好会有歧义。小时听过一个名叫"掐咸鸡"的关于寮的咸古，大意是说某日薄暮，从某处田洋（田野）的"泰哥寮"上下来一个妇女，提着篮子，篮中装一只腌过盐的鸡，要偷偷进村去会老相好，或者是干卖淫一类勾当，被人发现，发出警告：掐咸鸡的来了！提着篮子孤身一个走在田垄上的年轻妇女，直如鬼子进村，挟恶蒙羞，并使咸鸡成为有病、不干净的妓女的代称。我怀疑"咸猪手"这个词即是从港台或包括潮汕话在内的闽南方言吸纳到普通话中的。

话说回来，"咸"本身是个关系国计民生的正经词，寻常人家日用名物方面的"咸词"，毕竟是主流，比如小菜杂菜，通称"杂咸"，有荤有素一般称"咸齑"（意为味淡，如"白齑"，见《新潮汕字典》第896页）。旧时潮汕小民百姓，家家必自腌两大瓮主打"杂咸"，以供一年四季配糜（配粥）下饭，一是用芥菜腌制的咸菜，二是用萝卜腌晒成的咸菜脯。其他咸字打头的食材不一而足，如咸蒜头、咸薄壳、咸乌榄、咸乌豆、咸蚌、咸蚝等等。

上市场买菜，叫"我去买咸"。桌上菜肴丰盛，是"今日有咸"。

"咸"又引申为人的禀赋、气质、作风、做派等，如咸涩、咸酸、咸俭、咸鸟、咸到苦。

两宗咸物，多聊几句，这就是咸薄壳和咸蒜。

薄壳，学名寻氏肌蛤，此物可算大海特别赐予潮汕人或者说闽南方言区子民的美味，仅分布在潮汕地区和福建东南部海域。

如今数千公里的保鲜速递已不在话下，每年8—11月收薄壳的季节，江浙京沪等地的正宗潮菜馆常可点到鲜炒薄壳这样一个如假包换原汁原味的潮汕菜。炒薄壳必用"金不换"，那是调味点鲜圣物。薄壳养在咸水中，壳是闭着的，下锅爆炒，味入壳开。

与鲜炒薄壳风行天下的情形相反，如今即使在潮汕本地，知道"咸薄壳"的人也已不多。

咸薄壳，也就是用盐腌制的薄壳。在物质匮缺时代，咸薄壳价廉物美，乃配糜神品，是潮汕农村大部分家庭主妇织机边、饭桌上乃至田头饷耕必备之物。食咸薄壳颇像嗑瓜子，得一粒粒掰壳嘬肉，费劲费时，十指还不免沾盐带汁，影响做事，但抗不住咸而香，叫人嘴痒手贱，欲罢不能。有个关于咸薄壳的经典段子被用来区分家庭主妇的巧拙勤懒。说是有一座"四点金"大宅，前厅后厅各住一户，两家媳妇每天同样操持女红织布绣花，上厅媳妇效率高，赚钱也多，下厅媳妇则磕破额，赚无食。大家觉得奇怪，有好事的姑婆亲临现场调查研究，得出结论，问题就出在这咸薄壳上。上厅媳妇舍得花钱买丰盛点、容易吃的菜肴，吃饭速度快，吃完就干活。下厅媳妇很节俭，每餐咸薄壳配糜，掰薄壳用去大量时间，省下的"咸钱"抵不过少赚的工钱。姑婆调查组的结论算忠厚，其实还有一种可能，该媳妇本来就特别爱吃咸薄壳，甚至有意无意用这种方式窝工。难怪潮汕俗语里头，咸、俭相连。

再说咸蒜。

潮汕名菜：金不换炒鲜薄壳

咸蒜不是咸蒜头，是直接用整根蒜切碎了腌起来当杂咸或调味品，很咸，用来炒菜，大香。多年前我曾和朋友一起进山玩，在潮阳、普宁、惠来三县交界处的大南山腹地的山里人家吃饭，发现炒得焦香的鹧鸪肉块间填满切得很短的辅料，明黄焦白，咸香异于常味。问主人此为何物，答曰咸蒜，自家腌的。这么好的东西何以只有山里人家弄？原来地处平原的乡村鱼米充足，海食丰富，最多腌又肥又白大蒜头，用不着打蒜条的主意。山里无物配，加上以前交通不便，盐上下的功夫也更大，于是深腌蒜，广积粮，吃山货。咸蒜腌老炒鸟香。潮汕虽说山海同咸，尚有细微差别。

中国改革开放做的是商品经济和海洋贸易的文章，由此引发的潮汕浪话扩容换代中，"咸"同样打头。

手表是早期的海上走私热门货，当年出来一个老幼皆知的热词"咸水表"。据说，"新海禁"初开时，渔民多借出海打鱼之便，到公海与台湾人易货，换来手表、金条、药品等紧俏水货，因此致富。那时的走私手表，据说是整桶整桶提过船的，被海水打湿是常有的事。

欧美日韩的色情片，也通过各种渠道汹涌而至，开始是笨重如书的盒式录像带，叫"咸带"；后来进步到光碟，就叫"咸碟"。尽管上述几个"咸词"现已基本过气，用之甚少，当初它们可是带头大哥，带路之咸。大海开始新一轮涨潮，它们是最先溅湿沙滩的浪头，或者叫"头浪"更气派。现在海外交流与对外贸易早已过了湿身偷渡、快艇走私之类的低级阶段，这批"咸词"也基本成为明日黄花，仅供怀旧。

2. 番　客

前面说了，我老家成田是中国南方海边潮汕平原上一个小镇。我读初中的时间大约是上世纪七十年代后期，那时成田不叫镇，叫成田公社。我的初中同学马一二家在本地颇出名，他家可算生意世家，爷爷马八九已退出江湖，见人总笑眯眯，像佛。马一二的爸爸马七八是老大，带着两个弟弟，三家人拢在一起同心合力经营店铺，光大家业。马一二和他妹妹、弟弟周末经常帮家里守铺，但不妨碍马一二学习，他成绩一直不错。

这样说，大家会觉得马一二家的生意不小，但若论门面，外人难以对上号，那时他家在镇上新建的集贸市场也只占一间铺面。集贸市场旧名草墟，是成田公社辖下溪东、田中央、家美三个大乡——那时叫生产大队——中间的公共用地，一面临溪三面路，四通八达的去处，中间打出大灰埕，后来又在灰埕上建成几列简易平房当商铺。成田公社就在溪东村出村口入草墟路边一座大祠堂里办公。

马一二家的店在市场外侧，临路对溪。路从溪东大队方向来，顺岸拐弯，经过市场，去往一座石桥。过桥又一墟，名猪仔墟。听名字，就可以猜到是和草墟分工的另一个集市，主要交易猪崽鸡鹅鸭之类生禽活畜。过了猪仔墟，就是家美大队，姓马，又分出家一、家二和家三，那时叫生产队，现在叫自然村。从猪仔墟沿溪直走是家二。另有一路右岔，过小桥，那一片叫家三。走进家三寨门，一条铺着不太规则石板的村道宽窄不一稍微弯曲地向里伸延，两边房子也大小错落，新旧不一。大概走上六七分钟吧，右边有座干净清爽的高檐大屋，围墙临街，那就是马一二的家。四乡六里不少人认得他家，有货要卖、有物要买，也可以直接上他家。

他家做的什么生意？怎么听来有点儿神秘？别急。听我慢慢说来。

如今你若到汕头市区转，在几条商业繁盛的主要马路如长平路、中山路、金砂路等，都可以看到一家名叫"番客"的店，店标门面的设计和名字一样颇易辨识，一看就是连锁品牌。

番客这个名字，对内陆人，或者现代人来说也许早已陌生，对潮汕人，准确地说是指上世纪六七十年代以前出生的潮汕人，滚瓜烂熟。

番客，古籍也写作"蕃客"，很有历史。中国古代，南胡北狄东夷西戎均可称蕃客、蕃人，从《三国志》开始，"蕃客"史不绝书。唐朝时中国全盛，四夷来服，长安城里，蕃客的接待、起居、进贡、朝拜、宿卫等均有专门职司和相应制度，《新唐书·地理志》列举扬州朝贡物品清单，有"蕃客袍锦"。岭南节度使向为肥缺，因为广州外洋的海面上总有满载宝货香料从海道而来的波斯、大食等国的商船，《新唐书》之《孔戣传》《王锷传》均写作"蕃舶"。古代丝绸之路以陆线为主，外国使节商人多从西北方向越过草原沙漠远道而来，或者本身就是亚洲腹地的草原游牧民族，如《旧唐书·代宗本纪》提到的"回纥蕃客"，受其影响，"蕃"多带草头。到了明清，"蕃"头"落草"的情况就经常发生，如《明史·郑辰传》谓"福建番客杀人"。另外，明清时期以"生番""熟番"专称西南少数民族，也不带草头。

潮汕有很长的海外移民史，家家户户多多少少都有家人或亲戚"过番"，即有番客的关系。那时农村起新厝，建房款十有八九是番客从番畔汇进来的。以前出洋通称"过番"，番畔，就是番地、番国那边，等于是港澳台与海外的统称、泛称。和我同龄的一代潮汕人，谁小时不是隔三岔五听大人念叨番客，或者自己家来了番客？有多少人家不是巴巴指望着逢年过节得到番客那像份子钱一样的番批———一般以港币为单位，潮汕人称之为港纸———多则几百上千，少也不下五十元，来缓解一年的拮据，办些想办的大事？改革开放前，普通老百姓基本没有发财致富的路径，谁要动来钱的脑筋，弄不好就是投机倒把要坐牢。潮汕乡村有钱有势的家庭，除当官吃皇粮，就是家有大番客，即有亲属在番畔当头家，是富人，源源不断寄钱寄物回来，留在家乡的人不愁衣食，可以优游享受，还有条件申请移民，赴港出境，成为新一代番客。

那个年代，潮汕社会有通行的美德。谁过番当上番客，都天经地义有扶助、救济家乡亲友的义务，而且每年回乡探亲一二趟，主要是中秋、春节回来团聚或清明返乡祭祖，好像也是约定俗成的规矩。

番客回唐山（回家乡探亲），送亲戚朋友的礼物，主要有两大类。

第一类是衣物，多是穿过的，七八成新，大箱小包装着。番客舟车劳顿，到家坐定，远亲近戚会齐，除一些贵重或全新的衣物特别指定给直系或重要的尊长、朋友，多是直接摊开，让大家挑选、试穿，谁合适给谁。这样的事对孩子来说有点过节的味道！那时没谁会有接受旧衣物的羞辱感，因为满街大人小孩身上的漂亮衣服，十有七八是番客所馈。

第二类，俗称手信，即见面礼或送人的小礼物。

贵重的手信，有手表、金首饰、烟酒、补品、药品等。手表最出名的牌子叫"劳力士"，我爸好像就有过这样一块，是他的一个叫宣叔的老朋友去香港后送的。香烟主要是"555"牌；酒，后面专节聊。补品都有些什么，我没印象了。药品则有丙种球蛋白、人血白蛋白、胃仙U、头疼丸、牙疼丸之类。

普通的手信，主要是家用小药品、保健品，用于驱蚊防瘴、止咳止痛、提神醒脑等，如虎标万金油、双飞人风油精、念慈庵枇杷膏、红花油、万花油、蛇粉、蜈蚣丸，有个打趣的俗话叫"头痛抹肚脐，肚痛抹下颏（下巴）"，说的就是这类包医百病的小东西。印象中，那时家家屋里床头都备有此类便药，空气中摇漾着万金油、风油精、清凉油一类的特有的微辣轻香；出门带一盒虎标万金油或风油精，也算标配。

来而不往非礼也。番客回唐山，家乡的亲人朋友收了真金白银各种洋物好货，会琢磨送点什么东西回礼，而番客自己也会从家乡寻回去一些有念想的好东西，例如名贵土产、古董，特别是补品药材。除了高丽人参在内地买似乎更便宜，鱼鳔，也称鱼胶，独领风骚。

鱼胶，宋应星《天工开物》也称为鱼脬，古人以之熬胶固着弓弦，"坚固过于金铁"。现代人则以此物为大补，为神药。最贵重的鱼胶出自金钱鳌，学名黄唇鱼，胶须展开，是胶身两倍长，价格要比其他好鱼的鱼鳔贵一倍；其次是赤嘴鳌，也即金龙鱼，胶比黄唇鱼小些。潮汕多渔港，以前上好的大鱼胶，民间殷实人家每有保藏。正宗金钱胶，仍间或可得，价格已不菲，现在则基本绝迹，若有，也是一钱超万金，因为有救命功能。据说产妇血崩,命不旋踵,西医往往束手无策,独金钱胶能止血回天。记得我妈闲聊时曾笑言她昔年丢掉过一个发财机会。上世纪五十年代末,她从医学院毕业分配到潮阳县海门卫生院,海门镇是潮汕主要渔港。文天祥兵溃至此,以剑刻石,谓为"终南"。我妈妈救死扶伤深得当地群众信赖,有日出诊经过海滩,正好有条船打到一尾赤嘴鳘,回港来剖出鱼鳔,晾在竿上,船老大怂恿我妈买下,正常收购35元,卖给黄医生只收30元。我妈说,她当时一月工资也才40元,颇为犹豫,没买。看看,弄丢半座北京四合院了吧。

拉拉扯扯这一通,好像跑题远了,其实都绕着马一二家的生意转。马一二家做的就是番客的生意,他家中店里铺橱货架上摆的、壁上挂的,都是番客带进来或想采购出去的东西。马一二全家都是这一行的专业户,别说他爷爷、爸爸、叔叔、他的妹妹弟弟,就是他本人对各种货品也都如数家珍,鉴别真伪,手段了得。好几次他周末帮忙看店,我去找他玩,生意总不错,客人进进出出,有收有买,络绎不绝。有一回,大概是下午三四点吧,连着进来几个人,都是把番客送的东西拿来换钱的乡下人。一个汉子,掏出来一块手表;一个带着孩子的女人,手拿两支人血白蛋白和几瓶"双佩人";一个老汉,从口袋摸出十张百元面额的港纸,要兑人民币。马一二不慌不忙,拿过各人的宝贝,掂掂、摸摸、捏捏,迎着光或者打手电筒照着看,判断真假、品级,报出收购兑换的价钱。又有一回,有人拿来两个鱼胶,他就不敢做主了,说得等他爸或者二叔来。那时假货或者叫水货、"充庄"已经不少,收了假货要赔本坏牌子。来买番客货的,往往也要掌柜给讲出个真假的道理才踏实。总之,开这样的店,得有辨伪鉴真的过硬功夫。功夫从哪儿来?最基本一条是"观千剑然后识器",不在这一行中摸爬滚打多年做不到。

马一二是家族长孙。他一路念书，父母也支持，后来考上医学院，现在是汕头最王牌医院的外科专家，早已不做这一行了。他两个弟弟和一个妹妹，则都只读完初中就辍学，跟着父母做番客生意。大约在我读高中时，他们家就把分店开到汕头市区。当时的市区，最早划入经济特区范围的龙湖区核心地带刚在建设，不过，市中心已从"小公园"移到外马路一线，他家的门店就开在外马路上。我大学毕业参加工作后，有几次因须送礼，上他们店里去买过东西，打理店面业务的主要是他妹妹。他的两个弟弟，听说专跑新马泰，干什么？收鱼胶。那时因为改革开放，国内经济已开始起飞，汕头是第一批经济特区，景好，本地老板富人们腰包大鼓，"食补"需求高涨。东南亚诸国尤其是潮汕人扎堆的泰国、马来西亚等地本身有渔业，而且昔年华侨回乡时从唐山收去不少好货，现在反过来是唐山老板土豪需求旺盛。他的两个弟弟就办出国探亲多次往返签证，专跑泰国与马来半岛，深入那边华人社区，到人家家里淘宝验货，把老华侨几十年前从大陆带去的压箱底的宝贝挖回来。收鱼胶成本大，风险高，前头说了，正宗金钱鳔一钱逾万金。厚利所趋，造假技术也很高明，以次充好更多门道，没有家族信誉和火眼金睛辨真伪的金刚钻，你就是海洋生物学博士后，也揽不了这个瓷器活。我想他那两个弟弟在这方面的本事不比马一二操刀解人简单多少，他们多年积累的资源和海外收货的经历，若写出来，肯定异常精彩。

一次老同学聚会，闲聊之中，马一二告诉我一件非常有趣的真事。

马一二说，他有个亲戚，在潮阳县城文光塔附近开了个烟酒小店，门面比报刊亭大不了多少，可生意不小，轻松赚取厚利。那烟酒档位置好，卡着东山边一个巷口，进巷去，里头靠山建有好几幢干部宿舍（这让我想起杭州东山弄）。经常有领

潮汕民国老祠堂木雕：番仔扛楣（张声金摄）

导家属把人家托事送礼的好烟好酒好茶补品什么的拿出来折价给小店收购，小店一转手，正好又卖给进巷去要托人送礼办事的，至少轻松赚个15%差价，所谓"山头占得着，相刣（争战）免铳药"。

有天傍晚，一个骑摩托车的男人匆匆拿来四条正品"软中"（软壳包装的中华牌香烟，比"硬中"即硬盒的贵）、二瓶干邑XO，换了现钱就走。

个把月后，马一二的亲戚在朋友酒局上无意碰上这个人，开一辆白色奔驰300，样子挺阔绰。喝到半醺，大家聊开来，这人得意地说他前段日子咸鱼翻身，险胜险胜。怎么个险胜法？他说自己前阵子要承包一个工程，请客送礼找关系花了不少钱，已经山穷水尽身无分文，也无人再能借钱，可合同还没能签。那天晚上他托的人帮他约到关键领导，同意出来去

KTV。怎么办？他横窍一动，找一家熟人开的香酒铺，赊出好烟好酒，又过几个路口，找东山脚另一个档口倒掉，换钱上夜总会请客，心想这回再不成就只好跑路。结果，佛祖保佑，坟头风水响，工程到手，卡拉OK，卡拉永远OK！哈哈哈哈，干杯干杯！正说得高兴，马一二的亲戚站起来：你先和我干了这杯。那晚就是我给你换的人民币，认得不？哈哈哈，有钱大家赚，恶性（很，非常）欢喜！

3. 冲罐纪年

话说番客回唐山探亲，送物散财睦亲济众之外，也会在家乡收些好物，比如鱼胶、古董。但真要说古董老物，我却连个一二都说不出来。潮汕毕竟不是中原，亦非江淮，地下老宝少，人间新货多，复经"破四旧"，古董成董骨。却有一样物色，可算潮汕特有，众人皆知，这就是冲罐。

冲罐，是冲泡潮州工夫茶专用的小壶。

何以名冲？工夫茶讲究水滚（沸开）手快，即烫即冲。冲时须三指擒罐，悬肘转腕，半旋壶身，抑扬均匀，高冲低注，不留余沥，所谓关公巡城、韩信点兵，全在"冲"字一诀，"泡"则败矣！

何以称罐？以其鼓腹短嘴，掌心一掬，小小如罐。

老冲罐分两类，一为苏罐，一为泥（涂）罐。

顾名思义，苏罐出自江苏苏州、宜兴，纯以风化石为原料，手拍成形，是紫砂茶器。

泥罐乃潮安县枫溪镇所产，以枫溪附近的田涂为主要原料，加上风化石，手拉成形，成品呈酡色红，也称朱泥罐或红罐。

冲罐简史,其实也是潮州工夫茶的极简发展史。

宜兴制罐,原有多种规格,有大壶,有细壶。细壶为士大夫自用,又称孤老壶。以所出茶水量为度,细壶又有一杯、二杯、三杯之别。明清时期尤其清代,潮汕与苏杭的商贸往来非常密切,潮人崇尚苏杭士大夫生活,风尚所被,渐趋精致,在茶罐制作上也借鉴苏州、宜兴的制式,把三杯式的孤老壶变成工夫茶的专用冲壶。潮瓷研究收藏专家、潮州颐陶轩主人李炳炎先生告诉我,早期的工夫茶具并非这样迷你,茶壶有拳头大小,演至清末民初,始定型为容三杯水量的掌心小罐。工夫茶起初流行于潮汕士绅阶层,有"壶必孟臣,杯必若深"的说法。孟臣壶产自宜兴,以器小者为佳;若深杯为白瓷青花,产自景德镇。后来随着商业发达,商人推波助澜,这种小壶冲茶的方式遂普及到潮汕平民社会,并于民国中期即二十世纪二三十年代发展成熟,定型为潮州工夫茶。

我小时在潮阳乡下生活的印象,不管富家穷家,只要还能喝得起茶的,家中必有一副茶盘家伙。说是家伙,其实简单明了,就是一个盛茶渣水的茶池,上置一个冲罐,三个小杯。再扩编,还该有装茶叶的锡罐、煮水的红泥小炭炉、响炭、葵扇等物。成田公社的盐汀村、溪东村等多个乡里都是大村,有民国时期上海滩叱咤风云的潮汕商帮风光富贵的根基,大番客也多,不少人家原有世家底子,家中往往就有一两只祖传老冲罐,并视之为宝贝。另外老茶客死了,子孙多有将其宝爱的冲罐随葬的做法,后来老冲罐值钱,盗墓出土的也不少。

冲罐作为古董,当然越老越值钱。老不老,有个直观标准,潮汕话叫"上乳"。

大家知道,古董必得"起包浆","上乳"可以理解为冲罐特有的包浆。上乳的冲罐,打开罐盖对光察看,可见内壁结了黑褐色的一重积淀物。据说乳上得厚的,即使只放少许茶叶,也能冲出浓酽茶汤。这是冲罐越老越值钱的另一个实用的原因。

这种有乳的老冲罐,既有实用价值,又能寄托乡思,曾经大得番客青睐,成为潮汕民间头号古董,番客回乡最喜收的抢手货。

那时有个段子,几乎妇孺皆知。说是有位暹罗老番客,回乡多次,觅购得七八只上乳老冲罐,宝贝得不得了,小心翼翼供在曼谷豪宅的金丝楠木柜里,日日把玩摩挲。一天,家中新来一个本地女佣,番仔番滴嗒(形容番人不通风俗,言行奇怪),哪里晓得什么茶乳?偏又特勤快,一进东家门就撸起袖子做卫生,老番客正好出外办事,在泰国娶的二人(姨太太)又忘记交代,等他回来,家里所有家具已经里里外外一尘不染,包括那几只罐口里壁看上去又黑又脏的,叫什么来着——上乳的老罐,老冲罐,朱泥坯子磨洗得内外那个酡红如血啊!老番客一看,头晕脚软,打几个摆,直接"鸡仔晕"在地上。后来我又听到类似版本,地点人物有变化,如番客是马来西亚、印尼或者新加坡的,冲罐数量也不一样。再后来,番客不再在海外,是回乡养老或者投资办厂的。再再后来,番客直接被替换成本地老板。再再再后来,好像这种风尚过时了,寂然不闻其乳,再没后来。

炳炎君进一步的科普,让我由吃瓜群众结结实实上升为识乳人士。

原来,早期潮州枫溪窑的烧制温度较低,只有1000℃左右,且泥罐的原料以本地田涂为主,成器坯体较粗松,多空隙,容易吸附茶渣,茶叶若有杂味也易被滤吸,冲出来的茶汤更醇。宜兴窑所出苏罐,为1150℃以上高温烧制,原料都是风化石,胎坚质硬,不附渣,难上乳。解放后,潮州窑经过技术改造,窑温也上去了,红罐与苏罐,论瓷化程度与质地已基本

江村，作者所绘青花茶叶罐

没有区别,更别说如今一个普通的气窑电窑就能达到1300℃以上高温。也就是说,现在的工夫茶罐,不管是宜兴产还是潮州造,皆已九转丹成,坚如金石,无孔可入,任你千冲百养,也难以附渣吸味,老成"厚乳之家"。

另外,从卫生的角度来讲,茶乳多了会产生茶菌,且有毒。

还有一条,炳炎君说,以前大户人家讲究,一只茶罐只冲一种茶叶。比如这只罐专冲铁观音,那只罐专冲色种。后来不讲究了,同一只冲罐啥茶叶都往里放,冲罐本身也有杂味。这么说来,茶乳不但不能刮,还不能杂。老乳其醇,新乳孔蠹,时不再乳矣!

纠结还在后头。单从陶器收藏的角度,紫砂的孟臣罐价值肯定更高,但孟臣罐不亲茶渣,难以结乳,求乳当在朱泥罐。我于紫砂素无研究,倒是满心歆羡起这样一支上乳的潮州朱泥老红罐来:不管怎么说,那才真是不可复制之物——从工艺、传统到生活风尚。

4. 山上一只船:鸡仔晕

老乳难求,新茗可啜。2018年深冬的一天,窗外阳光坚实,窗内温暖如春,我在京城远郊永定河畔苹果公寓闭门修改书稿,喝着老家潮州凤凰山所产蜜兰香,单丛茶的一款,恍然怀念起小时常喝的土山茶。

那时坊间流行一副对子,上联"乌龙色种一枝春",下联"飞马丰收大前门",横批"茅台长春",分别是公认的茶烟酒名品。福建省安溪县是乌龙茶主产区,上世纪五十年代开始,为了便于分类,又将安溪茶分为铁观音、乌龙茶和色种,即除了铁观音、乌龙茶,其他品种均归入色种,后来衍生的一枝春也属乌龙茶,以厦门国营茶厂所出"海堤牌"为最优。自来有"潮汕人食茶,福建人种茶"的说法,即潮汕茶叶的消费量超过福建。潮汕本土所出茶叶不多,原有黄旦香、岭头白叶数个品种,后来潮州凤凰山主产的单丛茶异军突起,风靡天下。黄旦香与岭头白叶,大概就是那个年代所说的潮汕土山茶。

那时商品经济不发达,茶叶难得用彩印硬纸盒或铁盒包装,若有,不是"海堤牌",就是"岭亭牌",国营茶厂的品牌。坊间通行的简易包装,是用一张比 A4 纸稍大的白报纸包成正方形,俗称"枕头包",半斤装。再拆零,就是刚好够工夫茶冲一泡的小纸包,一角钱左右。

潮汕人喝茶如水,视茶如米,直呼"茶米",可以食无肉,不可饮无茶。即使在普遍贫穷的时代,三餐菜脯咸薄壳,罕有鱼肉,口袋只要有个八分一角,总是先叫小孩到铺街巷头"买包茶米来冲"。真个无钱又无米,还可以上闲间(旧时乡间供邻里闲聚聊天的地方)或者邻居家串个门,蹭杯茶喝。谁家来了客人,不管生熟,主人头句话都是"来食茶",头件事也是拨炉煮茶。拨,是以扇拨风,因为那时烹水多用红泥小炭炉。所以潮汕又有两句俗语,一句是"茶铺多过米铺",就像多年以后听城里人感叹"银行多过米行"。另一句是"乌面贼",指茶叶生意暗藏厚利,赚钱狠如贼。因为乌龙茶一类适合冲泡工夫茶的茶叶,属于半发酵或全发酵茶,制作后茶叶条卷如索,墨绿乌黑,故称。土山茶因用手工揉青炒青,火候轻,野性大,劲利,特消食,一喝肚子饿,更有清脂减肥奇效。但在那个缺荤少肉的时代,却让人又爱又怕,所以又有形象说法出来,叫"刮胃",或"刮肠""刮油"。更爽利的表达是"绞":"我这才食二杯茶,就肚绞死。"人在饥饿感强烈时,会感觉肠子像被绞干的衣服。

说到绞,绞的感觉就来找我,不绞肠胃,绞意识。旧日的土山茶意象，绞着我的记忆。我热切地幻想，哪天我若得着一只上乳的朱泥老罐，最搭的事应该是先冲一泡土山茶。不过，这么多年过去了，现在老家除了名闻全国的单丛茶——这其实是后来培育出来的品种——原来那些土山茶还有吗？上哪儿找去？我想了解有关土山茶的逸闻掌故和现在的情况。

找谁问讯？我想起来家乡的一位老友顾君彦。

对，君彦的老家在石船，可能保留有相关记忆。我给他微信留言。

石船是大南山腹地一个乡镇，原属潮阳县，现属潮南区。翻过石船岭脊，只数重山就进入惠来县界，在山与大海之间，照例又是一小片平畴。那儿更野，山气郁勃，海风飒飒。

石船在山，真好意象！尽管这地方后来改名红场——因为南昌起义后共产党的部队南下潮汕，李富春等人曾驻扎在石船——在我的乡土人文地理上，那儿仍是岭上一只船。潮汕人称船为只，不条，非艘。

七八岁时，我曾随父登石船访友，在山上小学校住过一晚，只记得学校靠崖有个后门，门柱立石，墙稍破败，潮湿的绿意充满黄昏，整夜蛙声和天上的星星一样响亮。多年后读韩愈《山石》诗，一开篇就直接让我回到那个夜晚："山石荦确行径微，黄昏到寺蝙蝠飞。升堂坐阶新雨足，芭蕉叶大栀子肥。"那时我不认识君彦。多年以后，他考上县师范学校，从一个山里农民的孩子变成有铁饭碗的教师、国家干部。君彦本色是个诗人，年轻时诗写得不错，我至今记得他的短诗《山上·山下》，通过山上与山下风景人物的移换比照，暗寓历史与现实的变化与呼应，写出山里人朴素而苍凉的愿望。那是上世纪九十世代初期的事了。后来他转行机关，诗戒了，性情还在，小仕途也顺利——基层起点低，仕途虽小，难度不小，也要是祖上好风水，自己有好运气、好人脉和好人品，才能行得百年船。

回到土山茶的话头上。微信发出,一晚无音,第二天中午,一个电话打进来,是君彦。他第一句话就是:"告诉我你北京地址,给你寄两斤土山茶去。"我求言得物,大出所望,赶紧道谢。君彦说:"这个太平常啦,就像我回趟石船,在村头田垄边随手拔棵青菜。"稍一停顿,他又补充一句:"这种土山茶还保留一些手工做法,比如揉青。我们小时喝的基本是手工,现在有些工序也使用机械了。不过有一点没变,就是挺刮肠的,空腹慎喝,弄不好要鸡仔晕。"

鸡仔晕?!我冷不丁听到一个新词,急忙咬住:"什么叫鸡仔晕?"

"就是那种黄毛小鸡仔,冷不丁被泥丸弹到,会像陀螺一样在地上不停转。以前小孩淘气,有时会用弹丸瞄鸡仔。"

"会死吗?"

"有时会。转一阵爬得起来,慢慢就好了。爬不起来,死掉的也有。"

我大惊笑。一下子想起那位惨遭洗乳之劫的暹罗老华侨,也记起这个词其实不算头回听,以前学古(讲故事)的人也用到这个词。用鸡仔晕形容饥饿或者血糖低造成的眩晕,真是妙不可言。不过单喝土山茶刮肠要刮到眩晕打转,还真不容易,应该是与上一代人普遍经历的对饥馑的体验与恐惧有关。就说五十年代闹饥荒,潮汕虽有华侨接济,如我所闻,也多有波及。小时父母教训我,说得最多的就是不学本领,长大要饿死。

5. 三中花

醉与醒,本属简朴明了的生命自然状态,自从有了酒,醉

蓝田日暖，景德画泥

便丰富、曼妙、奔突纠结。醉醒之间，千奇百态。若说鸡仔晕是眼冒金星的低糖茶花，三中花，则是饮至半醺的美妙酒花。

潮汕地濒南海，气非寒凉，向不以酒闻名，善饮者少，饮少辄醉者多，或者因此于醉中三昧更能体会入微？比如形容酒至半酣的美妙体验，潮汕话就有个出神入化的奇喻：三中花。

这酒真好，二两落肚，人就三中花三中花！

老马食桌（赴宴）回来了，看那样子，酒食到三中花三中花。

"三中花三中花"——不管自述其醉，还是言人之醉，乡党每喜如此一唱三叹，醉美之态，陶然跃然。只是这"三中花"

究为何物？是花？非花？若是花，什么花？似乎不曾有人三径就荒，认认真真把酒"探花"。

十一届三中全会开过不久，1981年，汕头成为经济特区，比内地先行一步，饮上改革开放的美酒。"三中花"纪念的是这件好事吗？不像。记得三中全会前我那好酒的叔公一杯在手，已叹三中。更小的时候，听老辈人学古笑歌（说唱《潮州歌册》），保留关目有《王茂生进酒》。故事大意是王茂生与薛仁贵贫贱时结为兄弟，后来王茂生逃荒来到长安城外，闻说平辽王就是昔日一起投军的义弟薛仁贵，便以水代酒，前往祝寿。薛仁贵说："水比酒更香，饮水要思源。"假装喝到三中花三中花，宾主尽欢，传为佳话。还有曹孟德青梅煮酒，天上打雷时，那刘皇叔正喝到三中花三中花……

三中花，三中花，花花花，花非花……这样似醉非醉念叨着，我还真仿佛回到儿时生活的潮汕乡村，忆起来两三种有意思的朱雀桥边野草花。

一种花，名叫"九龙吐珠"。

若有人家接二连三生一打男娃，终于诞女，不得了，九龙吐珠，后必大贵。那口气，仿佛替朝廷生下个皇后娘娘！听得多，就记住了。对同名的花，反倒谈不上特别喜欢，只依稀记得那是挺普通一种花草，可盆栽，花瓣呈卵状长圆形，中部膨大，吐出的花蕊顶端如红珠。住着"四点金""下山虎"之类宽院大宅的人家，大都会在天井或门外院子照壁处垒土聚盆，莳草弄花，其中总少不了九龙吐珠。

一对夫妻生十子，现在听来不可思议，但在五六十年前的潮汕蔚为大观。阿婆说过解放初人民政府奖励多生多育，曾见"像猪一样会下崽"的光荣母亲尊享牛车游街的殊遇，牛头系着大红花。潮汕平原为冲积平原，适合农耕。明清以来，人口迅速增长，形成以精耕细作农业与宗族乡绅自治相辅的传统社会。门繁宗茂,家多丁壮,既能适应农业生产对劳动力的需求,又易成为一乡大姓,俗称"朝房脚"(乡里强宗。朝,潮音qiǎo。以"朝"为词根的类似俗语词也有一串,如:朝人,指有权有势者;朝刺,指强悍霸道、蛮横凌弱)。反之,"单丁"(独子)例属孤门弱户,易被嘲笑、欺负,生女无男,视同绝后。我老家潮阳县,民间多子多福观念尤为深固,重男轻女很严重,普通家庭,再穷也要生男丁。这种现象,至上世纪六七十年代计划生育正式实施前仍如是。"九龙吐珠"虽说倒过来,也正说明前头生男不嫌多。潮阳县于1993年改为县级市,又过十年并入汕头市,拆为潮阳、潮南两区。据说未拆区之前,曾是全国人口密度最高的县级行政区。因为有这样的传统,实行计划生育之后,潮汕尤其是潮阳,一直是难治之区。不说农村的纯二女结扎,即使身为机关干部、教师医生,不少家庭宁冒被开除公职、罢官出局的危险,也要偷生第二胎,头胎生女者更义无反顾。如此一来,国策与乡情、传统与现实之间,就形成长期的抗拒与缠斗。我年轻时曾在家乡的学校、机关待过若干年,所见所闻,同事之偷生第二胎者比比皆是。一般的做法是女方找个借口请长假,或者干脆病退辞职,躲到乡下把孩子生出来,像赵氏孤儿一样藏着养。每隔一段时间,因为黑户实在多,波及面太广,上面总会给出特殊政策,准许违禁者主动报告,宽大处分。然后孩子可以上户口,黑户洗白。所谓宽大处分,通常是行政降级、罚款、两三年内不提拔。数年一晃过去,没谁再记挂这事,该提拔的照样提拔,但父母可以在朋友同事羡慕的目光中自豪地说:"我家老二……""我那个细仔……"因为官民人等皆视生二胎为正常诉求,检举揭发者将冒天下之大不韪,单位领导也能体谅下情,往往"擎箸遮目"(佯装糊涂、不察)。再说领导自己家里说不定也正藏着这样一个大肚子的违规女眷,医生比病人危险。"法不责众",斯之谓也。老子有言:"民不畏死,奈何以死惧之?"不畏死的我没见过,定要生的,当日身边皆此辈。这一代人,现在已先后进入嫁女抱孙的年龄,该发财的早已发;混官场的职务也已基本到头,正步入安享晚年之期。当年之违禁者,今日二二得四,四四向十,满满的劳模始祖成就感。公退之暇,大可与老妻含饴弄孙,饮满一盅,三中花三中花地追忆两口子当年野火春风斗国策的超生不息逝水流年。

又一种好花,是金银花。

前面说了,潮汕农家多喜于在天井靠壁或门外围墙转角处砌个土台,种点杂花,上面再疏疏落落整个竹棚木架,让瓜与花连根同棚,共生互援。瓜有冬瓜、南瓜、葫芦瓜、秋瓜等,花则以攀援类的金银花、夜来香为主。

夜来香太俗,且不丰富纷繁,我所喜者为金银花。

金银花又名忍冬,是多年生半常绿缠绕及匍匐茎灌木。好种,易活,速长。金银花的主干半树半藤,佝偻屈曲一路向上,给搭个棚子,转眼就铺满如盖。季节一到,花开满头。金银花花期很长,春末至仲夏有几个月时间续续开来,花之不尽,入秋尚荣。花五出,初开雪白,数天后转成鹅黄,因这两种富贵颜色,《本草纲目》遂以金银名之。金银花另有一奇,是一蒂二花,状如雄雌相伴,又似鸳鸯对舞,因此得名鸳鸯藤。金银花与瓜同棚,更是好看。想那冬瓜青碧如大玉巨璞,南瓜如玳瑁上釉,秋瓜吊瓜,有似清辉玉臂。瓜们掩映在满棚藤蔓绿叶与盛开的金花银蕊中,如重云裹轻雷,彩袂垂玉钩。棚上来鸟去雀,喧啾呼啄;棚下凝荫不动,卧狗走猫,鸡跟鸭语。母亲给娃洗澡,发顶耳际常可揩到白屎,不用问,是棚上鸟滴屎,棚下仔发财。

金银为虚,草药为实。金银花采下来晒干,红糖急煮,其味甘中微苦,清暑解毒,宣风散热,能治百病。潮汕向以凉茶出名,其实凉茶是广府人的说法,潮汕人叫凉水:"浮悦(上火、发烧。悦,潮音 ruá)啦?食碗凉水就无事!"凉水之中,最家常易得且性温可口者,无疑属金银花红糖水。

陈与义说:"二十余年如一梦,此身虽在堪惊。"吾碌碌半生,无事堪惊,倒是一提金银花,至今尚能清晰浮现起儿时一次在邻家玩耍与小伙伴攀架上棚采摘金银花的情景。那是记忆中的金银鸳鸯时光,早已折叠成江南旧式美人老藤箧压箱底一件绿地碎花汗衫。衣衫儿连同藤箧儿从头顶倒扣下来,一点一点鹅黄,一簇一簇浮雪,摇摇荡荡。风浸开枝叶花粉,苦香腥甜,阴软温凉,摩颊荡额、撩鼻撄唇。金银花棚上空咸硬的日碱,经不起一棚翠蔓、满庭鲜芳的撩拨,也软细了腰,扑簌着指尖,猫过花罅叶隙,碰磕出大大小小金黄松酥的铜箔,应和着一双童稚之手的捻折丁当直响。两个小女孩儿在花棚下咋呼、欢跃、抢夺、打闹,额前刘海如撞小鹿。她俩,便是邻家一双小小女儿。虽然我早已忘记她们的模样儿,却记住了金银花在日光中打开、飘落的声音。若时光可以倒流,我会择一清夜,携花雕一瓮、醉蟹数只,去那低矮墙角金银花棚下,独个儿举杯邀月,桃源忆故人,三中花里醉花阴。

就又想起来我儿时确曾有过半夜对花这样的雅事。那花也有个更动听的名字,叫月下待友,昙花是也。

昙花名气很大,大就大在它花开花谢那与众不同的时间与方式上。这种仙人掌科的神奇植物属附生肉质灌木,可以长到数米。因忌强光曝晒,昙花选择在繁星满天或月满的秋夏深夜悄悄绽放,硕大、洁白,异常柔曼,如雪如月。但花期极短,仅过一二小时,即慢慢合上、垂萎,世谓昙花一现,又誉为"月下美人"。

月下美人在等谁?或曰潮汕郎儿!在潮汕,昙花有个更温暖动人、更富戏剧性的名字,叫作"月下待友"。

大约在我十二三岁的那年初秋，一个月好风清的晚上，我们一家四口，父母、我和姐姐，似乎还有爸爸的一二位好友，曾一起围坐在我家天井花坛边上那株高大的"月下待友"前，食茶聊天，一直守着盯着。夜过半，昙花滚圆低垂的花苞儿像忽然醒来般抖动一下，然后慢慢、慢慢打开，雪白的花瓣如甜香修长的空山鸟舌，一片一片、极慢极慢渐次伸展开来。第一个发现变化的人发出一小声惊呼，之后，大家都屏声静气，轻轻围拢过来，像迎接一个不能被惊动的天外来客、隔世故人、上清女仙，忘却了时间，只记住开放……要知道，那时中国乡村尚未普及电力照明，人们的生活清简有律，早睡早起，通常晚上过九点就家家吹熄油灯上床睡觉，守岁之事只发生在除夕。唯有神奇的昙花，能让一家人在蛙鼓虫鸣的安谧之中月下待友过夜半。现在追想，素月之下好不容易等来这么一位冰雪佳友，却未修杯酒之敬，着实欠人家一回三中花三中花。若今日得一静村小庭如昔，逢昙花于将放，当壶觞片脯，相携月下，夜初开樽，浅浅而酌。如此准至夜半，才五分酒意，恰素苞轻启，聊斋乍现，与此月中青女花蕊佳人儿同入三中境界，岂不快哉！

隔墙花影动，何处觅其中？

某日，我闲读宋词，邂逅三中先生。

北宋词人张先，字子野，一生诗酒优游，风流蕴藉。中年丧妻，他无限伤心："重过阊门万事非，同来何事不同归？梧桐半死清霜后，头白鸳鸯失伴飞。"心虽伤，头虽白，生活仍精彩继续。词人之所以为词人，正在激情终生，至死未烬。据说张先于八十高龄仍纳十八佳人，且两情缱绻。老头子生命力之旺盛让苏东坡亦惊叹，生出"一树梨花压海棠"这样奇瑰的想象。

一生二，二生三，三生万物，这样一位老顽童张子野，半世

张先词半阕

性情,毕生妙绝,都在"三"中。

他吟出"云破月来花弄影""娇柔懒起,帘幕卷花影""中庭月色正清明,无数杨花过无影"这样的佳句,人称"张三影"。

三影之外,复有三中。"有客谓张子野曰:'人皆谓公为张三中,即心中事,眼中泪,意中人也。'"(李颀《古今诗话》)莫非这三中花里人,原型正是张三影?如此说来,我等潮汕酒徒的段位和子野张三中一样高,酒到半酣,心中事绽开花,意中人如金盏花,谁的眼中飞泪花?三中先生醺然起舞,潮汕酒徒给他插上满头金银花!

6. 通食世家

说到酒、醉、三中花,我记起来我的初醉。

我之初醉,是童子醉,未入三中烦恼,因得圆满菩提,最属天女散花。

十岁那年一个秋夜,亲戚送来一小瓮自酿糯米酒饭。酒饭,大概算潮汕的制法或习惯叫法,很稠很甜的糯米粥儿,刚出酒液的那种。亲戚说,酒饭大补,小孩儿也吃得。母亲破例给我盛了小半碗。甜透了的米香和酒香融化了味蕾,我竟半点没觉得辣,一食四匙。第五汤匙刚颤到唇边,手就飘飘然不听使唤,接着从头到脚前所未有地跟着发轻发飘，头皮眼皮黏糊糊，怪舒服。妈妈一看，知道我要醉了，叫我快上小阁楼去睡觉。我几乎是整个身子儿贴紧梯子浮上阁楼的。我在半空抱紧木梯上下左右看，房子出奇的大，橙黄光晕一波儿一波儿流。好不容易把自己搬上阁楼，头往蚊帐里一放，就什么都不知道了。

平生食酒头一番，初醉很美。

潮汕人嘴阔食四方。食酒食茶，食甜食咸，食鱼食肉，食斋食臊，食补食药，食蔗食奶……凡可入口，一食办之。荤素干湿，水陆山海，通食无碍。不仅如此，更抽象的德行胆气，人生遭际，也来之则食：食人食血，食大食小，食神食明，食风食海，食脑食钱，食狗和尚，食蛇配虎血，我食盐多过你食米……小时有算命先生给我"看五形"，就说我"菱角嘴，食四方"。

四方通食，这样精壮的说法，初听似乎土得掉渣儿，殊不知这正是典型的汉韵古风！《尚书·洪范》标举八政，其一曰食。民以食为天、食色性也、不食周粟、食邑食禄、社稷不血食等等。"食"乃上古汉语基本词语，"进口"诸事的万能动词，说先秦典籍唯见食，大致不差。饮、啜、茹、唼等不过偶见，至于吃喝咬嚼，那都是后出的。后来语词逐渐丰富，分工细了，食也减负，多用为不及物动词。潮汕人则不知有汉，无论魏晋，自存大朴于世外，依然万般皆食，一食无前。

回到食酒话头。

我父母都有公职，有固定工资，家庭经济在改革开放前的潮汕城镇属中等以上，但我迟至十岁始叩醉乡，且初食为度数很低、半酒半饭的酒酿。

怪乎？未也。

潮汕为中国南方滨海之区，北回归线所经，气候温暖，地非寒凉，本无喝酒风习。但以酒能行气暖身，普通农家视酒如补，主要用于时年八节、冬至进补、妇女坐月子或小孩"转身"（指孩子成长发育关键的生理年龄段）时蒸炖益气。农家虽常自酿，而非平常所食。办法是将稻或糯米蒸熟置冷，装入深钵陶瓮，投以酵母，封缠湿布，加物压紧，时日一到，开封而酒成，俗称"激酒"。酒液多呈黄褐暗红之色，称为米酒、酒糟或红酒。这种酒，说来与客家女儿红、绍兴黄酒一样是粮食酒，但奇怪的是改革开放前的潮汕人基本不知有黄酒。

祭祖拜神或浸泡果酒，要用蒸馏的高度白酒，得买。祭拜之酒，用木制红漆小酒杯或陶瓷小杯，置于神床或供案上，往往放到味薄酒馊，倒掉了事。

另一种必须摆酒的场合是"食桌"，即婚丧喜庆之摆酒待客。潮汕俗称桌为床，神床即主厅正中靠后壁摆放的长条形供案，上供神位或神像。餐桌平日只叫饭床，连专用于请客摆酒的可坐八九人的四方大桌，平常也称"八仙床"，只在婚丧喜庆办正经酒席时改称"办桌""食桌"。古人原本跪坐于地，凭几而食，床乃卧具，复有绳床之属可兼坐卧，初无高脚之桌。桌椅的兴起，宿白先生在《白沙宋墓》中有详细引证，是晚至唐末五代的事了。潮汕人不管饭桌眠床，统称为床，与现代汉语不合，却是以旧名称新物，坚持了古意。刚到潮汕的外地客人，尤其是女客，听本地男主用潮汕普通话当面打电话到酒楼定房又定床，还要一张大床，难免先被惊绝艳晕，接着笑倒。不瞒你说，这丑我出过。

酒徒是怎么养成的？记得以前有个说法，是北方人血液中流着酒，常有当父亲的喝嗨了，箸头沾酒往娃儿舌头上送，女娃亦不例外。此事放到旧日潮汕，定属天方夜谭。除了风暖人淡，更因闭关锁国，地薄民贫。贫穷限制享受，茶烟酒一律被视为可致败家的不良嗜好，研酒（好酒贪杯，酗酒）尤甚。谁要研酒，十有八九被乡人目为破家仔（败家少爷），天塌舍，口碑与预期先坏了，恐怕老婆都娶不上，遑论有个一儿半女可让他发蒙"酒教"。鲁迅笔下的孔乙已潦倒至极，一碟下酒的茴香豆，还有顽童争抢。潮汕俗称花生为地豆，旧时被视为最合适也较易办的下酒物，有"地豆酒，老朋友"的说法。但地豆另有一个半真半假的可怕代称，叫"嫁牡豆"，意思是此物食之上瘾，可致倾家，卖妻卖儿。"牡"本指雄性动物，到潮汕却成为老婆的俗称，这与潮汕话中卵脬（睾囊或阳具）、卵核（睾丸）、卵鸟（阳具）之卵由雌物变"阳货"，而发音也转同"浪花"之浪，堪称方言音义变化中一对喉结凸起的奇葩。其实，地豆炒得再香，也不能一天到晚吃不停，更别说吃多上火，背后的苦主是酒。另有一句潮汕俗语交代了个中因果："好酒好地豆，好戏好皮猴。"好，喜欢、嗜好；皮猴戏，即木偶或布偶戏。皮猴戏衍生出来的"文创产品"叫"皮猴人仔"，走下戏台，变成玩具。爱吃酒必牵出地豆，就如爱看木偶剧会连带喜欢皮猴人仔，那么请继续掏腰包，并进一步玩物丧志。酒比地豆贵，何况鱼肉才是酒的头牌搭档，败家子总是先祭酒烂肉（无节制地酗酒噉肉），沦落到地豆一碟，差不多家当吃光，下一步难免卖牡易豆，嫁妻换醉。

祭酒烂肉之祭，意思已大变，相当于酗；烂与祭对应，亦只好径改动词：吃，很过分地吃，吃相很差，毫无节制，近于糜烂。肉食已鄙，更哪堪烂醉如泥。如此骂人，不仅形象，更有深一层的意味！以前潮汕没有嗜酒的风习，少有人喝得惯高度白酒，一般只有祭神祭祖用到。酽酒者则不然，酒愈烈愈香。想象这种败家子酒瘾大动，神床供桌上祭祖敬神的酒也不放过，连带鱼肉供品一起风卷残云。在谨厚胆小的乡亲们看来，这是怎么不肖的子孙才做得出来的事呵！话说回来，潮汕人对神明的态度本来就复杂而有保留，"多个家神多个鬼"，神床上供的神位，并不是越多越好，对各路神明，也是七分敬来三分防。一面见神就拜,一面拜了要灵。神偶若不灵,就一"柴头""柴浪"。或者怀疑家神搞事不利子孙,屋后门前、地下梁上有异物成煞,鬼魅作祟,对不起:祭神祭煞!祭哩泼啦!意思是泰山石敢当在此,赶快滚蛋!

以前潮汕人形容破家仔变卖家产,有数种风趣形象的说法,嫁牡豆为其一,另有"锯梁卖厝""偷卖公山,偷抽松椤底(棺材底板)"等。老式潮汕民居叫厝,基本是屋顶架梁,梁上盖瓦的硬山顶瓦屋,中间最高的大梁叫"梁母",双翼每两根屋梁之间,称为一缝厝。家里若不止一个儿子而只有一间祖厝,或者厝的数量与儿子不符,无法整除,分家时往往只能以缝为单位来分厝。屋梁虽用于承重,除梁母绝对动不得,侧梁间或抽掉一二根,一般还不至于倾圮。家贫无法或败家无度,到了张飞断桥之时,自然想出这种救急苟安的绝计。偷卖公山,偷卖棺材,则由家宅浮财升级到地下祖宗,打冢中枯骨的算盘。

卖妻换酒的事真没听说,但这么一检视,我发现自己记忆中储存着一个故乡酒徒的形象,并与地豆——花生联系在一起。

我的一个亲戚,父亲教我唤做老四叔的,就是好酒之人。他是地道的农民,一生未离乡,打光棍,留在我印象中的这位老四叔已是颓默于困顿孤寂的中年人,衣衫单薄近于败旧,瘦削的身架,不高不矮,长得也不难看,只神情非常的黯然萧瑟。印象中这位老四叔似乎就蹲着或坐着,地上放着一瓶酒、一个白瓷碗儿,碗中一撮用盐炒熟或者盐水煮熟晒干的地豆,前者红膜多未脱,后者往往带壳;或者是一碗酒,地豆用一张纸包了摊开在脚边,他右手三指撮豆,嚼一粒地豆,抿一口酒,自个儿嘚瑟或萧瑟地慢慢喝着。

说起来,我小时还曾跟着这位老四叔入山数日,另具一种"三中花",后文再叙罢。

原乡酒徒老四叔

7. 星期日痛风：刻薄记

三代人贫农，星期日痛风。

糖尿病和痛风，有人说是穷病，有人说是富病，我一直迷糊这两种矛盾的说法是怎么一分为二、二合为一。有次和一位杭州的朋友聊起，他讲了一个真人版评病记。

浙大某教授有同事兼酒友体检查出糖尿病，古人叫消渴症，并引发痛风，就是高嘌呤，酒一喝多，痛风就发作，要控肉控甜品，还得随身带药，每日服用。教授嘲之曰：得这种病的，基本祖上三代贫下中农，寒门素族，少荤缺油，基因淡出鸟来；到这代子孙突然阔起来，酒池肉林，不适应，毛病就出来了。一座皆笑。教授很为自己这个发现得意，多次说起。不料隔年教授本人也查出高血糖，遂关闭评论窗口，出门吃药，默默保健。

我回忆起来，自己小时，也被民间高人"刻"过一"薄"。父亲有个叫郑达元的朋友，我叫他达元叔，是木匠，又不像一般乡村木匠，多才多艺，相貌清癯，络腮胡，能喝酒，说话表情常带嘲讽。那时我还不知有"玩世不恭"这个词，后来一说到这个成语就想起他。达元叔似乎原有公职，后因故成为自力更生的百工之人。我家打家具，总请他上家里来做，潮汕民居"下山虎"进门楼就是铺着青石板的大天井，正好当工场。斧凿钻锯像武器，小孩最心仪。我特别喜欢看他刨柴被（木屑）、锯木料，他那络腮胡与毫毛浓密的手臂带动着矫健的身体伸缩挥动，在劳作中形成某种韵律，简直看入迷。每回刨木锯材，照例柴被翻飞，堆积一地，并产生一些边角废料，可以当玩具。

不知为什么，那时大家都知道有一种比驳壳厉害的手枪叫"曲尺"，要比游击队长更大的官才有，像《林海雪原》中的杨子荣,也就使一把大黑驳壳,少剑波官更大,腰间所佩就是曲尺了。有一回我捡到一块曲尺形状的弃料,央求达元叔给我加工成曲尺手枪,他接过去掂掂,坏坏一笑,问:

"比曲尺更厉害的手枪叫曲(刻)薄,知道不?过会我给你做一支曲薄。"

我信以为真,正高兴。天井前陛上有个喝茶的大人笑了:那是骗你的。哪有曲薄,只有刻薄——"刻"与"曲",普通话异读,但在潮汕方言中是同音字——许久之后我才晓得,原来是有满腹牢骚的达元先生,偶然顺起小孩儿的话头,对空开了个泛恶意的刻薄玩笑。

教授解释消渴痛风何以是贫富交加病,虽属曲尺上手变刻薄,却颇有见地,可惜他事及自身就忠厚起来,不再刻舟求"薄"。我倒有个真实的例子,叫"星期日痛风",可以生动佐证教授的观点。

二十多年前,我还在老家机关做事时,有一次,大家在食堂吃过午饭后闲聊,政府大院车队队长突然说:

"你们知道吗,经发局局长的新司机小张,汽车兵转业刚安排的,星期日早上起来,脚关节突然红肿疼痛,下午去医院检查,说是急性痛风!这种病,说是一犯上就无法根治,平时要戒酒戒肉尤其戒海鲜了,不然发作起来很难受,想死的心都有。

"有趣的是医生的解释,哥们儿要不要听听?

"小张当时叫起来:我这不刚上班两个星期吗?难道八字冲着政府风水了?怎么这么衰!

"医生脸无表情问:'这两个星期你都干什么了?'

"小张说:'正赶着市局领导下来检查工作,天天开车送领导跑基层。'

"医生侧侧身子问:'那你们天天吃什么来着?'

马画潮谚：三代无须一代胡

"小张说：'领导下来，吃的喝的还能少？'"

"医生问：'你以前也这样吃喝吗？'"

"小张老实交代：'哪有？老父种田的，以前在家，从小食糜配菜脯，鱼肉稀罕。当兵伙食虽不错，也就吃饱。一辈子吃的好东西加起来没这几天猛。'"

"医生笑：'这就对了，你一两周就把二十多年的配额用到超额，身体适应不过来，爆表。这种情况，不只你一人。'"

现在讲这个故事，有人也许不大信：咀浪话哩，什么人啊？一个小小科级局的司机，能跟领导和贵宾一样待遇？再说公务接待能那样吗？别急，那是二十多年前的行情。

8. 奈果传奇

人总是要死的。死了上哪儿去？成仙配额很少，福利的说法，叫往生。中国鬼神文化对往生的路径早有明确设计：去往奈河，河上有桥。过桥入冥界，以后的路条夜叉开。

所以汉语中有个著名的叹息，叫奈何。《礼记·曲礼》有问：奈何去社稷也？智穷计绝，山穷水尽，叫没奈何。虞兮虞兮奈若何！

先有奈何，后有奈河，还是倒过来？我想该是前者。当先秦典籍简帛中出现奈何之叹时，长沙马王堆汉墓帛画中的墓主正在云气日月、龙凤兔蟾等三界神灵的迎接中徐徐升天。后世的道士天师们进一步细化天堂地狱的设计，大概有谁灵机一动，把日暮途穷人生不值得的叹息，改成黄泉路上孟婆相候的烟波关隘，甚至坐实到泰山脚下泰安城那道穿城而过的人间流水。

那么，人往奈河走，可不可以有桥不过，原路折返？答案是"溥天之下，莫非王土"，王都回不了头死光光，你还想例外？无例外可以有化外，在省尾国角的浮地潮汕，这种化外奇迹，偶尔还是可以快乐发生的。

譬如，当奈何（河）遇上奈果。

"果珍李柰，菜重芥姜。"《千字文》如是说。

小时玩游戏，我们那儿小伙伴唱的可不是"老狼老狼几点钟"，我们一遍一遍发问：

桃、李、柰，洋桃糖柿，老婶番薯熟未？
斧头凿仔，剃刀囊仔，老婶番薯熟未？

不过，柰是柰，奈果是奈果；柰李青黄奈果红，三岁小屁

潮汕浪话

孩也不会搞混。在潮汕,奈果不是柰,是荔枝;肉爱不是肉,是龙眼;番梨不是梨,是菠萝。奈果比柰味美汁甜,肉爱比肉可口清纯,村妇匹夫都门儿清。

上节说潮汕农家的家酿基本是低度米酒,但拜神祭祖或浸泡果酒、药酒时需要用到勘声(度数)高的蒸馏白酒。甜酒酿也已讲过,现在说说果酒。

果酒当道,首推奈果酒。

经历初醉之后,我喝酒的机会似乎慢慢多起来,不过直至离家上大学之前,留在印象中的基本是果酒,主要是奈果酒——荔枝酒,此外还有桑葚酒、肉爱(龙眼)酒、杨梅酒、青梅酒甚至油柑酒,等等。潮汕盛产荔枝,荔枝结子分大小年,结子时节最怕台风。大年且无灾,则满坡遍野累累压枝矣!采摘上市之季,每见家家剥果,屋屋浸酒。剥了青红壳儿的奈果,果肉丰腴如雪,吹弹欲破。放到黑陶瓮或专用于浸酒的粗吹筒形玻璃大罐中,倒入透明酒液,像千百女仙叠罗汉,饮琼浆而浴瑶池,非常养眼。窖封阴藏,短则三五月,长则一二年,取出再看,小仙女全变西王母,昔时瑶池则已金波朱液,紫台夕照。开封而酒香满室,果味出透,未至七步,三中花开,叫人想起《西厢记》中崔、张月下隔墙赋诗定情后,张生那满心畅悦的歌吟:

> 一天好事从今定,一首诗分明照证;再不向青琐闼梦儿中寻,则去那碧桃花树儿下等。

"等"字大妙。等者,待也。药食同源的道理,潮汕人天生懂得;又认定物老成精,假以时日,不神则怪。"老水鸡""老脚桶""老田嬷""老龟精""老姿娘""老剥晓""军师脯"之类,虽属骂人,也含几分悚敬。果酒果脯,泡个一年二年,不过酒

老套

食,三四五六七八年,则渐而成药成补。十年廿年,直作仙丹宝贝,千金不易矣!潮州老香橼、老药橘乃至九制陈皮诸名品,都是这样沉潜出来的。就说这柰果酒,每年荔熟时节,殷实人家会尽量选用优质基酒与好品种,一次泡上个百十斤,分瓮散置,耐饮、耐藏,最好是藏到主人自己忘个一干二净,他年本人或其子孙整犁见瓮,登楼惊醪,思忆前泡,直如鲁壁发书,天生仲尼。于是大醉千日,延寿卅载,岂非白日登仙,幸甚至哉!我这是往夸张里说,乡亲们并无这般机心与过望,物老则佳,酒老成药,大家只是天生深信,却都不求甚解,无意深究。若问故老十年廿年柰果酒肉爱脯究竟能治什么病,有何大补神力,十有八九一脸茫然。

但是辛谷老人的口述,让我知道柰果酒真有回春力。偶尔,柰河桥也无柰藏酒阁。

陈新国，号辛谷。1929年生，广东潮阳人。少好篆刻，12岁师从钱瘦铁，后又问道于王显诏、王个簃、简琴石诸先生。如今，辛谷老人年届九十，刻石治印七十余年，"溯源秦汉"（西泠印社理事余正之评），造诣精深。虽一生隐居乡里，却是同行膺服的金石大家。

多阅世事的读者君可能心生惊疑：一介省尾国角晚生后进，何得名师若瘦铁、个簃？须知钱氏乃近代海派印坛大师，又未曾设馆岭东。这一惊疑，大而言之，足以牵出一段晚清至民国潮商发展史，具体而微，则将我们的视线引到民国时期的潮阳县成田镇溪东村，引出这个小村与数千里外"东方巴黎"上海埠曾经发生的紧密联系。

汕头开埠早。凭借近代轮船业的兴盛，潮汕商人很早就来往于中国沿海乃至内陆沿江口岸，并多聚居上海。上海潮商大崛起，最初得益于鸦片交易。中英鸦片战争前后，大量鸦片从汕头南澳海面走私入口，并经潮商之手直达上海。后来清政府镇压太平天国起义，由于国库空虚，干脆让潮汕商人垄断鸦片买卖，官府从中抽润，上海的潮州烟土行进入了全盛时代。经营烟土生意的潮汕人主要出自潮阳，代表人物之一陈玉亭祖籍溪东村。杜月笙早年曾奔走潮州土行老板门下，陈玉亭五十大寿时，杜月笙上门拜寿，还曾陪同陈玉亭回潮汕老家办事祭祖。不少党政要人或大文人、大艺术家早期曾出入甚至寄食在沪上大潮商门下，并留下好些掌故，至今尚有故老能道其一二。后来潮籍鸦片商人陆续转型，投资金融、纺织等多个行业。1920年，陈玉亭在上海创办纬通纱厂，此地现为上海纺织科学技术研究院，还保存着当年的花岗岩石板字号。陈玉亭家族在汕头也涉足多个行业，为本埠富豪。其第五子陈雁秋，曾任汕头商务总会协理。

辛谷老人的家族，属溪东村陈氏宗族的一支，他的人生是

《升天图》局部（山西忻州九原岗北朝墓葬壁画）

在象征着品位、格调、优雅、浪漫、摩登、经典的三十年代的老上海拉开序幕的。当其出生之时，父辈的事业正在十里洋场兴旺发达，其父家道殷富，趣味高雅，交游时彦，尤其与艺术家交往频繁，钱瘦铁乃其父座上常客。童稚之年的陈辛谷正是在这样的氛围与影响中对金石发生浓厚兴趣，并得钱瘦铁发蒙亲授。青年以后，大概是家道渐落，或因日寇侵华，世面渐乱，他才随家族迁回潮阳溪东村。

这不，兜了一大圈，我们随辛谷老人的人生足迹回到我童年曾生活过一段时间的潮阳县成田公社溪东村。

而乱世之中归去来兮的不止辛谷老人一家一族，随着他的回忆，某年月日，两大瓮陈年柰果酒，重现于在溪东村一处空置多年的祖屋阁楼。

2016年夏天,我利用回乡办事的机会拜谒辛谷老人。老人已退休多年,隐居汕头市区菊园寓所,精神矍铄,治印不辍。老人忆及当年溪东村与上海滩之间密切的联系时说,他的一个同宗长辈,当年也是上海大实业家,酷喜柰果酒,潮汕地属岭南,柰果天下佳,但无好的高度白酒。每年柰果大熟,这位宗长都会让路马(专职来往于上海与潮汕之间递使货物邮件的人员)专程从上海护送两瓮上好的高粱酒回来,每瓮六十斤。留居在村中的家人便用这酒泡上鲜柰果,两瓮变四,一半留下来老家的人喝,一半仍由路马送回上海。后来这家人全家迁往上海,老屋遂空置上锁。再过若干年,这一家的长孙罹患结核病,医生诊断时日无多,万念俱灰之下,束手归乡。归来重整祖屋,开锁扫庭,在阁楼杂物中意外发现两大瓮柰果酒,也不知放置了多少个年头,粗估得有二三十年吧。其人本不嗜酒,但命之将终,万事放下,既得此酒,不觉自醉,开瓮便饮,但觉醇美非世间有。如此日日徐酌,不觉经冬立春,夏去秋来,非唯未死,病症并消。其后一直村居,延年二十来纪,功果圆融,寿终正寝。

9. 憾失虎骨酒

我出生前,祖父与外公皆已过世,只从遗照遥睹两大帅哥。

祖父,潮汕人叫阿公,国字脸,平头,浓眉直发,朴厚而蓬勃,兼有富裕农民与殷实小商人两种气质。

外公的民国做派更重,光头,儒雅温和,未蓄须,轻抿嘴角,目视远方。

阿公解放前在本地开杉铺,铺号顺亨。1949年后,人民政府实行社会主义改造，铺号公私合营，阿公抑郁成疾，一病不起。

外公更是牛人，因为饥馑，年仅数岁的外公就随出身武术世家的寡母从普宁县流落到潮阳，未正式进学入塾，却能利用当学徒的机会，自学识字算数，白手起家，先在本镇创办"集兴"绫缎布匹行，后来把生意做到大潮汕，在汕头市区小公园边上的安平路打索街开办"集华布匹批发行"，在揭阳县的罗斯福巷开工厂，制造万字夹、茶籽圈等。但他生不逢时，在事业的鼎盛时期遭逢抗战，接着是解放战争，解放后又是公私合营、"三反""五反"，五十多岁就在贫病交加中病逝！老人家病逝时尚欠医院40元住院费，是我妈从医学院毕业参加工作头四个月，从40元月薪中每月扣除10元还的债。但外公解放前在汕头市区购置的房产打索街六号一幢四层洋楼留了下来，正好分给四个舅舅每家一层。潮汕俗语说"外甥食母舅，家家厝厝有"，我小时到汕头做人客（即客人），照例从打索街六号楼下细舅吃到四楼大舅家。母亲是独女，听她讲，外公临终时她在旁侍候，外公头枕她腿上，已不能说话，但多次抬手指其腹，似有天机要出透给女儿，告诉她祖宗积德，孝顺有报，必生贵孙。但现在我年过半百，富贵未成，反求诸己，回忆平生，分明一路错过不少发财机会。其中一个，就是囤藏虎骨酒。

谁卖虎骨酒？四舅父。

四舅黄维业写得一手好榜书，但一生功业不在艺术。因为外公铺号被公私合营，他吃上公家饭，成为本地供销社职工，并负责医药门市的管理经营。他是好学之人，加上我妈、我大舅都是医生，他由此自学成为半个郎中，可以在医药门市的柜台接受群众咨询，当场配药，解决头烧额悦（烧、悦俱指发热）、肚疼头晕之类小病杂症。此事按现在的法律属于无证行医，在那个缺医少药经济落后时代，却是四乡六里草民百姓的方便法

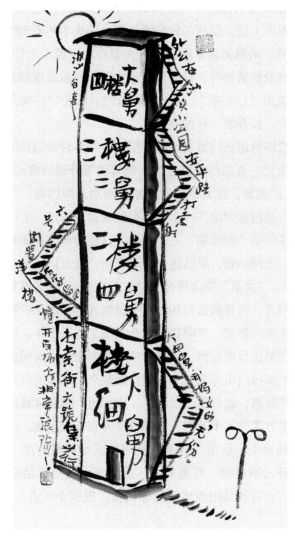

外公浪险图

门。四舅因此普惠大众，广被称颂，成为先进人物，由潮阳县供销系统先进人物，一路被树典型，直至成为数届广东省人大代表。成田供销社医药门市店面不大，普通药都摆在橱柜里，靠壁货架的上层，摆列多种药酒补酒。汕头本地不出纯正的高度蒸馏酒，米酒又多家酿，没有大型作坊，说不上什么品牌，但药酒补酒似属例外，日前我与家乡老友周君友雄聊起，他竟能脱口说出"广兴泰"，说他小时就知道汕头"广兴泰"的十全大补酒、长春酒、杜仲酒。

话说四舅医药门市货架的上层摆着好多种补酒药酒，中间的显要位置一直摆的是虎骨酒、鹿茸酒等外地或者说"北头"（北方）产的酒，虎骨酒给我印象最深刻。原因嘛，一是老虎之名，二是包装突出。一个圆筒型硬纸盒，黄地，上印李时珍像，柳体竖书"虎骨酒"三个红字，这样的包装在那时已属非常精致。上网一查，果然这一款最正宗，北京同仁堂的，并吃惊地发现，"文革"期间所出"同仁堂虎骨酒"，老酒界现已炒至一瓶25万。虎骨酒直到1993年中国加入联合国保护野生动物公约后才正式被禁，当时我已毕业参加工作近十年。虽然自小就惦记四舅店里虎骨酒，后来也常对老婆念叨下次回成田，要上四舅的医药门市那盘上几瓶数箱囤起来，可以说对此物后必稀世有些预感，就是迟迟没动手。你想想，现在京城房价再贵也就一平米二三十万吧，我那时要弄它个百十瓶，现在也可以在京城换个小院落，或者在杭州九溪烟树深处盘一幢小山墅，日日云栖竹径，西湖梦寻。当然更大的可能是早已喝光或送光。还有就是因投机倒把罪被抓，提前十年成为"三无"人员。

至于我爸，则压根儿不可能动到这方面的心思。他可真是前开放时代标准的"三无"人员：无茶，无烟，无酒。无，是指没有这方面的嗜好。据说解放初有个老先生被要求填政审

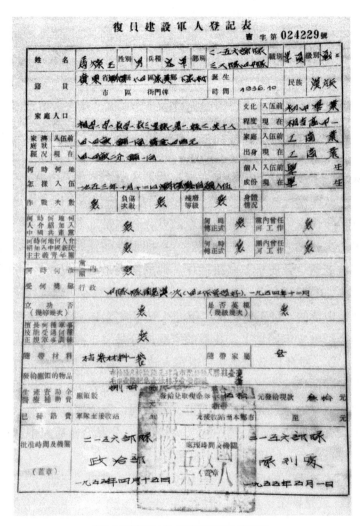

保存在父亲档案中的《复员建设军人登记表》

表,打头"性别"一栏,四书五经不载,私塾先生未教,前此闻所未闻,不知所出何典,所指何事,空格又特小。老先生非常为难,踌躇再三,用画翎毛的勾线笔,在小格中恭恭敬敬填上"性情温和,别无嗜好"八字。我父亲的"三无",在那个时代就是这样的标签,无印良品,优质安全,标志着不败家,不好吃,不乱花钱,等等。问题是"三无"往往导致四无五无:无所求,或者无敢求,因而无想法、无本事。从来欲望是促成努力与行动的原动力,反之亦然,两者互为因果。但这个"三无"无疑是当初我妈看上他以及婚事不致被家人强烈反对的重要人品参数,代价是以后大家一起四无五无六七八九无。"文革"后国家拨乱反正之际,人生上升的通途曾两次向我妈这个五十年代医科大学毕业生重新敞开,一次是上调县卫生学校,另一次是调入刚恢复的汕头医专,即现在的汕头大学医学院,都被老爸"无所求"坚决拦住。他的法宝是动辄以离婚相胁,而传统的潮汕女人一般来说是坚定的嫁鸡随鸡嫁狗随狗嫁了狐狸钻山草的。反正他俩现在年过八五相濡以沫,揭这个老底也不会影响安定团结了。我爸的家庭成分是"工商业",后入伍当空军。前年因政府落实复退军人政策,需要证明材料,有机会看到他档案中当年的《复员建设军人登记表》,上面详细登记入伍时的家产是"有田四亩,铺一间,资金四百元",退伍时"有田四亩二分,铺一间",钱没了。公私合营后家中就这样一点薄产,的确供不起不良嗜好。

"三无"的反面是"三好(嗜好)",或叫"三研""三件齐",就是善茶、食烟、研酒。

在实际使用中,这一组词的动宾搭配不很严格,可以置换,善酒、研茶也可。善,研,在这个搭配中都是动词。研,也是个很有来头的古字,以石礦物曰研,原义是用石块细细磨,引申为深入地探求。但中国文化一向大而化之,稍为精研,便

钻石恒久远,相伴六十年。作者父母摄于2021年

有耽溺之嫌。另外，研的一个重要对象就是食物，因有"研味"一词。

10. 潮汕人怎么喝路易十三

常常，故乡稻浪金黄，低树青黛，远处江海际天，无限蔚蓝；偶尔，故乡是一片金亮金亮琥珀红。

我非作诗，我想起酒——洋酒：干邑蒸馏烈性葡萄酒，以及它们布在乡党之口的品牌或指认：人头马、大将军、轩尼诗、路易十三、蓝带、金花、长颈，乃至无上李察……

一部潮汕的历史，就是"道统"与"盗统"你中有我、移步换形的交互史。我由海盗思及曹操，由观沧海想到莱芜渡；我在土豪、剑客与豪情逸兴，精鄙与优雅，性情与功利的交织中，闻到牛田洋、广澳湾海风中路易十三、杯莫停的醇香；儿时的红泥小炉炭响泉沸，我从工夫茶的氤氲香气，想到外地人鲜能体验的"围鹅夜酒"，想起汕头市区长平路那食客川流错踵的通宵灯火夜粥摊档上冷不丁就出现在某张简陋餐桌的轩尼诗臂握战斧商标，甚至是那法国巴卡拉玻璃厂手工打造的顶级水晶玻璃酒瓶。

从甜酿喝到药酒、果酒，八竿子奈果打着个星期日痛风，本来该打住，转说茶——是个潮汕人都天生默认，茶才是潮汕的炊烟、潮人的里子和血液——可我那被激活的故乡记忆竟自动开启魔幻，如万花筒不断旋转，由蓝而黄，而褐而朱，而琥珀，一点菩提，泊入赤霞，澄于金亮。我突然就明白，今日写潮汕浪话，扪摩潮人气质、潮汕味道，已然绕不开色如琥珀的陈年洋酒。前朝旧日猪仔悲歌、水布传奇、侨批音书以至红头船、暹罗米、风油精、咸水表层层叠叠的模糊影像之上，是新变、矗起的海岸楼群、高速铁路、跨海大桥……今日之浮世绘里、名利场中,人们推杯换盏,壮怀逸兴、言笑晏晏或真或伪,亦正亦邪,而澄海鹅肝、普宁豆干们已在干邑玉液、北美冰酒的舌尖化蝶,潮阳麻叶、潮州打冷也每与飞天茅台、五粮水井、剑南泸州们物色亲近。

如是?如是,如如是。

静言思之,从前潮汕之非酒国醉乡,既缘省尾和暖,亦因国角人贫,善茶刮胃(嗜茶而茶性消食过甚,腹中油荤尽而饥),研酒乏镭(钱也),并不说明潮汕人缺少野性,临杯无量,与酒不亲。

宋明以降,潮汕社会虽形成以儒家礼教为主导的乡村治理系统,发展出精耕细作的农业经济,然天风涛海一直是族群底色、文化精神、地缘活力。潮汕与海外——主要是东南亚的商贸与移民自成循环,非海禁迁界、闭关锁国所能遏止。

消极而言,行船走马三分命,尤其在大陆文明绝对强势的封建王朝,每视巨洋为盗薮,海商如寇倭。讨海过洋的族群,正当借酒壮气,食死浪歇(吃光拉倒),今朝有酒今朝醉。

积极而论,海洋文化崇尚冒险,掷杯煮海,不主一成,不囿一地一国,五洲四海一碗酒。山有穷处,水无尽头,"一条水布下南洋""食到无,过暹罗",实要有"家无担石之储,樗蒲一掷百万"(《晋书·何无忌传》桓玄评刘毅之语)的血勇垫底。故以精神气质论,潮汕人必能破立,敢赌好饮。

改革开放不久,汕头"浮"成经济特区,一大批胆子大、无顾忌、脑筋好的九窍兄、活头弟、破家仔利用政策空手套白狼一夜暴富,"早上踏轮框(踩单车),下午把罗离(lorry,意为货车)",一下子有了夜夜笙歌、千金买醉的条件。这种情形,当时在同为首批特区的其他城市,再后来随着开放深入扩大,在东南沿海地区及北上广等一线城市以至各地渐次上演,不过

喝

势头递减。

　　富贵侈靡与情色娱乐亦并不简单，它有赖于场景构建与物质呈现，是道具、物料、话语体系、享受方式等多种元素的配置组合，必然体现历史积淀、文化认同、审美趣味、行为方式等方面的区别，正如一部《红楼梦》少不得大观园的结撰之功。法国的红磨坊有别于英国乡村酒吧；同是赌城，美国拉斯维加斯与中国澳门各有特色。

　　在这场盛大"浮景"与感官体验中，快意恩仇的潮汕人可谓全面崇洋，领头的正是洋酒。研酒败家？没有的事，君不见：酒起歌响，子孙大发展！酒怎么喝有派头（拉风、体面），上浪险（最拉风，最厉害）？越过白酒黄酒，无视茅台五粮，直接由米酒、药酒进入洋酒时代，乃不二法门。然洋酒三千，潮汕人亦只取一类一瓢，国门一开，乡亲们就直扑那片法国顶级葡萄产区古老的橡木桶窖藏数十百年甚至数世纪的"生命之水"而去，根本不管不知伏特加、威士忌、龙舌兰、杜松子……初期甚至连自然发酵的"红酒"——低度葡萄酒都不被待见。"人头马一开，好事自然来"，这曾经广为流传的广告金句，我怀疑它是把潮汕人设定为潜在第一听众与市场受众，因为那时香港、潮汕两地的"人头马"消费量绝对占到干邑在中国乃至亚洲市场的大比例。几十年洋酒喝过来的老家兄弟说，一款俗称为"人头马大将军"的，就是在改革开放初期最先进入潮汕市场的干邑酒，等级不高，不好喝，但在当时谁能喝上这个酒，就属啖了头口汤，上顶浪裂，死绝浪险。

这样一个问题无疑更属典型案例，更有故事：潮汕人怎么喝路易十三？

潮汕人怎么喝路易十三？曹孟德当引为知音，击节叹服；孙大圣摘了仙桃，正赶来会饮。

潮汕人怎么喝路易十三？法国酿酒师会一个个气死过去，又笑活回来。

潮汕人怎么喝路易十三？恐怕顶尖的葡萄酒鉴赏家、波尔多旧贵族，也未免边骂娘边垂涎。

江浙沪的世家小姐精致大爷们就此见识"海边粗鲁"：瞧，这群三代打鱼吃土的没教养土豪！竟把干邑当糟烧！

北京大院里那帮见过世面的权贵子弟听说，当先鄙夷鄙夷，然后像《老炮儿》中的主角一样，穿上他爸当年缴获的鬼子军大衣，挎上日本军刀，打个飞的，跑来参局。

最高兴当然是酒商，而最难忘怀，则是曾来潮汕喝好喝爽并被洋酒"壮烈"过的远方朋友。

"路易十三"（Think A Century Ahead）不仅是人头马，也

能饮一杯无

是所有干邑美酒中仅次于李察的顶级酒。此酒由法国夏朗德省科涅克地区有近三百年历史的雷米·马丁公司生产，纯以干邑区中心地带"大香槟区"的"生命之水"调制而成，陈化期须达五十年以上。而众所周知的XO级别才需要二十年。路易十三的另一个亮点，是其手工打造的水晶玻璃酒瓶。二十多年前，一瓶700毫升的路易十三在中国的售价就要一万多。按法国人的说法，路易十三自1874年诞生以来，每一瓶都凝聚着历代酿酒大师毕生的精湛技艺，其香味与口感极为细致，余味萦绕长达一小时以上，自然也成为美酒鉴赏家梦寐以求的绝顶佳品。按法国人的规矩，品味此酒，自然是要在很高雅的环境中一小口一小口慢慢抿，用舌尖的味蕾细细咂，然后闭起眼睛想象天女散花，诸香毕呈：水仙、茉莉、香草、鸢尾花、紫罗兰、玫瑰啊，核桃、百香果、荔枝、雪茄、树脂……啊，啊啊啊啊！其实，不止路易十三，高品级的干邑烈性葡萄酒，照教科书都该这样喝。

但潮汕酒徒怎么喝路易十三？据我所知，那些年头，有种虽非贵族却快意人生的典型喝法，叫野喝、海喝、浪喝。良辰美景之时，得意发财之日，性起兴发，叫上一二兄弟，三两死党，挟路易，斫鸭肉，开奔驰，巡山检海，找一处寂静无人风景独好的岩头水边，寻一条寂寞泊靠的闲船短艇，拥一湾蓝入天际的大海，听鸟，濯足，闻涛，辨鸥，数帆，看云，迎月！一樽一两万块的路易十三，就这样像普通的烧酒白干甚至饮料，在指点江山或促膝神聊中慢慢见底。

潮汕有很长的海岸线，港湾岩岬交错。就说现在的汕头市，东北面澄海区即原来的澄海县，有莱芜港与南澳岛的长山尾隔海相望。南澳跨海大桥建成前，这儿是汕头至南澳过海轮渡的渡口。南澳岛位于广东、福建交界处太平洋上，是广东省唯一县级岛，岛上天然港湾、沙滩浴场之多、之美，远过夏威夷。市区以南，牛田洋至妈屿岛之间的汕头港广阔海面，使汕头成为全国唯一一个既有外洋又有内海的海滨城市。一市二城隔海相望，东区的海滨路、南区的南滨路都是天然的观海长廊。再往南，有达濠岛的广澳湾、潮阳区的海门港等等。至于山，韩文公祠所在的笔架山与潮州古城隔江相望，出城开上个把小时的车即上凤凰山；大南山横亘潮汕东北境；揭西县的上半部即与梅州地区的丛山相连；出汕头市区沿高速公路往东北方向开，不久便在连绵起伏的丘陵坡岭中进入福建漳州……子有美酒，我有山海；子有豪情，我有风景；子能挟路易洒酒临江，万金一醉，我当代孟德水何澹澹，洪波涌起。登山则情满于山，观海则意溢于海。若为潮汕大地与高阳酒徒拟答客问，想可如是。

登山观海之外，更可直接出海。如果约到汕头内外海交界处妈屿岛上渔民的小船，可以在市区海滨路靠近华侨公园的涵闸边登舟，携酒与茶，泛于中流，出汕头跨海大桥，绕有桃花岛之称的妈屿一圈，浴海，垂钓，赏月，听琴，斟北斗，客万象，稳泛沧溟空阔。只要能在那样的澄明无垠中饮酒，管它喝什么、怎么喝，都是对的、好的、妙的。就真有个粗鄙难耐只为炫富的暴发户，能把万金佳酿如路易十三、三万金佳酿如李察甚至更牛的名山藏酒如"文革"时期的同仁堂李时珍牌虎骨酒携入如此无尘大海、出尘天地，酒神杜康与女神缪斯都要为之颔首。上帝也应说：凡与此会，一切凡夫，尽涤脏腑，羽化登仙。十多年前我还在汕头时，就曾数回泛海，最美妙的一次，是在中秋之夜，与家人及数位友人。听说南澳跨海大桥通车后，有人进阶到买屋半隐南澳岛，数家年花十万金合租一条可航远海的闲置渔船，经常出洋，动辄经日，当然更写意。不过，我还是更怀念那在中国总体上还处于前游艇与超长跨海大桥时代"越陌度阡"生起的海上明月、生发的契阔谈宴。

"那年秋天，有一次我和一个朋友从市区开车出来，就是来到这儿，找了一块临海的大石坐下聊天，两人喝光一瓶路易十三。"有一次，在与几位朋友开车上南澳，车到跨海大桥入口处的莱芜渡海边，车上一位朋友回忆起来，说。

又一次，也是和几个朋友开车从广汕公路进入大南山，路过有着盛大水面的秋风岭水库，同车有人勾起类似的回忆。

其实不止两次，起码有四五次，我曾听身边和朋友、熟人说起类似的经历故事。

我都信。

兹事兹遇，基本发生在上世纪八九十年代甚至更早，属改革开放初期，汕头成为经济特区不久。其时逆袭暴富者志得意满，政商交结亦甚无禁忌，不管变相行贿、知己相酬乃至纯粹烧钱庆祝、发泄,都需要一种既私密又率性的极端方式。路易十三作为当年众所周知的最贵洋酒,用视同土烧并率性野喝的方式处理,固未免暴殄天物之责与暴发粗俗之嫌,却是颠覆,能产生莫大的解构快感,催生包括味觉在内的特殊体验,为小心翼翼中规中矩的品鉴或宫廷盛筵、豪门夜宴所不能达至。

后来汕头发展缓慢下来,有一段时间甚至相当低迷,钱不好赚,而廉政越抓越紧,高档酒楼成为公务人员避忌的去处,社会消费观念与消费行为也逐步回归理性。野喝路易十三之事基本绝迹,谁再这样弄也已显老土,一种家常、务实的喝法开始上位,由这种反常的家常、低调,倒逼出段位更高的常态豪侈,可谓野喝路易的升级换代。七八年前吧,我有一次回汕头时路过广州,拜访忘年好友画家郭莽园。郭老年长我十多岁,由汕头迁居广州有年,名动羊城。茶过三巡,又来一位客人,五十开外,熟门熟路,一看就是常客。郭老介绍说他是做某某生意的,广州埠头大老板,也是潮汕老乡,且风雅喜书画。这哥们儿不声不响进来时,胳膊底下夹着个盛满红褐液体的葫芦样大玻璃樽,就茶几一放,好家伙,原来是一瓶六斤装洋酒,陈化期达到二十年的轩尼诗XO!他也就是晚上没事过来串门,找郭老聊点喝点画点。大家又喝了会儿茶,郭老进厨房取出花生米、鱿鱼丝,好像还有卤鹅肉,放茶几上,个碗双筷水晶杯,我、他、郭老、郭老的公子郭青、陪我同去的一个女孩,大家便亦酒亦茶,开樽喝起。边喝边聊,意酣兴浓,走到画案边信手涂抹。茶与酒、聊与饮,无缝混搭。这瓶市价大约八九千元人民币的六斤轩尼诗,那晚上大概被我们喝去一半。这种家常的豪侈,细想可不比当年的野喝路易逊色。这些年反腐倡廉很严厉,高档酒楼大家都怕去,卧槽改卧底,或者三五密友在家里低调"围鹅夜酒",或者找个偏僻不起眼的街角小排档,叫几个菜,比如到长平路"老姿娘大排档"煎一盘蚝烙、

潮人喝酒，一炮干邑（作者友人、潮汕资深饮客随手所摄）

斫二对鹅脚、腌个血蚶、炒数丛红脚芥蓝之类，菜金撑死几百，但四五人至少一樽蓝带，即已银子上千。酒比菜贵，好酒自带，这两条在潮汕地面聚会请客，早已约定俗成。

潮汕人对进口烈性葡萄酒之喜爱殆近痴迷，且几十年未改拥趸，这在全国绝无仅有。你随便捉个六七十年代出生的、混得开的、有酒量的潮汕人，最好是黄、红两道资深人士，他们中不少人的喝酒史正好与改革开放以来酒入潮汕的历程同步，基本都是喝出来的半个干邑洋酒品鉴家。比如说轩尼诗，以包装而言，现在年份最久的酒盒是红壳，其次是黑壳。同为红壳，樽上人头大者为上品，小者次之。黑壳也有两款，盒盖从上面打开的年份久陈,侧开者为后出新酒。另一款叫蓝带的酒则酒樽不同,青樽的老蓝带又有九三蓝、九二蓝等分别。更直观地判断,则是酒色越深年份越陈,洋酒倒入杯,行家一眼判。另外木塞也是一道风景,新酒的木塞色浅,老酒开出来,木塞浸着酒的部分发黑,甚至开瓶时会烂断,等等。如今说起来,这似乎成为一个无法洗白的暴发户指纹或崇洋胎记,潮汕人自己都觉得不好意思,有些说不清。作为一个40岁前在本土生活的六十年代潮汕人,而且本人蹲过机关,办过企业,算"多次元"人士,稍做寻绎剖析,或能发人所未言,为乡亲们提供自省视觉,增加文化自信,更增三分酒力。

第一,海外多潮人,海上来琼浆。

中国改革开放实质性的第一步,是在东南沿海划出四大特区,给予特殊政策,根据自身历史、区位和资源优势,负担不同使命。深圳对接香港,全新造城;厦门对接台湾,带动福建;珠海对接澳门,无多话头;汕头的特殊价值对接港澳同胞、海外侨胞。

大家细听会觉出个中之异,三大特区都地对地,怎就汕头对接人?告诉大家,这就是汕头终极厉害所在,过去是,未来更是,现在叫作核心竞争力。汕头的确没有非常直接的地缘优势,要不怎叫"省尾国角"?但我们有人!有人!有人!

汕头背倚的空间是大潮汕;时间坐标,则是可以上溯唐宋甚至更早的持续不断海上商贸往来与海外移民互动,是改革开放前即已形成的"海内一潮汕,海外一潮汕"全球性格局,甚至海外潮汕人比本土数量还多。举个例子,钱坑镇位于揭西县东南部,地处榕江上游,已属潮汕的山区镇。2003年底官方数据,钱坑镇总户数8476户,户籍人口41988,而海外华侨及港、澳、台同胞竟约10万人,是本土人口一倍以上。闭关多年的中国要改弦易辙对外开放,取信于全世界,取信于发达国家,首先必须争取已在海外、国外创业有成的"胶己人"（自己人），即那些炎黄子孙回来投资，有这个药引，才能进一步吸引真正的外资，斯之谓统战。开放伊始，这可是直接关系到改革快慢甚至成败。这个资源、这个重任，当时举全国只潮汕具足。以前福建人多走台湾，而大陆对台关系远未到破冰的时候。温州人拓路欧亚非，那是晚近的事。特区既设，政策缝（有意设计或无意存在的政策红利或法律漏洞）大开，数千万四海潮人乡情既浓，而其中更不缺少深谙商机大势的吃蟹人，当然闻风而动，纷至沓来回乡观光探亲，考察投资，带个洋酒洋表免税入关，还不是顺手的事？既来之则喝之，送礼更有脸子，大家哪能不就地享受，顺此崇洋？再说了，改革开放之初先富起来那批人的第一桶金，大多是靠钻政策缝卖批文或走私完成积累。烟酒都属重税商品，洋酒的内需与本地市场若拉动起来，无疑也为批文与走私增加一项大宗商品。那时喝洋酒，客观上还有这么一个积极作用。

第二，正传法嗣，用酒投票。

改革开放初期，有一个阶段全国各地制假造假很严重，食品更厉害，包括茅台、五粮液在内的国产高档白酒属重灾区。潮汕人作为海洋文化在中国的"正传法嗣"，一不为官方宣传所动，二打心里不信任国产酒，那就直接喝洋酒。毕竟法国葡萄酒有千百年传统，干邑品牌更有严格的质量标准与难以造假的高科技标准化包装。你假你的老酱香，我喝我的真轩尼（诗）。毋庸讳言，潮汕制假造假也曾有个时期相当严重，但以劣充优非主流，昧良心到伤生毒命的事一般没人敢做。潮汕人造假主要是冒牌，有些产品质量比真品还好，一个阶段甚为流行的白壳烟即是，比正牌中华烟好抽、更贵，堪称真正无印良品。洋酒厚利需求大，不免也有人动心思，但首先是外盒酒樽制作精工，本身早已有高科技手段防伪，而干邑酒的口感与色泽特殊，真假易辨。再者，潮汕地区是熟人社会，潮汕人特讲人情，生意都会先想到"招呼朋友"，而朋友关系同时也是质量保证。谁卖假售劣，一旦传开，口碑坏掉，他在本地也就"免用赚食"。据资深人士透露，干邑酒做手脚，常见以低品级酒液替换高品级。一个做法，是在瓶底打针抽换。大家下回喝轩尼诗不放心，先摸摸酒屁股。

第三，色合味顺，心水拿来。

前面说了，潮汕人原来喝惯家酿米酒或果酒药酒，不习惯直接喝高度白酒，对酱香型、浓香型、凤香型、清香型什么的基本没有概念。干邑葡萄酒颜色暗红似果酒药酒，又有多种果味，起初喝来估计和"十全大补"区别不大，但风光逾倍，且也确实更好喝，用潮汕人的说法，叫入口滑甜儿滑甜儿，醉得也舒服。悦目、顺口、滑甜、更香，这些关于口感的描述，意味着潮汕人喝干邑烈酒普遍比白酒更适应。这也带出第四条：法国干邑者，潮人利器也。

第四，以酒御酒，和饮生财。

喝酒是乐事还是苦差？答曰：喝时乐，醉后苦；喝得恰好三中花，喝到沉醉抬担架。酒为地气渤聚之精华，原料、工艺、窖藏可有很大差异，适应人群也各不相同。江浙醉黄粱，北人善白酒。改革开放前死水一潭，北不往南不来，潮汕人关起门来浸脚剥柑喝米酒，小国寡民自得其乐没问题。改革开放后，生意做全国，来的都是客，奈何奈果酒？总不能让喝惯茅台五粮液的客人——客户反过来陪主人喝低度又无品的家酿土酒，如此，底气显不出，宾主难尽欢，合同如何打？有道是酒场如战场，和气生财之道，是要客人喝好又喝倒，主人喝高企好好。如此两全其美的难事谁能办？干邑美酒办！轩尼诗贵重，天下皆知，潮汕人好喝洋酒又出了名。外地人尤其是北方人来到潮汕，都想尝一下，饮有荣焉。轩尼诗、蓝带入口甜滑，还带丰富果香，外地人往往放松警惕，但此酒后发，沉醉起来，任你蒋门神还是嵇叔夜，照样玉山倾倒。潮汕人则天生与之相合，后又久经考验，深知其性，能多饮而少醉。

  潮汕人喝干邑烈性葡萄酒很讲究公开、有趣，有一套相当有设计感的关于酒量的约定。比如拿一个洋酒杯躺平放，酒加到正好水平不溢出，这个量叫"一劈"，劈，原是肉的量词，相当于一片，一口。把一个酒杯斜置于另一个酒杯上，同样加酒至水平不溢出，叫"一炮"，大约是一劈的两三倍，当一大口了。用于盛洋酒的杯，也大小不同，杯大则炮响，杯小则劈轻，随杯而定，不机械。如此一局酒下来，满满的人情趣味，客人往往既舒服，亦服输。潮汕人若弃洋就白，岂不抑长取短，自失前蹄？隗芾先生编"潮汕十八怪"，有"出门自带橄榄菜"，橄榄菜倒不一定带，迷你工夫茶具则非带不可。现在更听说有潮汕老板到北方出差谈生意，第一件事，兵马未动粮草先行，交代马仔快递轩尼诗。

丁

猪内风月传

一個樽仔一個蓋

1. 割猪吟

养猪吃猪谁都懂，割猪听说过没？

"割"在潮汕话中有个义项，是阉。割猪，就是阉猪。

旧时乡下木工泥水理发补锅诸匠出门揽活，赚食家伙一例又笨又重，要佝偻提携，如潮汕童谣所唱："斧头凿仔，剃刀囊仔，老婶番薯熟未？"割猪工具很简单，不过一枚带短把的刀，多为叶状，两面开刃，外加一枚缝衣针一样的辅助工具，逢猪割猪，逢鸡阉鸡。大道至简，反而生出如何显示职业特征以招徕生意的问题。另外，割一头十斤左右的乳猪大约只需半小时，猪也是一批一批下崽的，一乡一村或者一个养猪场同时需要阉割的猪不会很多，一次割过，要待上一段时日，因此有"一日阉九猪，九日无猪阉"的说法。那时一个割猪匠就等于一个乡村巡回阉割工作站，今天走上寮，明日转下厝，后天去中寨，一乡一村割过去，割完一圈就是十天半月。旧地重割，要唤起乡亲们的记忆，并及时通知有猪要割的人家，以免刀卵相失。于是乎，割猪界在装束打扮与吆喝上别出心裁，狠下功夫。一是约定俗成，在肚脐前加挂一个黑袋，工具放里面，此类小袋因此被唤作割猪袋。二是不论寒暑晴雨，必擎一把长骨黑伞，走到寨门村口，当街一站，两腿八字分，倒竖伞骨，双掌交叠，加力其上，中气内提，嘴唇外嘬，唱戏一般开嗓吆喝：

割——猪——，割——猪——

潮汕话有"八声八调"，平上去入又各分阴阳，跟古汉语的四声分清浊相对应，比普通话多出来一倍的平仄婉转。潮汕人同音对标，顺带谐谑出一幅漫画像，叫"香港警察年老无力"，用潮汕话来读，正好对应八种声调，顺便嘲笑香港警察，后者大概与上世纪六七十年代中国改革开放前潮汕人偷渡香港的历史记忆有关罢。"割"本发第四声，这开嗓一提，直接提到最高一阶八声上去，急、短、猛、亮，如惊槌刮苏锣，鸳鸟聒高树，极其扎耳提神。更妙的是一割之后戛然顿住，而后始长长之"猪"，拖音悠扬，对比强烈，不由人不听进后脑勺去。割猪匠因此有些伪保长下乡的快感，可以职业化而又自得其乐地张浪张样（装模作样）。

不过，真让割猪的记忆保留得更长久的，倒是割猪袋。

改革开放后，农村青壮劳力、活头仔弟不断弃农逐商，出外打工做生意，户户养猪渐成历史，需求式微，割猪遂成绝唱。即使今日再来一次全民养猪，也大可以改放小卡片，建个割猪群，微信预约，扫码支付。风萧萧兮溪水寒，割猪绝唱不复还。但是我有个发现，上世纪八十年代中期中国的交通行业向民营放开之后，似乎割猪大师们呼啦一下改行"阉客"，满公路、马路、渡口、车站跑出租的小巴中巴，都会雇上个把腰别人造革割猪袋的马仔，架势像打手，任务是拉客。再有就是自由市场守地摊的，也常腹拱割猪袋，收钱找零票。我认为这东西低级粗俗，倒顾客胃口，不可能流行太久。曾听说某位中学教师勇敢下海，凑钱与人合开工场，专业缝制"割猪袋"。我当时一听就笑，以为袋之既猪，岂能久割？一年半后果然关门，我私下为自己审美的正确得意。

不料到了二十世纪九十年代，有段时间，割猪袋又满血复活，满街市晃人耳目。有一年我偶上广州，闲逛北京路，发现割猪新生族。那时广州市的北京路是港台服装批销内地的"桥头堡"，装修豪华的服装店一家接一家，几乎在每家门口竖模特的地方，都站着个吃足了胖大海、千重纸（两味专治喉哑失声的中药）的小哥嫩妹，腰缠割猪袋，手持扩音筒，僵着笑容反复不断向人行步道上涌动的人流宣布新款上市、出血跳楼。一路听来，呕哑嘲哳，如影随形。广州大都会，喧嚣本来就超立体，加上这批割猪新生代的声音如闷雷皮上滚乌豆，那真叫城市的唠叨，很让人烦！回到汕头，走上街头再一留意，也发现割猪袋悄然成为各个名牌服装店前卫时髦的导购收银少男少女的标配，好在小城市还残存着静好含蓄，扩音筒尚未集中到这些流光溢彩的商业街区来争相聒噪。那时我伤心地想，若不久汕头市区繁华的长平路、中山路上割猪袋和扩音筒也配套站街，我只好学着苏芮唱：

> 多么熟悉的声音，
> 陪我多少年风和雨。
> 什么时候你快回到我身边，
> 让我再和你一起唱：
> 割猪——
> 割猪——

2. 吴就头发财记

上世纪六七十年代潮汕平原乡村的风貌大致如是：窄巷、老厝、疏竹低树、蕉林、柑园、麻园、稻田、清澈溪水和肥沃的厕缸。溪清水澈，是因为贫穷而清宁，未受工业污染，正在六道里轮回的人畜众生大致寡淡，鲜有不能降解的无机物可以废弃。

厕缸即茅坑、东司，潮汕话亦称屎辖（学），臭物也，然积肥之功至大，斯时为农田稼植所赖，民生系之，故当有传于潮汕浪话。

山僻穷乡修造屎辖，多无统一规划，各家于屋前厝后就地挖坑，打来石条，横拦竖砌，留出蹲位，再以涂壳（潮汕民居传统建筑材料，以泥沙和贝灰，在木板夹模中用舂杵夯压成长方形土块，晒干后用于砌墙）或石块砌一矮墙，即成。

地处平原的上乡大村，因为比较富庶齐整，挖东司多用水泥勾壁，形如沉缸，深二三米，径约一米，故称厕缸，占地少，美观卫生，亦更安全。矮墙横立于缸沿，墙内做成蹲位。规划也较好，每集中修造，与村舍隔开一段距离，或三五成群散落村口道旁，或城堡一样扎堆儿。适宜的位置，是倚坡近树，傍溪临水，一来有些薄荫鸟影，可以转移如厕者、掏肥者的眼耳鼻舌身意，二来方便生产队的宽肚水泥船把肥料从水道运到田头。那时村民基本是本色农民，厕缸如自劳地，各有其主。担屎桶和挑水一样，是每家每户日常事务。溪水往家挑，直接倒入水缸，可饮可用；屎桶往外抬，倒到自家厕缸，积肥。有机肥一供生产队，可卖钱计工分；二供自劳地，种菜自给。我父母是教师、医生，身份叫国家干部，属于居民户口，全家都有口粮供给，孩子长大可以顶父母之职，那时身份比农民优越。居民没有属于自家的厕缸，也不需要，因为普天下厕缸都是无遮法界，对外开放，欢迎外人义务积肥。

虽无遮，有法界。那时遍布潮汕乡野的厕缸，是男人的公厕。女性如厕，使用的是家中有盖的木桶，也称尿桶或屎桶。据阿婆介绍，在更穷的地方，譬如接近梅县和江西的半山区，妇女的溺器，多是一种陶制的"老锅"，高颈，阔嘴，好像现在夜宵摊上熬粥的特大沙锅。近于古代的"虎子"。

尿桶既为闺中秘器，当然不可招摇，其标准位置是卧房内眠床一侧，布帘后，后壁前。该帘因此落个不雅的土名，叫"尿桶脚帘"。讥诮男人胆小怕事，当缩头乌龟，无浪，一个形象的说法，就是"躲到尿桶脚帘后"。

在村头厕缸与帘后屎桶之间，总还得有灵活权宜的安排，以备不时之需。比如说风雨之夜，男丁可以躲在家里出恭，比如说老少爷们儿来做客食茶，也得有个解手的快捷去处，就有简易设施出来。宽敞的潮汕老式民居，如"下山虎""四点金"，一般是在天井一角的排污水道口子边，苫上沥青围子，放一只带盖或无盖的木制尿桶，甚至连桶都不放，尿了直接用水冲干净。

贫农吴就头，曾借此权宜之道，小小发财。

吴就头家别的没啥，就两间破屋，三个女儿：惜弟、招弟、留弟，潮汕话通称大闺女小姑娘为姿娘仔，吴就头三个姿娘仔都出落得花样水蕊，是出名的雅姿娘，现在叫村花。于是就头叔家的外间，就变成村草痴哥（痴情汉）俱乐部，每到夜晚，总有一群痴痴后生哥，有事无事，来找就头叔切磋食茶。吴就头不烦不拒，在门外苫起篾围子，特设两个无盖木桶收集生尿。每天早晨，沿街叫卖收购生尿的人，谁抢先兜就头叔家门前过，常能收购到一二桶纯生鲜尿。不必用生产队的尿勘（那时的测生尿纯度仪器）测，也不必用手指沾了送舌尖舔，吴就头家的生尿总是最鲜、最纯、最腥，不透水掺假。那时的生尿价格，大约是满桶七八分钱，行情好时能涨到一角，不足桶看货面议。一段时间，吴就头仗着三朵金花，引得村草茂盛，精壮献肥，尿情汹涌。一个月下来，老人家不单"地豆酒，老朋友"的常得孝敬，还保赚几块生尿钱。以此为例，潮汕女人与庄稼成长之间，生发着巧妙深刻的剧情。再补充一点，吴就头虽贪财爱肥，却心明眼亮，另有"尿勘"。他传授众女儿一条经验：男人憋得尿，肾壮身体好。尿多尿频，甲浪般（本事一般，不怎的），别挑。偏偏二姿娘招弟喜欢上一个水厄兄，泄漏消息，有一夜差点把水厄兄的肾憋破。此是闲话。

再补充一点，"就头"其实是老吴外号。在潮汕话中，"就头"指随便、随和、和稀泥、无原则。当日，吴就头就随和出一团春意、满庭生尿，岁月有机，生猛而静好。

3. 猪内风月传

潮汕农民吴就头和谐积肥，有机卖尿，活跃乡村文化生活，且助闺女选婿，一举数得，把江南江北山里山外那些拾粪老农、猪倌牛娃全比了下去。

吴就头成功的前提，是家有三个雅姿娘。孤寡老人五保户若也想靠有机肥来钱，只能自力更生上村头巷口机耕路去"攉（拾）猪屎"。猪屎落地，一坨万利，小时常听大人说谁谁"攉有猪屎呾有话"，相当于办成事、赚到钱就理得话大。猪屎有时也换成狗屎，但牛的不换，牛屎不能肥田，只可晒干烧火，低一档，所以做母亲的要经常教训拾猪屎的女儿别跟放牛娃玩，到晚攉回一筐牛屎橛儿，荒废猪屎事业。同时，"攉有猪屎呾有话"虽有点白猫黑猫论的高明意思，却也话中有话，暗指发财得势非由真本事，仅靠运气好，所以又有另

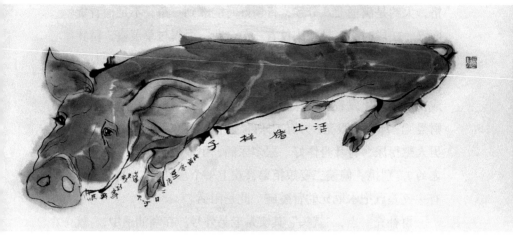

活出猪样子

一配套的俗语,叫"死命攫着活猪屎"。想想也是,那时乡道村巷,条条大路遛牲畜,它们都有随地拉屎的自由,假设同村三人分路攫屎,筐满筐空,还真主要看狗屎运。另外,有洁癖的人不宜攫猪屎,因为这活容易诱发强迫症、方巾气。潮汕人嘲笑做事迂阔不懂权宜变通,叫"攫四方猪屎",四四方方,屎形漂亮,可惜猪屁股从不装模具。总之,是屎就攫,说明潮汕农人勤奋,肥田不择杂屎,故能成其精耕细作。那时养猪饲鸡是家家户户的事,猪屎最可控,肥水不流外人田,但风俗淳朴,乡里太平,猪不须整天关圈,放风散养亦可。再说那时除了有割猪匠下乡给只需负责增膘的猪断子绝孙,也有人专养种猪,四乡六里赶着走,给贪欢的老母猪配种,名曰"牵猪豭(公猪、种猪)"。所以再怎么严格管控,部分猪屎还是活络的、随机的公共财产。

死命要攫活猪屎,另一办法,是跟着扛猪的走。

何谓扛猪?

计划经济时代，猪肉是关乎国计民生的重要商品，凭票供应，记得相当长一段时间是一斤猪肉八角钱。那时营养不好，白肉可煎猪油，比瘦肉贵。猪肝猪肠杂骨之类，只能用于"贴秤"。私自屠宰，罪可至判刑。猪养肥了，要扛到公社屠联，上磅过秤，统一收购。"猪上调——戥秤""猪上调——盖印"，成为小孩都懂的末日咒语。公社书记、供销社或肉联厂领导、屠宰场头儿等人手里掌握着开后门特权，搞肉票开荤要找他们。公社书记的批条当然最顶用。不过，某地曾发生拒条事件，因为头儿一眼认出那是假的。一模一样的字迹，凭什么一眼假？原来书记是个老官猴（精于套路、不落把柄的刁官老吏），深知"牛怕穿鼻，人怕落字"，在批条时故意肉中减人，日后万一被查，他条子上写的是猪内，何曾批人以肉？伪造笔迹的公社文书搞不到猪内，自己反而被人肉。所以做人还是本分好，自家的猪自己扛。众猪皆宰，天下为公，过秤上调后的事，你就别操心。

扛猪是硬功夫，也是技术活。印象中，扛猪时要先把猪的前后蹄分别绑起来，一根扁担从绳子下面穿过，前后两人同时使劲，一二百斤的活膘上肩，在猪叫声中吱呀呀、晃悠悠走去。另一种说法，好像是用一条可坐两三人的窄板凳，把猪扒开腿绑在上面，扁担从板凳下穿过。我个人认为前一种办法较易操作，后一种简直是给猪抬轿，人对人都没那么好。

养猪以家庭为单位，因此，扛猪的搭档，一般是家人，夫妻父子最佳。

有次和乡亲闲聊，聊到"猪一样的队友"，引出一则潮汕风流扛猪记，主角是阿文伊阿母。

阿文伊阿母，意思就是阿文他的母亲。"伊阿"，相当于"他的"，和希腊神话的伊阿宋采金羊毛无关。这阿文伊阿母是个侠客（形容女人泼辣、厉害）姿娘，管丈夫像圈猪獭，看得浪裂紧。那时连 BP 机（寻呼机）都还没有，如何监控？阿文伊阿母的办法，是一天二十四小时不让阿文伊阿父的活动范围超出能见度，能见度被村庄内外相关障碍物遮断，则须呼之即应，招之即来。用潮汕话说，就是阿文伊阿父给咬蚤母（雌跳蚤）掴一脚，阿文伊阿母都要能第一时间觉察到。如此严防死守并非全无来由，阿文伊阿父原是出了名的花脚（风流、好色的脚色），结婚不久就被捉过奸。

阿文伊阿母抓革命、促生产，里外一把好手，圈得紧猪獭，养得肥猪母。看看圈中一头猪母又肥到可以上调，阿文伊阿母翻检万年历，择了个宜开市、宜交易的日子，上午喂饱猪，夫妻合力把猪掀翻绑了，扛猪上路，要赶上猪来不及消化掉一肚猪菜之前扛到屠联，过秤盖印，免得活猪屎落在半路当不得肉。

出了寨门过拱桥，路边竹林下，就是厕缸群。

"老婆，肚疼！我肚疼！"走在后面的阿文伊阿父突然叫起来："老婆你早上不会把猪菜一起喂了亲夫吗？怎么这会突然肚疼？"

"怎么了？猪上肩时你不还好好来着。"

"哎，哎，哎哟，不行，急疼。一疼就想泻，我快堵不住！"

"撞鬼吗——不早不慢，猪怎么处？"

"哎，哎，哎哟，疼死我，憋不得了！这不正好行到厕缸脚头（旁边），我这头扁担暂架厕缸墙角头，拼（奔跑）去后头俺家厕缸一气泻掉火，想就不疼了。"

阿文伊阿母想想，一时别无他法，只好同意。潮汕有句老话叫"官司不如屎尿急"，何况肚子突然崩坏："猪等不及的，利索些！好耐确苦（竭力）耐，回家抹胡文虎（虎标万金油）食白花油，再不行卫生站看医生。"

马画潮谚：一个樽仔一个盖，各人老婆各人爱

阿文伊阿母的乡是个大乡，寨门外这片，大约有近百个厕缸依溪垅短竹岗而建，左一列右一排，三弯四折，层层而上，前遮后挡，颇为错杂。中间一座有屋顶的八肚大厕像群主，那是生产队的公厕。阿文家的厕缸在公厕后面，紧挨一片竹林，竹林边有个破厝斗（仅剩断墙残壁的房屋基址）。阿文伊阿父把扁担这一头从自己肩上急急卸下来架到道旁厕缸坡坎头，另一头仍压肩封印着"母夜叉"阿文伊阿母肩上，自己弯腰捂腹呻吟着跃上厕缸群临路的石阶，闪进一堵厕缸墙头后，一路七弯八绕急跑。可他过自家厕缸而不入，直接扑进破厝斗，一声欢吟抑制不住响起来，老情（老情人）姚寡妇已等在那里……

扛猪记插播鸾池会，杭育杭育的劳动号子与关关雎鸠交响，如镜花水月不可思议。偷情虽非教化所宜，然情固有不可止者。村烟竹林相遮蔽，猪膘浪事争春光，亦不失太古击壤遗风。不禁想起江淹《别赋》中最美的一段来："下有芍药之诗，佳人之歌，桑中卫女，上宫陈娥。春草碧色，春水渌波，'与君扛猪'，伤如之何？"

4. 潮汕厕史

潮汕厕史上，有个著名浪事桶（惹是生非、多事好事者），人称陈国舅。

皇亲国戚，据我所知，古代潮汕出过三个，一个真驸马，一对假国舅。

真驸马许珏，为潮州前七贤之一许申的曾孙。北宋真宗大中祥符二年（1009）举贤良，赐进士及第，尚时为太子的宋英宗赵曙的长女德安公主，并于宋英宗治平年间治第潮州，流行于潮汕的府第式民居"驷马拖车"即由此滥觞。许驸马府于明代复建，旧址至今仍在。许氏家族在宋代以后开枝散叶，繁衍昌盛。迁至汕头沟南许地的一支，以经商致富，居广州高第街，为民国名门望族，许应骙、许崇智、许崇清、许广平等均出此族；迁至揭阳登岗许厝的一支，亦儒亦商，文人辈出。甲午战争后，祖籍揭阳的台湾著名爱国志士和文学家许南英曾携幼子许地山避地揭阳，后来许地山成为民国著名学者、作家，代表作《落花生》一文，就有潮汕农家生活的影子。

假的一对，都是国舅。

民间传说，澄海人许龙为海盗，兵败被捕，押解上京。斩首前被宫中贵妃误认为失散多年的兄弟，免于一死，并被封水师提督，荣归故里。

许龙实有其人，是明末清初潮州澄海南洋强宗豪族的首领,亦聚啸于海上,后降清,任潮州水师总兵。作为地方豪强,许龙曾在抵制康熙初年的海禁迁界中发挥了一定的积极作用。国舅一节,则纯为附会。

另一个名气很大的假国舅是陈北魁,即我们之前讲过的把"离城七铺"在皇帝那儿缩地七步的"乡下苦躁"活头代表、《明史》所称"潮阳无赖"进士陈洸在家乡民间故事中的"变形人"。

民间传说,潮阳县贵屿都举子陈北魁上京应考,半路同宿逆旅的一个士子突患急病,临死前告诉陈北魁他是当今皇后的亲弟弟,正要上京认姐,并把相认信物交给北魁,托他进京将自己的讣信告诉姐姐。陈北魁到了京城,与皇后合作,成功顶包,衣锦还乡。在潮汕地区主要是潮阳、普宁一带,国舅陈北魁的系列故事广为流传,"先生跋(跌)落学(学或作辖,辖、学潮语同音)"是其中一个。

学习国舅事迹前,先看别的乡党如何"搞臭"先生。

"东司羊敬先生",是另一个关于屎学与先生的潮汕民间故事。故事大意说,某风水先生为主人家看风水,寻得一处水龟地。先生说,此穴一葬,主人家必立即暴富,所谓"寅时葬,卯时发"。但自己因泄露天机,将致眼瞎。主人家立下重誓,愿终生大鱼大肉奉养先生。主人家暴发后,渐渐怠慢盲先生,茶饭日见粗粝,正口中淡出鸟来,突有三天连饷羊肉,只是味道怪怪。先生掐指一算,知道此羊乃跋落东司被淹臭死者,问仆人,果然如此。先生大恨,设计报复,破其风水,双目复明,扬长而去。

我在阅读潮汕民间故事时发现,与"东司羊敬先生"类似的故事,潮汕多县均有流传,其中一个版本,直接把主人家坐实为明朝嘉靖年间曾任礼部尚书的盛端明。

盛端明,明潮州府海阳县滦州都大麻(今大埔县大麻镇)

人，弘治十五年举进士，仕至右副都御史，被劾罢官。后投嘉靖所好，"自言通晓药石，服之可长生"，由方士陶仲文所荐，附奸相严嵩，重得叙用，官至礼部尚书、太子少保，为士论所耻。后引退，卒于家。嘉靖死后，盛端明被褫官夺谥。《明史》列盛端明于《佞幸传》。此公既攻药石，已坠左道，再度出仕非由正途而骤至通显，难怪下三路故事附体，风水先生上门。

说到风水先生，另有大话头。

潮汕人笃信风水，风水先生是旧时潮汕乡村社会不可或缺的重要角色。出名的风水先生很受尊重，吃香喝辣。

风水先生的本领是"看山"，掠地龙，寻水脉，安坟卜宅。说起来，个个都像不写诗的谢灵运。谢灵运开山劈岭只为览景赋诗作文，他若真知命懂风水，安心给自己在浙东山水中寻一处"坎龙钟吉穴"，坐看"山向水来朝"，也不至于蛋疼惹事，弄得头落广州，须入祗洹。

这么着，搁下先生诗人，我们先聊聊才子。

在正统文化的尺度中，在《西厢记》《红楼梦》中，吟诗对句琴棋书画都在行，就算得上大才子，若到潮汕，还远远不够，民间社会不认。在潮汕当"才子"，须二十般武艺俱全。哪二十般？请听——

  诗词歌赋文，琴棋书画拳。
  山医命卜讼，嫖赌酒茶烟。

这张"裤头方"（祖传秘方、土方）可谓十全大补，贯通六艺五毒，兼善庙堂市井，还姜子牙屠夫本色，要鲁迅当绍兴师爷，真叫恶性浪险。你再细看这方头（处方），配伍排序可是一点不乱：前十项乃形而上，学得成，卖与帝王家，状元及第，宰相得拜；后十项属形而下，功夫到家，推背大师、澳门赌王、西门大官人三合一，自可称雄市井，驰骋民间。在后十项中，"山"即看风水，当仁不让，岿然居首！由此可见，堪舆之士相地之师，在潮汕人心目中是实用、阴阳、生活技能类中最高层次也最有文化的专业人士，比"教书先生"牛多了。

盛尚书的风水先生只不过吃了落厕羊，陈北魁的塾师——教书先生直接跌落屎学（辖）。前面说过，屎学乃厕缸的一个俗称，义同东司。

话说明朝弘治年间，潮阳贵屿某私塾先生乃一老冬烘，不知道自己将要调教出新国舅，浪事（闲杂事、麻烦事）多，管束严，经常惩戒顽劣学童陈北魁。北魁大愤：先生先死，先死先生！我捣我蛋，甲你先生浪逮（关你先生鸟事）？竟敢将戒尺来拍我掌心浮赤岭（起红痕）！此仇不报，魁字倒写。

学童陈北魁经过多次踩点偷窥，发现先生如厕蹲学时，总眯睛撮鼻，口中子曰诗云念念有词，双手紧攥脚趾前石板缝中一蓬久年老草。北魁就拿一把短锹，偷偷把这蓬老草连根挖松，再压上旧土，原样摆好。第二天先生课间如学，北魁准备了一条麻绳尾随其后。不久果然"咚"一大响，救命的叫声闷学而出。北魁冲上前去观察，跌在学中的先生大叫："弟子救我！"北魁得令，颠下屎学回学堂，不忙叫众学童救先生，却画虎浪吓山猪（狐假虎威）："先生跌落臭屎学，叫你等弟子背《大学》。"众学童听说先生跌落彼学仍心念此学，都感动得埋头大诵苦学。北魁安定了民心，叫上两个小跟班回转屎学，缒下麻绳将先生救出来。先生出得污秽界，大呕一场，换衣涤臭，姜汤压惊。第二天自个把半条老命殓入金花瓮（装骨殖的陶瓷），打起包袱，辞塾归田。

我小时常听人讲陈国舅闹学戏先生的段子，如今想来，流毒未可小觑。在津津乐道此事的乡亲们心口意念之间，陈北魁儿时的流氓习气与顽劣行为，俨然与其日后成功顶包大明朝国

马画潮谚：冰霜是水，阎罗是鬼

舅发生因果关系，成为足可称道的活头九窍标记和圣浪品赋，流毒至今，不可不鉴。

话说回来，北魁以一介村童，不怕权威，敢于反抗，但又冷静善观察，居然能于具体环境与先生的行为习惯中发现空子，加以利用，设计方案，松四两之老草，跋百斤之腐儒，成功坑爹。单就行动本身，不能不说北魁有调查研究、实事求是的异禀。再者，"其心尚童"的陈北魁恶作虽甚，而未忘预后救人，自己屁股自己擦，顽劣至极中尚存良知与责任。在潮汕尤其是潮阳的民间故事中，国舅陈北魁的段子不少，算个四邪六侠的人物，虽爱捉弄人，更做了不少有利乡梓主持正义的好事。撇开是非善恶，国舅陈北魁确实有过人之处。

如前所述，陈北魁的真身，是正德年间成进士而活跃于嘉靖朝的潮阳贵屿都人陈洸，事迹见于《明史·叶应骢传》《明世宗实录》等。他在贯穿嘉靖一朝的"大礼仪之争"中及时站到了皇帝一边，并借给事中之任弹劾保守廷臣集团骨干多人，发挥不小作用，虽因昔年乡居时与潮阳县令的聚讼及后来的见风使舵被史官斥之为"潮阳无赖"，屡被指控牵连，却深得嘉靖的信任和保护，非庸官俗吏所可及。有明一代，尤其是明朝中叶，潮汕人文荟萃，英才辈出，除陈洸外，更杰出的有允称一代封疆名臣的兵部尚书翁万达、潮州历史上唯一的状元林大钦、被王阳明赐号"中离先生"并传心学于岭南的名儒薛侃等，亦一代翘楚，足光乡邦。

5. 宿　鸟

羊落东司先生臭，人枕牛橛美梦真。这一节，我们聊个五毛钱的牛屎，送你一棵美梦树。

话说人到午后爱犯困。吃过中饭，能歇着的，几个不睡？大家都睡，寂静一世界，没睡的，坐坐就也自目涩（疲倦思睡）。

马丁叔叔幼稚园的老师午休期间轮流到大厅值班，今天是小梨。小梨老师中专毕业，刚满十八，乖巧腼腆又文静，泅霞含雨的，典型一个规矩潮汕姿娘仔。小梨人缘好，同年级的小青老师没睡，过来伴着。保管员杏姐说，中午睡了怕晚上倒灵精，说说话好。老李老李，不要打盹，过来食茶。门卫老李就也走过来，还有园车司机大白，男女老少，麻将凑四脚，齐了。

大白扬扬报纸说，杏姐，招空嫂了，你快去应聘。

杏姐说，有名额给你胶己（自己、自家）老婆留着。倒是小梨，看着就是空姐的料。喂，小梨，我说真的。

小梨有些羞涩地笑，说，读书时我真是很向往空姐，可没梦到过。

梦过？大家听得奇怪。

小梨认真说，我的梦很准的。毕业前，航空公司来我们学校招考空姐，初试都过了，我还是没梦到自己当上空姐。后来果真因为身高差些没录取。可我早梦见我在幼稚园和小朋友玩，就和小青一起。我做梦，后来常就真有那回事，梦不到的，好事摆到目头前，也没成。

小青听得双目搁搁金（瞪圆眼放异光）。小梨、小青都是市外语中专的学生，小青比小梨高一届，但两人在学校读书时没交往。再问，小梨做梦的时日，小青已毕业到外贸公司上班。小青连嘴也圆了，哇，怕。小青又说，小梨，你教我怎么做梦。

老李这时开了口：孩子们，阿伯知道怎样做梦。

大家都兴奋，转睛盯老李。

老李弹掉一寸烟灰，说，一分钟，站着，马上入睡，马上做梦，听说没有？

六十年代我入伍当兵，那时大陆和台湾紧张，部队常拉练，要练战士野战生存能力，一次行军就是好几天，带干粮背几十斤的装备，个挨个在山里没日没夜走。那个又累又饿又困呀，走着走着队伍顿下来，不知是前面遇着什么沟坎，顿下来，人原地站住，马上睡着，队伍重一蠕动，立马醒转。有时十来分钟，有时只几分钟，甚至几十秒，却明明已经做过好长一个梦。

小梨眼睛也圆了。大白是刚退伍的和平兵，大概如今训练强度已大减，没经历过老李那样的极端体验，同样眼直。

老李接着说，现在老了，说出来不怕大家见笑。

抚猫图

那一次,也是拉练行军,已连着两日两夜钻山沟,月上时走到一片缓坡,部队下令,就地宿营,都累得要散桶(散架)的人了,斜一眼身后草地上有小块黑石头,倒下去枕着就睡。才听得"噗"一声闷响,奇怪!石头怎么硬儿软,人已回到自己家。家里正好过年,刚做一锅芋泥白果(银杏),那个乌油喷香呀,满满干下一碗,再连解三杯土山茶,老婆就来了……天亮目掰开,咋,手往脑后一抓,黏糊黑,青草腥中满头臭。就听见战友笑,跳起来,原来昨夜一头枕到牛粪上。牛粪好几堆,一说,枕着粪堆的,个个做美梦,难怪老话总说屎是财。

我说,懂了,以前禅宗和尚呵佛骂祖,开口闭口如来是牛屎橛,原来牛屎美如斯。

大家眼睛都笑成弯弯,小梨、小青,像那夜的月亮。

老李却搓灭了烟头,说,你们不要就这么惊奇,还有!

听说过上树做梦吗?

1962年,大陆要炮击金门解放台湾,部队拉在福建前线,有几个潮汕新兵嫩骨头吃不了苦,半夜开小差。部队一发现,可不得了,连夜封锁福建通往汕头的公路拉网搜查,来去搜个遍就不见人影。怪了!那时公路只有很少的班车,新兵伢不懂别的路,又不敢往山里钻。莫非插翅飞上天?部队就是部队,真有两下子,情况报上去,参谋们掐指一算,传下来,搜树,逃兵肯定爬上树了。手电筒一片片照得树白宿鸟惊,果然把人找下来。那时部队的政治思想工作真厉害,没搞正面处分,马上召开全团大会,主席台贴出大标语,欢迎某某战士归队。逃兵代表痛哭涕零说,他在树上做了个梦,梦见母亲叮嘱他一条浴布也要解放台湾。

真的?

几年前,我在战友会上碰到当年的逃兵代表,大家调侃他真会呾浪话,问他怎么还不去解放台湾。代表说,他当时又惊又累又悔,在树杈上的确撑到睡死差点没掉下。做梦没假,梦到台湾是假;回家是真,解放再说。

6. 圣浪说

牛矢枕黄粱,禅是一枝花。呵佛骂祖,也是潮汕浪话拿手好戏,圣浪——圣人与浪鸟的直接结合,即一经典案例。

世界上不少开化程度低的种族、部落有男性生殖器崇拜,部族聚落的祭坛、门楣、家中显要位置,会悬挂、供奉以木、骨等材料制作的男根。汉字的"祖",原形即此物。先有浪鸟,后出圣人,这个道理说起来就和先得有天地男女然后才能产生社会文明一样了无疑义。"圣浪"搭配成词,包含着潮汕人集体无意识中对神圣、圣人的朴素想象或者说原初形塑:人之位登圣贤者,理当像男根——浪鸟一样茁壮强势,坚挺"傲娇",能屈能伸,大正大邪,生意盎然,生生不息。你真圣;这人圣过浪;无本事,假圣浪……在不同语境中,圣、圣浪有具体而微丰富复杂的意旨况味:真倔,真犟,真有种;真老辣,真俏皮;真会装,真像有那么回事;真放肆,真狂妄,真不把人家放在眼里;真不知天高地厚,才吃了三块豆干就想上西天!一言以蔽之:大圣、圣浪!

然而在文明社会,"圣"与"浪"毕竟分属不同界域,前者形而上,为贤为圣,是精神的、公众的、社会的存在;后者形而下,饮食男女,乃肉欲的、隐私的,甚至难避淫邪之嫌。

一壶清茶浪话中(青花茶器)

这种分判与矛盾，在社会观念相对封闭落后的时代、环境中更明显，由此憋出潮汕浪话一个经典意象，叫"浪硬假腰疴（腰疴：驼背）"，即男性以弓腰驼背掩饰不合时宜、场合不对的生理兴奋与勃起，引申为假装低调、驯顺，忍辱负重以掩盖真实意图或实力，有怨怒不敢言，韬光养晦，等等。

对"浪硬假腰疴"所描述的困窘，我的同龄人，当其青葱少年身体初发育时，想必多有程度不同的切身体验。我上初中之时，正当上世纪七十年代后期。初中阶段的孩子刚由儿童步入少年，身体开始发育，性意识与羞耻心像深井打水，水在吊桶中晃啊晃。南方天气炎热，那时春夏裁裤子的主要布料叫"的确良"，属化纤，薄，挺而不括，不具备自皱性能，又不可能裁得蓬松，因为莫名费布在那时是神经或妖服。内裤则基本是土布裤橛，直筒招风，毫无弹力。有弹力的三角裤之类，大约是香港客（番客）级别的进口装备。再者，初中阶段的男孩主要长个子，潮汕话叫拔劲。斯时社会物质生活未充裕，少有营养丰富得早生肥肠赘肉的，整个班里的男生基本都是虾米竹竿。如此一来，小荷才露尖尖角，的确良外裤就像捂不住一点春光的三四月西湖湖面，动辄"撑裤"。常常是课间休息上厕所，无名动了真元，稍一不听使唤，初阳勃发，自觉特显眼、特下流、特尴尬，不自觉尴尬成罗圈腿加小驼背。好在大家毕竟还是孩子，注意力很容易转移，疴上几步就忘了，该垂的垂，该直的直，少有落下后遗症的。女孩性发育则主要表现在胸脯开始隆起，那年月多不免紧张自惭，束胸控乳，有的姑娘就真因此落得终生平胸。

小孩还好，大人更苦。那时社会普遍封闭，性与下流、流氓、居心不良等等直接挂钩，成年男性若美色当前，爱慕之心大起，一时春机发动而的确良甚挺，掩饰不住，不仅狼狈，弄不好成为笑料，被定性为作风不好。为此，理智的做法是有浪勿圣,浪大毋显,只兴"孔子浪脬皮——文绉绉",不可支浪大过头,动辄势头激激,浪头叠蚌壳(激激,张扬狂妄、扬扬自得貌;后者乃典型的海派漫画像,以戴帽造型为威仪不立却装模作样的写真)。圣浪问题,是那个压抑时代老少爷们儿共同的难言之隐和不时之辱,浪硬假腰疴,便成为大家在长期的隐忍恐惧中摸索出来的最实用的应对措施。

7. 银莲传

如上所述,浪硬假腰疴,是由圣人与浪鸟内在的本质关系在特定现实困境中熬炼出来的一贴潮汕牌江湖膏药,药理是用假的身体缺陷,来掩饰真确的生理反应,引申为伪装、隐藏真实目的或实力;人在屋檐下,不得不低头;等等。神理如画。

到此为止,圣与浪的关系只是圣人与浪鸟概念上的联系与冲突。若有关圣浪的系列浪话仅凭此生发,未免过于抽象凿空。潮汕浪话高妙之处,在于本色,是浓郁勃发的土气息、泥滋味,是与民间生活和鸟兽草木的鱼水相依、空色相凭。例证之一,可推"圣壳"。

圣壳,是潮汕人从一味作为中药的植物果实"圣疳子"与相关的年节风俗、民间食疗所包含的相生相克辩证关系中揣摩出来的原创浪话。与此有关的一则民间故事,恰好与浪硬假腰疴反其道而行之,演绎的是旧时聪明贤良的苦命媳妇尤其是童养媳如何忍辱负重,发挥聪明才智,帮助、引导白仁(智障者,或作"白人")丈夫正确响应生理需求,完成传宗接代。

"姐姐,俺要撒圣壳尿!"

被白仁唤作姐姐的人,其实是白仁的媳妇银莲,原系童养媳。

圣壳有老实的本义,骚而有趣的假借义,由此生发出颇为"漫画"的引申义。

圣壳之为物,原乃中药"圣疳子"的外壳。圣疳子,也作圣甘枳,学名赛君子、使君子,果实可治蛔虫和小儿疳积。相关药典说:

> 赛君子,使君子科藤本状灌木,主产于四川、广东、广西、云南等地,其果实秋季成熟后采收、晒干,除去外壳,生用或炒香用。性味归官:味甘、温,归脾胃官。功效应用:杀虫消积,用于蛔虫病及小儿疳积。副作用:大量服用引起呃逆、眩晕、呕吐等反应,另外与热茶同服也会引起呃逆,一般过些时间会自动消失。

阿婆的叙述,则提供了民间记忆或者说民俗的版本。

"你问圣疳子吗——五月节(端午),圣疳子炒青皮鸭蛋,你爹你叔,还有你们,小时年年要食,驱蛔虫,清肚腹。五月节这天戏出可多了:早上食了真珠菜猪血汤,去看扒龙船(划龙舟),回家来吃圣疳子炒青皮鸭蛋。下午还有好节目,食栀粿、食粽。晚上要洗龙须水,一年就不容易感冒了。"

"圣疳子啥样子?"童年的事,怎么就全忘了呢?我自觉奇怪。

"像洋桃,比洋桃小,外壳有四五道棱,很硬,要砸才得开。"

"什么颜色?"

"乌蜡乌蜡,黑中带红。砸开壳,里头是朱砂色果仁。这朱砂色其实是包着果仁的一重膜,与果仁粘得紧,但吃不得,要用指甲剔到干干净净，再把白果仁切碎炒香给小孩吃。谁要吃了红膜没剔干净的，那可够他受。"

"咋的了？"

"呜呃呜呃，不停打嗝。"

"啊！怎么办？"

"有办法。老辈人不是说'圣甘枳食剩重壳——圣壳'吗？壳别忙丢，用壳煮水喝，就好了。这是相生相克，别的办法不灵。"

哦，我恍然大悟，民间经验真是书本知识传承之外另一个灿烂星空！关于圣壳、圣痄子，也即赛君子外壳这种特殊作用，中药书没提，也没讲打嗝等不良反应与壳内包裹果仁的朱砂之膜有何关系。但在先辈的经验中，圣痄子——赛君子，是每年五月端午节声声龙舟鼓点中诡谲可爱的小活物，壳乌、膜红、果仁白，在一片炒青皮鸭蛋的焦香中，在打嗝的脆响中，如此神秘地相生相克。膜的禁忌，乌乌圣壳对红红圣膜绝妙的克制化解，冷不丁被圣浪一个禅意链接，自然的药性理物与天真无邪的乡间民俗，就被巧借来比附阴阳，乃至隐喻了男性包皮与女性处女膜之间的生理对应与互动因果。"呦呦鹿鸣，荷叶浮萍"（《红楼梦》第九回宝玉奶妈的儿子李贵语），如此幽默，天设地造，风情而辩证。

回到白仁奇怪的念白上。

潮汕有句古训，叫"有憨人，没憨浪"，或"有白仁仔，无白仁浪"，翻译成普通话，就是智障者不碍其有正常生理反应。引申开去，常带有儆戒、揭底、揶揄的意味，提醒人们长记性：再蠢的猪也会拱槽；看起来很傻的人，七窍少一窍是不是？碰到利益数到钱，门儿清。

此乃世相，并非空谈。

盖生物遗传偶有缺陷，人间自来不缺智障者。从前不禁姑表通婚，社会流动与交往空间又小，姑表兄妹青梅竹马终成夫妻的多着咧。这种亲上亲，生产时要多捏一把汗，怕生下来个短腿挛足的残疾人，或者脑孬心空的智障者。放在现在，智障者要娶媳妇还真不容易，真娶大概也只能合并同类项，因为婚前男女至少要见面交流，撩不来妹，也要聊聊房子车子什么的，情商为零不要紧，智障者则必定出糖（露馅，出丑）。但旧时男女授受不亲，而媒婆远比南兄专业，能把脚桶加眠床说成响屁雪铁龙，只要门当户对，双方父母同意，男女主角婚前大概也不过非礼勿言打个照面，等拜过堂入洞房发现你哑巴，我九指，生米已成熟饭。

最经典的媒婆文案，叫"三面五目长短脚"。

话说从前潮阳乡下有两家人，各居一村，相隔五铺路。一家千金眇一目，愁嫁；一家少爷跛一足，难娶。这事难倒无脑小媒婆，在专业大媒婆那是小菜一碟。四乡六里出名的媒婆，哪个不九窍加巧舌？大媒婆姓王，潮阳的王婆不知比阳谷县紫石街的王婆高明正经多少倍！潮阳王婆听了业务介绍，笑笑说，观音生好一块败（潮汕民间俗谚，指其大脚丫），观音娘都要藏拙，拐脚裂目算什么？听我安排，保证门当户对，金玉良缘。两家听王婆如此拍胸脯说媒，都许厚礼重谢媒。王婆遂编剧加导演，巧妙结合春游进香的赏心乐事，把男女见面的地点，安排在某伯公庙外半山道中。女的站在石级高处平台，手撚桃花一枝，恰霞掩半面，羞露一目，颇得直播时代网红造型的天机。男的拾级而上，欲前又止，做仰望女神状，双足正好短上长下，跨阶而立，一种兴奋难抑大单欲下的模样。两边各怀鬼胎，都以为如此这般瞒过对方，占大便宜，匆匆一掠，均表示一见钟情。媒婆遂头顶青天，面朝春野，当着男女双方和陪同家人大声勾耳（声明、强调、把话说在前头），宣布相亲成功："男女做亲，缘分合到，明聘正娶，你们两家三面五目

双盲实验(马陈兵自画像)

看清楚了,过后勿咀长短脚话!"

前文提到,以"潮阳无赖"(《明史·叶应骢传》语)陈洸为原型的国舅陈北魁通过谐音缩地移届,让大明天子将"离城七铺"钦定为两家相距"七步"。潮阳乡下的王姓媒婆则调动智商和演技,让关关雎鸠们双方的生理缺陷与相互欺瞒在明媚春光中兴高采烈对冲,并带领未来两亲家掷地有声地指天为誓,这掩人之丑的媒人钱可真叫赚得光明正大!待到洞房花烛,一对男女揭下头盖,两面三目相对,只得将长就短,强生喜欢,把《石头记》中荣宁两府众顽童大闹义学那回里"撅草棍儿抽长短"的儿戏做实成欢喜冤家。

童养媳则不然,那是一宗公开的恶行,专把好花插进牛屎坨。只要富家有田有地,有钱有势,出了白仁仔残疾人,先买个贫苦人家的小女娃养起来,老婆和私人护士一站搞掂。而多数白仁仔后来也能让媳妇怀孕,生子当爸,世人便以为有憨人,没憨浪,房中之事,只要不是太监都能行。

然而,这个结论,抹杀了"姐姐"们多少泪水、心血和功夫!

话说从前有个潮汕乡下妹子叫银莲,命苦,从小卖给白仁家当了童养媳。白仁小丈夫惯叫银莲姐姐。好不容易拉扯到小丈夫长大,圆房成了亲,无奈白仁于夫妇之道上全不开窍。银莲可不傻,是个伶俐水灵的女子,从小唱熟了一段又一段童谣:

嫁鸡随鸡,嫁狗随狗,嫁了狐狸钻山草。

现在不幸成为白仁的媳妇,银莲只好认命。到如今,潮汕还有不少老先生、老学究,坚信自韩愈谏迎佛骨夕贬潮阳,到这儿搞了几个月思想教育,鳄鱼就驮着潘金莲们远窜异国番邦,海边粗鲁秒变海滨邹鲁。同时,潮汕的确产生了大量聪明而苦命的女子如何认命不贰、苦心调教白仁夫婿的民间故事。在观念与故事的互相印证中，我们可以看到温良的地方历史文化所包藏的若干地狱变相。"姐姐银莲"的民间故事说，银莲与白仁夫婿虽然圆了房，但这圣甘枳不对五月节，圣壳缺锤，圣膜不破。过了四七二十八个寂寞饥渴之夜，姐姐银莲决定积极作为，主动出击。当白仁又抱着银莲唤姐姐时，银莲顺着白仁的口吻说起傻话：弟弟抱紧姐姐，姐姐教你撒圣壳尿，往这儿使劲！使劲！啊哟，啊哟～～

　　白仁尝到"圣壳尿"的酥麻舒服，从此傻傻迷上这一运动，只要一想起来，不管在房里房外、村头巷口，也不管旁边有没外人，扯着银莲就说："姐姐，俺要撒圣壳尿。"百计禁之不能止，笑话就传了开来。这个黄色轻喜剧证明聪明的女人总有办法锤破圣甘枳，将硬壳内的白果仁炒了青皮鸭蛋，把白仁仔调教成大圣浪，但误食圣膜则不免，势必不断打嗝。白仁就是白仁，银莲们再贤惠，或者圣人再世，也没法让白仁不乱撒圣壳尿。

戊
生山瑞兽

1. 糖铎有清音

话说成田公社集镇上有一条丁字形主街,串起两道溪、四条桥、三个市集:草墟、猪仔墟、市亭。

三处市集名字不同,功能各异。市亭是肉菜市场;猪仔墟也和市亭一样,以梁承顶而四面无墙,属于亭榭式建筑,除了猪崽,主营活禽六畜之类交易;草墟在未建平房式简易集贸市场之前,是露天大场子,四乡六里赶集的所在。一到墟日,草墟就热闹得不行,到处冒人冒热气,冒枯草鲜柴的味道。除了日杂百货之类各种小地摊,大宗商品是柴草,几乎把市场中勉强留出的一条通道变成两边槎牙犬错的山路。柴重垛小,草轻捆大,都从中腰扎紧,便于成对肩挑。卖柴草的多是山民,主顾则是市镇和周围几个村的人家。那时乡村烧饭基本用柴草灶,燃料就是每造刈割后晒干的稻草麦秸,还有麻秆。住处宽敞一点的人家会腾出一间小房,或者在厅角苫起一处来做"草间",专门堆放晒干扎垛的柴草等物。屋小房狭的,只好搭个小阁楼往上塞。但仅靠稻草往往不够烧,勤劳的人家可以自己上山去割草砍柴,不然就得在墟日到草墟向山民买。

除了柴草，农民家里缺粮了，也得上草墟籴。改革开放前，粮食为政府统购专营，私人不能开米铺。米谷与柴草一样，基本靠家有余粮的农民挑到集市出售，多是未碾的粟，论担卖。

成田公社粮管所设在溪东村临溪大埕前，原是一座超级"驷马拖车"。宅院中间是前后两个祠堂，很宽，货车可以在里面掉头。前祠堂负责收购加工，农民用未脱壳的粟交公粮，粮管所将公粮加工碾成米；后祠堂做仓库，战备粮和供应居民的口粮都储存在这里。大宅右侧有一列护厝，潮汕话叫厝包，被改成卖米的窗口。我家属居民户口，每月有定额口粮供应，那时一斤米需要一斤粮票和一角四分二。买米的自带布袋，出米的口子是一排穿墙斜出的收口木槽，木槽上方在墙里，有个可以开闭的大漏斗，墙上开窗，里面粮管所的人员收到粮票和钱，称好米倒入木槽上方敞斗，一拉挡板，米就流进预先套在外头槽口下方的布袋。我小时常被父母支去买米，那白花花大米在油光发亮的木槽中白沙一样哗啦流下来的声音，现在回想还鲜明清晰。

粮食定量供应的紧张时代，在粮管所工作算是肥缺，手中多少有点资源可以开后门。我的初中同学马灿泽回忆说，他父亲是民办教师。民办教师仍属农村户口，没有粮票。我这个同学兄弟多，家里好多张嘴要吃饭，每到冬尾（刈割季叫收冬，冬尾就是临近收割季前那一段日子）常缺粮。好在他父亲马烈伟老师写得一手好字，时常帮人家写对联喜帖；下得好象棋，和粮管所的同志是棋友，有交错（私交不错的朋友关系）。粮管所碾米会产生一些米碎，可以灵活处理，粮管所同志就经常照顾几斤米碎给他们家煮粥应急。

更快乐的往事接着被他回忆起来。他说，粮管所有个阶段还收购咸酥地豆（带壳的花生用盐水煮熟后晒干），每年地豆冬（收花生的季节）到了，他们兄弟就巴望父亲天天上粮管所和同志食茶下棋，他们好以唤父亲回家吃饭为由，上那磨蹭。同志也知道孩子们心怀小鬼胎，常会半开玩笑骂上一句，并特许他们从堆满地的咸酥地豆中抓几把一边掰去。

咸酥地豆亦我所爱。这一下子勾起我对童年家乡特有的物食（糖果、零食）的忆念。物食上哪找？还得回草墟。

草墟属于临时集市，墟日异常热闹，平时冷冷清清。有没有零星摆地摊的，我已记不清楚，我记得清楚的是在经过草墟通往铺街的路边，常时支着一两架单车，边上照例站着个汉子，老远就可以闻到诱人的香味。单车多是可以载重的"红棉"牌，车架一侧挂着大竹筐，上铺木板，板上时常叠放几个长方形浅底白铁盘，半披着布，盘中盛豆仁闻。豆仁闻类似于南糖，是用糖与炒熟的花生经过熬制后均匀浇上去凝成的物食，卖时用一把长而窄的刀一条条一块块截出来，糖极黏软，地豆质优粒饱，味道奇香，传出老远。

小贩草墟截豆仁闻，现在听来太平常，那时可算得上改革开放后一个新气象。此前豆仁闻、姜薯酥、芝葱饼等成田特色物食，都由公社供销社的物食铺统一生产、销售。

再者，豆仁闻已算高级精致的物食，之前只有糖库。糖库仅用红糖熬制，凝成形如酵粿（用面粉发酵蒸制的大馒头，是潮汕时年八节拜神祭祖的主要粿品）的一大块，置于筐中，味道单调，大人一般是不吃的。但那时物质贫乏，糖库对农村孩子已是无上妙品。

糖库虽远没豆仁闻好吃，但有一换二叩，乃豆仁闻所无，风俗淳朴，风物悠长。

何谓换？那时大人都可能吃不饱肚子，哪有零钱给小孩买物食，怎么办？换。远远听到小锤叩击铜铃的声音，孩子们就知道挑糖库担子的来了。拿什么换？番薯或米，旧牙膏壳也成。调皮胆大的孩子直接从家里偷个番薯或兜一把白米——当

双吉图

然也有的是大人给的——去换。卖糖库的接过薯米，掂量一下重量，放入筐，然后铁锤小凿并用，从整板糖库上叩下一小块，放在纸上交给孩子，俗称叩糖库。之前听到的小铜铃的声音又从哪里来？原来糖库担子不吆喝叫卖，用一根铁棒敲击一个小铜铃。铃音清越，传得很远。古以木铎采诗，所谓木铎有心。对那个年代成长的潮汕孩子来说，糖铎有清音。

2. 鱼书猫说

　　旧时乡下不闻宠物之说，猫狗都属家畜，各有职司。潮汕小平原无猎可狩，是条狗都会看个柴门草厝，狗的就业没啥门槛。猫可没那么好混，以会不会捕鼠、偷不偷吊篮（将荤菜鱼肉高吊起来的篮子）、乱不乱遗矢为标准，优劣立判。好猫是个宝，后猫（劣猫）家家嫌。据说好猫进门，只消在地上炸毛弓背一展威，屋顶瓦缝应声落鼠，然后这猫就出了大名，为鼠患所苦的村邻听说，会要买上一包大白兔糖粒（纸糖）来借虎。更高级的宝贝，叫发财猫，能旺家道。依据嘛，可能来自相猫报告，或者养之有验。那时农村几乎人人都懂点相猫的学问，闲时也喜交流相猫的话题，比如短尾或尾骨屈曲的猫、浑身雪白四蹄带黑的猫，阴阳眼的猫，乃至三脚猫，都是贵相。品相真好的猫可以卖钱，甚至于推介好猫类似做媒，几成职业。乡下俗称介绍买卖为做中，牙人叫中人，也生出一扎词，如鸡中马伯，喻人多管闲事；猪中差不多也是这个意思，指多此一举或性喜多事；猫中或猫贩，则略带贬义，讥人花嘴鸟，瞎吹无实，而也说明猫狸学问多，玄而近妖。人家新养一猫，如经试用，鼠威或猫品不过关，又长得丑，无惜神（长得讨人喜欢），等待它的命运就可能是"放后猫"，即遭放逐，做回野猫，自生自灭。为猫大不易！

自食，指自食其子。哺乳动物为自保，在生存竞争中大多发展出这样一种极端策略，或曰防卫措施。我没养过狗，不熟狗性。猫的自食其子，旧时可是颇为出名。一是猫性多疑，猫刚生产时，若有人动了幼崽晃了窝，轻则叼子搬家，重则自食其仔，可能是人的气味入侵，导致母猫认亲子为异类。在猫成功演变为只需卖萌不捕鼠的呆家宠物之后，大概因为奴才服侍的周到，猫对环境与人的疑惧基本消除，野性也大大退化或消失，家猫食子之事已经很少听到。二是猫在营养很不良的情况下，比如产后体虚乏食（猫产后自食胎盘，这本身是大自然为母猫准备的坐月子能量源），轻则弃子，甚者食崽自救。这种情况，多发生在流浪猫身上。

猫粮狗粮，是宠物时代的叫法，天宝以前未见此异物也。旧时猫狗均被置于普通家畜序列，农村养猫狗，取其狩猎护宅功能，主要以人所食之余为食，客观上形成一条食尽其用防止浪费的生态链。猪是环保大户，家中从淘米水到剩饭剩菜，一头猪可以包吃。包之不足，有粗糠猪菜伺候。猫比狗专业、高贵而食量少，一般来说，饲猫也相对认真，敲（搅拌）猫糜，即把鱼腥拌到粥饭里给猫吃，甚至是一项日常任务。猫是很灵的，爱猫之家，可能灶头饭刚熟，主人就会先舀一小瓢，就吊篮或咸酸橱中取出装猫鱼的小碗，夹出几条小鱼，用筷夹碎，与糜或米饭拌一块，倒到猫盆上，让猫先开饭。以前没冰箱，饭菜一般用底宽平而向上收窄加盖的透气大竹篮装起来，用绳子悬吊在屋梁下，以防猫、鼠、蟑螂等。另一种就是放在有门木橱中，前称吊篮，后称咸酸橱。可见，即使在前宠物时代，猫的待遇也是比较特殊的。

何谓"猫鱼"？那时市场上卖鱼的，会把人不喜吃的小杂鱼或杂鱼头归为一类，专供人家饲猫，故名。塑料薄膜袋还没

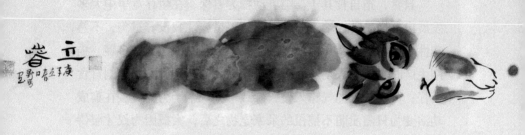

立春

出现或者很少,人们上街买菜,基本自带竹篮草筐,俗呼上街篮。有几种常见的海鱼如巴浪、那哥、鸡腿、红目孔等,因为海上一碰就是大鱼群,多一整筐一整筐叠起来,用大灶直接炊熟,晾干,那时叫"熟盘鱼",现在叫"鱼饭""打冷"。因为卖的是熟鱼,卖鱼的通常会提供大小适宜的过期报纸或课本的旧书页来包裹,以和未煮的鲜鱼分开。猫鱼一般也是一小份一小份先分出来用纸包好,几分一角地卖。过期报纸和被当废纸按斤收购的旧书因此得了个别名,叫"包鱼"。

　　以旧书报而得到包鱼的待遇,书而有知,应该是很有面子的归宿。乐府古诗说:"客从远方来,遗我双鲤鱼。唤儿烹鲤鱼,中有尺素书。"后来大家就把传情寄意的缣素彩笺唤作鱼书,义同雁字。李商隐寄令狐郎中诗云:"嵩云秦树久离居,双鲤迢迢一纸书。休问梁园旧宾客,茂陵秋雨病相如。"晏殊亦有名句:"鱼书欲寄何由达?水远山长处处同。"既然难达,不如包鱼,阿猫亦算畜中情种,春天都靠它们浪起来,叫出来。再说现在猫早已成为宠物,不少从小被家养的猫连鱼都认不得,只吃猫粮不吃腥。前些年自费或课题公款出书、以权售书成为时尚，一年不知浪费多少木浆，却连包鱼都用不上，那才叫平安不经，阿乂可怜。

3. 麻叶简史

孟浩然《过故人庄》为唐人田园诗代表作。"开轩面场圃，把酒话桑麻"，妇孺皆知。

历代王朝授田制赋，树桑种麻多有定规。把酒话桑麻，正是田家本色，听来淳风朴俗，风清日朗。而细寻况味，似乎话中有话。这位故人大概是个典型的田舍翁，对着客人一个劲检校田产，唠叨年成，多少扫了酒兴。孟浩然心嫌其俗，不好说破，"待到重阳日，还来就菊花"，凭空生出个风雅之约，把话带开。

但若孟浩然穿越时空到潮汕，诗意还是那个诗意，配置一调整，画风就大变：开轩者，开轩尼诗也；场圃就算了，不如面向大海，春暖花开。潮汕人的做派，既开樽把酒，美食可不想片刻耽搁，尝过桑葚，麻叶上来，把酒食桑麻。

没错，不多话，直接食。先熯后炒，蒜泥豆酱炒麻叶，对外地人来说，也许是最神秘的潮汕特色美食。

潮汕种黄麻，原为剥皮织布打麻绳，不知何年开始兼食其叶。再后来种麻专为食叶，麻叶由乡下人发明的下粥"杂咸"向排档酒楼不可或缺的时蔬佳肴华丽转身。这个过程，大约发生在上世纪六十年代到本世纪第一个十年间，也即中国改革开放前后，与潮汕另一名产凤凰单丛茶的培养、推广与勃兴风行基本同步。

黄麻，秆高而粗，直长不分丫。改革开放前，黄麻在潮汕乡村普遍种植，尤以潮阳、普宁、惠来三县为多。以潮阳县成田公社为例，一般每个生产队都有一块地专门用来种麻，麻秆可以长过二三米，春种夏收——收麻俗称尻麻。植物连根拔出，潮汕话称尻，尻草、尻菜头（萝卜）均是。尻的本义是屁股，潮汕乡下人茁壮直白，以屁股比喻树头草根，并名词动用，读来如啩摸古字，反觉其雅。尻出的麻株，截头去尾取麻秆，沤于水中数日，取出剥皮，晒干，由公社供销社收购，用于织麻布、搓麻绳。

尻、沤、剥、晒，简单明了，实际操作，工力可不小，不过，也有好玩的地方。

现在儿童游乐的去处多，家里有玩具，幼儿园有滑梯秋千，公园广场有木马蹦床。那时中国社会封闭匮缺，人多贫穷，但天地清朗，有田野溪池，无边风物。不少"童玩项目"发自天机，非迪士尼乐园所可复制，例如麻骨船、"阿骨打"。

黄麻秆长，重，难挑。要把截下的麻秆从田头运到麻厂或沤麻的池子，船载最方便，无船有溪，可把麻秆成抱捆好，直接扔到溪水中。麻皮重，但麻骨（皮内的秆子）轻，入水不沉，小孩子甚至可以坐上去，麻筏当船。送麻筏得两人配合，一个用绳子在前面拖，一人在后，用竹竿或挑或拨，控制麻筏不被溪岸挂住。溪水不深时，人可以直接跳到水中推着麻排走。

成田公社供销社的麻厂设在溪东村小学后面一座"四点金"大宅，那儿有个叫"远港伯公"的小庙，庙前的池塘正好用于剥皮前沤浸麻秆。每到收麻季节，各村生产队多把麻秆运到这儿来收购，由麻厂雇人剥麻皮。

剥麻皮需专门设备，但很简单，在板凳一头的中间钉一根铁钉，将麻秆一头的皮划破，挂在钉子上，用力将杆头揭起，就皮分骨落。一些离公社较远的村落，沤浸、剥皮多在本地处理，直接上交麻皮，免去运输之劳。

剥了皮的麻秆叫麻骨，粗如指，牙白色，纤维密度低，用

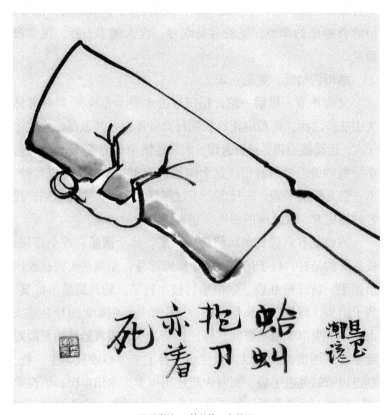

马画潮谚：蛤虮抱刀亦着死

指甲一掐一道痕，一排一排斜倚在墙边或者晒谷场上晒，以做燃料，补稻草之不足。干麻骨轻脆，一折即断。这一来小孩子又有得疯，场头巷尾，三五成群"阿骨打"：挥舞麻骨去战斗。但麻骨遍地的季节，屁股容易吃亏，大人随手一抄，尻你没商量。

麻田钓蛤虬，更是一乐。

夏收季节，早稻一割，稻田里的水鸡（青蛙）、蛤虬陡然失去庇护之所，而黄麻正好长到秆高叶茂，一片葱绿，水鸡个子大，运动能力强，也更喜湿，大多往溪墘水沟或荷丛深草跑，小蛤虬则纷纷躲进麻田。这个时候进麻田钓蛤虬，简直像捡，不一会儿胀满半袋，一斤多。不过好日子不长，割完水稻，接着就该尻麻。尻过麻的田地，还来得及改种晚稻。

钓蛤虬有点像钓鱼，但简单多了。找个薄膜袋或小布袋，长条形的最好，口子用铅线箍个圆圈撑住，铅线两头并拢铰出个把手，就成蛤虬袋。一根小竹枝当钓竿，钓饵简易得好笑，到了田头，随便在垄头草间扑一只小蛤虬，把蛤虬腿拴在线头上，伸竿垂饵于稻丛草间，轻轻抖动，水鸡或者蛤虬的复眼对颤动的东西敏感，误以为是昆虫，扑上来一口咬住，手一提，就连饵带蛤虬进了袋。那时农药还用得少，水田旱田，薯沟菜园，只要有草有作物，除了冬眠季节，到处都有水鸡蛤虬。水鸡个子大，精灵难钓，最好的办法是夜里用三四节电池的强光手电筒到田垄水边去照；蛤虬好钓，春夏之时，小孩放了学或者节假日，没有不钓蛤虬的。家长一般也不禁止，蛤虬可以喂鸭，可以炸了当菜。还有一说是蛤虬尿最补，办法是煮糜，在糜汤刚沸时揭起锅盖把蛤虬扔下去。另外，蛤虬虽形似青蛙，但长不大。学名叫什么，我不知道。

言归正传，回到黄麻上来。就我所知，黄麻另有两个别称：大麻、苦麻。

大麻，是我新近听说的。我的一个朋友也是六十年代生人，老家在原来的潮阳县峡山公社乡下，靠近普宁县。他回忆说，那时种来剥皮的麻，因为秆直株高，他们乡里也叫大麻。

成田公社这边应该没有大麻一说，至少我没印象，苦麻则耳熟能详。有苦必有甜，既称苦麻甜麻，分别的标准就从形状转向味道。自古麻皮不可食，岂曰无衣，与麻谋皮，焉别甜苦？所以这苦甜对应的不是麻皮，是麻身上可以吃的部分。这部分，只能是麻叶。

吃麻叶不奇怪，但别的地方用麻叶做药材，当野菜，吃麻叶，非"食药"，即救荒。天底下只有潮汕人吃麻叶，吃出甜苦，吃出窍门，吃成旧时杂菜、今日美食。

外地朋友常说你们广东人什么都吃；广东别处的人，说你们潮汕人最能吃。我呢，一般不去接这个茬，里头潜台词多半是你们那儿呀原来是南蛮，穷，无物可食，田鼠都吃，倒迫出一副铜牙铁嘴。我们听出话外机锋，只宜笑而不言。哪个地方、哪个族群不是从蛮荒烟瘴中走出来的？漫漫世代，哪儿没有经历过大灾大饥？再说了，谁真能确定自己祖宗八代十代以上属于哪个族群，来自何方？倒是潮汕人在这方面一向坦荡，早就明白饥饿和苦难可以残酷出非凡创造力："肚子真饿了，三脚椅仔都能啃。"大概算我小时听得最多的老话之一。吃麻叶，想必当初也是饥荒逼出来的难咽苦事。吃过的人最知其味苦，故以为名。如此，要让麻叶变成佳肴，先得迫去叶中苦涩之汁。

不知谁发明了一个办法，叫"熨麻叶"，这一"熨"字，道尽窍妙。

第一熨，是把鲜麻叶入锅用热水烫过，捞起晾干。

此亦无奇，奇在用咸菜汁来熨。

潮汕咸菜，是用大陶瓮腌制的芥菜，类似外地的酸菜，但潮汕人不喜酸，不把好东西往酸里整，通称之为咸菜，颜值高，口感好。咸菜汁咸中带香,这一熨,用鲜香的出瓮之咸替换掉麻叶中原有的苦涩,留下苦瓜般的苦香。麻叶像桑叶、茶叶,刚摘下来一片青葱,还是会呼吸的活物,一大篮一大筐,却很轻。一熨,就像单丛茶一样卷成条索,又因咸汁渍过,不易变质,即使没冰箱,也可存多日。每次要吃,取出适合的分量,厚朥(足量的猪油)起锅,蒜头剁碎成泥,猛火热到微焦,下麻叶,熨炒两三分钟,使其充分吃朥,再加一勺潮汕特有的普宁黄豆酱、料酒、数滴初汤(鱼露),爆炒七八分钟即可上盘。此为第二熨。麻叶有个特点,就是很"食油朥",要火候老到、香而不焦才好。诀窍便在这第二熨,须以熨带炒,边炒边熨,即在翻炒的时候不断用锅铲将麻叶往锅底压一压,使其充分吃朥受火,稍至焦硬,提咬劲,增口感。更有一妙,上顿吃不完的麻叶,下顿吃前再炒再熨,油朥不怕厚,越炒越香。无油无朥食麻叶,则只会饿上加饿,弄不好让你"鸡仔晕",低血糖。因为麻叶特别消食,"刮胃"之力,比土山茶更厉害。厚朥饱油,正好中和。麻叶神奇诱人之处,正在于此。

  现在一天下半胖子,未胖的恐肥,减肥已成全民话题。麻叶如此神品,后必大行于世。但放到上世纪七十年代左右,这可是个让穷人不敢吃、吃不起的两难困境,而恰好是这个纠结,使潮汕麻叶在成为奇妙食材的路上,呈现充满张力参差多态的谜境。有道是:摘叶食心各有道,甜苦红黄翻成疑。

  那天,告诉我黄麻因株高秆直被其乡人称为大麻的那位朋友还补充说,这样称呼就是为了区别于另一种矮个子的麻。那种麻长不高,易分叉,皮也不好剥,价值不大。但我问他这较矮的麻是否为另一个品种,还是因为一开始就是种来吃的,被摘叶摘得长不高,他也说不清。关于何时开始吃麻叶,他说他的印象中应该1978年以后,因为熨麻叶很费油朥,改革开放前乡下人都穷,吃不消熨麻叶,若油朥不到,就是甜麻也不好吃，无物配肚子饿也不敢食，食了会把肠胃中仅有一点油脂都刮光。

记忆中，我开始食麻叶的时间应该要早些。七十年代中后期，家里餐桌上就经常有炒麻叶，先是苦麻，后来多是甜麻，但我同样没弄清楚苦麻甜麻是否都是黄麻。那时离改革开放还有两三年吧，可能是成田公社周边几个主要村落番客较多，比较富庶，多有割得起白肉，费得起油膀的人家。我父母都是国家干部，有固定工资，经济在那时也算比较好。有趣的是我做田野调查的另一个对象，也是我的同龄人，家在成田公社家美村，溪东村隔溪，属农民户口，那时生活应该比较拮据紧张，但他强调说，他觉得成田市镇周围这几个"抱脚乡"，尤其是家美、溪东、简朴，很早就食麻叶，说不定就是潮阳第一个懂食麻叶的地方呢。他的一个证据是直至他读初三，应该是1980年了吧，班上一个来自华西村的同学，竟然还不知道麻叶可当菜来炒食，而华西村也属成田，离市镇仅十几里路！同样，这位持"成田首创熨麻法"观点的资深食麻叶者，也不太清楚甜麻为黄麻、红麻或者其他更适合食叶的改良麻种。

当我就这个悬疑向一位老家是潮州（即原潮安县）的朋友求证时，又有意外的收获，她的回答，黑虎掏心："你问种麻？潮州也有，潮州的江东一直有种。江东都种黄麻，应该只有一个品种。"

"那时有没有食麻叶这样的食俗？"

"主要是剥皮打麻绳。也吃麻心，但不多。麻叶盐渍，估计只你们潮阳有。"

我一怔，食了半辈子麻叶，我还没听说过麻心。在我印象中，小时看人从田头摘来整筐麻叶，主要是一片片的成叶，显然不专吃芽心。再一想，对啊，如果只掐麻心，反正最嫩，想必苦麻未苦，可不需咸菜汁，清水烫也得。不过炒一盘麻尖怕

尾牙图（纸本彩墨）

要让整畦麻田失心，有亏食德，也错失苦麻至味。凡物大苦，必藏奇香，前苦后香，乃是物理。麻叶不苦，减色不少。说回来，现在的麻都是专门种来吃叶的，想必是改良过的甜麻，而咸菜汁也没以前那样好找，不是正宗高档的潮州酒楼炒麻叶，多是鲜叶用温水熨过便进锅炒，炒出来软黏不异俗蔬，非复旧日之潮阳麻叶。

潮阳是否为"初麻食"之县，乃至成田某村是否为初熨麻叶之乡，换句话说，食麻之俗始于潮汕何县何镇、创于何乡何人，已无法确定，但接续麻园"香火"的动力肯定来自此前已形成的食麻传统。改革开放后，官方不再收购麻皮或者强制农村种麻，麻皮的经济价值也不大，有一个阶段麻园顿减，近于废绝，不久复兴，已专为食叶而种。都说乡愁是胃愁，早在七八十年代，用咸菜汁熨过的半成品麻叶，就是回乡探亲的番客经常带去异国他乡聊慰胃愁之物；九十年代逐渐放开出境探亲旅游的限制后，潮汕人到港澳地区和新马泰探亲，所带手信中往往有一包熨好的麻叶。原属潮阳县两英公社的一个名叫禾皋的小村，现有数百亩麻田，已成为潮汕最大的甜麻种植基地。更富戏剧性的真实例案也发生在这儿：据说禾皋的优良甜麻种子，就是本村一个台胞回乡的时候从台湾带来的。

我的那位提出成田初食麻叶假说的同学的母亲深圳种麻食叶的鲜活故事，可以帮助我们理解发生在禾皋村的"良种还乡"传奇。这位同学上世纪八十年代中期大学毕业，分配到深圳南头工作，后来他妈妈也到深圳跟儿子住。恰好家旁边有几平方米闲地，老人家闲不住，居然在那片地上种起甜麻，自己吃不完，送给邻居和儿子单位的同事。深圳人来自五湖四海，不少人原来对麻叶闻所未闻，因为他妈妈的传播，培养了一批麻叶粉丝。潮汕麻叶，或者说关于麻叶的食俗基本生成于民间，经由改革开放前后世纪之交长达四五十年的变化积淀，已悄然成为一种独具内生性与绵延力的物质形式和精神文化。

4. 生山瑞兽

有个时期，算命先生马陈汉经常往返香港地区和泰国。

改革开放初期，中国逐渐开放旅游市场，人们可以出国，内地居民可以申请到港澳探亲，后来宽松到一年多次往返，一次最长三个月。不少活头仔托关系办下探亲手续，往来带货做生意，如前面提到的马一二的两个弟弟。

马陈汉也属以探亲为名行商务之实者，但他做的是无本生意，智力输出。那时"咨询""策划"之类玩法还没几人懂，马陈汉已是此道高人。他算命出了名，给他算过的番客回去宣传，常有大头家愿意花钱把先生请过去，他的业务就拓展到了港澳和海外。

马陈汉算我爸妈的朋友。那时我刚读中学吧，陈汉隔三岔五上我家拜候闲聊。若好长时间不冒泡，就是有行情，又被番客请出去"批命书"了。听说他批一条命书可收三五千，出名一二年，就在村里建起"四点金"大座厝。潮汕俗语中"山、医、命、卜、讼"连着说，"巫医乐师百工之人"，旧时同属九流三教、术家者流。马陈汉虽算命出名，但新社会不买这个账。我爸妈是公办教师和医师，属官方认可的"术"者，马陈汉需要这样的朋友圈背背书，顺便受些文化熏陶，而我们也乐得偶尔听他吹吹牛，免费算算命。回想起来，我爸不多的朋友中，倒有几个此道高人。一个是中医师继峻，相貌奇古，有些结巴，熟读《阅微草堂笔记》，能打卦。另一个叫化周老师的，因患病几乎丧失视力，随之通神能算命。我读初三时，他曾给我批过一行命书："此命宜技艺发展，政界勿问。"日后证明原则上神准确，简直就是我的未来简史。

一天晚上，爸妈出门，家里只我一人，坐在前厅八仙桌前看书。

马陈汉正好来食茶，见只我一个小孩在家，没走，倒是一屁股坐下，主动和我聊起来。

我那时已经戴上近视眼镜，人称"四目"，大概小先生模样初成吧，而且我喜欢古文会写作文已经有点小名气。可能马陈汉觉得我可以和他闭门切磋，又或者看我反正还是小孩，属无害的倾诉对象，总之，那天晚上马陈汉谈兴特浓。他像和我交谈，又像独白。聊没几句，他开始泄漏天机：

"你知道吗？算命看时日，所谓生辰八字，古昔论的是人出生落涂的时辰，叫作落涂时（呱呱坠地的钟点）。古时人懂天象，地上又没这么多房子，夜里都看得见星星，望得到地平线的。人出世，哪个时辰落涂，太白金星（北斗星？）和地面夹角是多少，以这个来算命才准。现在早已没谁真懂星文，地平线也被七挡八遮，哪里还推算得出人生下来时准确的星盘刻度？所以现在啊，我告诉你，算命基本是瞎掰。你要知道他心里想什么，你就说什么；要知道人心世情。总之看谁能掰。

"就譬如吧，一个人会写毛笔字，那么，这个人昔年家境肯定贫寒。因为写毛笔字这种事啊，要下好多年童子功，不是小时家里穷，父母希望孩子长大靠这个吃饭，耐不住的，学不好的。"

…………

名闻国际的算命先生马陈汉突然推心置腹找一介学童讨论玄理天文，并自己揭底，我虽意外，但没多少吃惊。我父母是无神论者，我从小不信妖邪，倒是对他所说的关于星辰刻度之类感到新奇，对他描绘的原始图景发生神往。按马陈汉模糊不清的描述，在星垂平野那样的太初之夜，一个人类的婴儿呱

戊　生山瑞兽

呱坠地，就有睿智无比的老人眼望地平线，在蓝幽幽的星月微光下用什么方式准确记录下此时的星辰刻度。这个人按说就是陈汉先生的前辈。按马陈汉的说法，只有这样的前辈，才是不自欺欺人的本行老祖、合格的算命先生。这是张力多么大的迷人叙事！一个谈不上多少文化的乡村算命先生竟能说出这样一番话，能那样想象！几十年过去，现在每一想起，我仍惊奇不置。马陈汉一聊就聊到天文星空，又聊得不清不楚，我猜测他也是从哪个师傅处听来的混沌理论，一知半解，并非自己悟道，但这个怀疑的方向和思路，总体没错。对中国文化真下过功夫，你就明白，《周易》的卦象系辞，十有八九都是根据上古三代的物候人事来建立象征体系与因果模型，再据以演绎占卜。现代的事象环境已经根本改变，谁再布蓍打卦，难免浑水江湖，连蒙带吹。

潮汕乡村算命先生马陈汉所试图描述的，可以称之为人类童年时期或者说蒙昧时代的心智图景。我个人的体验，却让我体悟到个体童稚期与整个人类文明的童年时期非常类似，如果有个适合的契机，每个人都有可能经历并保留下来童稚时对世界、对自然的混沌、奇特乃至无法言说的当下体验。

我就有。

在算命先生马陈汉泄漏天机之前几年，我大概才十一二岁，有一年放暑假，曾随我称之为老四叔的长辈亲戚入山，在守山人住的草寮中生活了四五天。

在"通食世家"那一节，我已提到这位老四叔。他在本村务农，一辈子打光棍，中年之后当过好几年生产队的护林员，俗称看山。当年成田公社的界域大部分属平原，小部分山地，为大南山余脉。山上也有几个小村，我知道名字的，有吕厝塭、千山寮、后棚等，其他山地分属山下各个乡村生产队。山地与村庄多不相连。划归家美乡家二村的一片山地，与村庄大约相距两三个小时的路程，当然是指徒步。

看山，在那时是一件绝对孤寂的工作，形同放逐，与世隔绝。

一片山，可能包括若干山头坡谷，既远属山下平原某个村，一般来说就无人居住。为什么需要看护？一是防止外村人偷割山草、砍树伐木，因为那时柴草好卖，建房打棺木做家具的木材，也多取自山上杂木，如木麻黄等；二是防止外村人死了越界安葬，或者盗墓挖坟；三是防火防灾。

看山人生产队给记工分，有口粮，工作就是每天巡巡山，还可以割草拾柴，利用换值下山休息的方便，挑上一担柴草到草墟卖了换点买地豆酒的碎银子。村里死了人上山埋葬，或者有殷实人家做生基（预修坟墓），也要打点看山人一点小情礼。这些都是看山人可得的好处，但愿意看山的人不多。

看山人的住所与生活条件很简陋，不过在视线较好、取水方便又相对避风的地方用竹木搭个吊脚屋棚，聊蔽风雨，防蛇防山狗。看山人进山，要自己备好铺盖，带足粮食、杂菜、火种、煤油、柴刀、草镰等最基本的生活用物和劳作防御工具。当然，山上总能找到隙地，如果勤劳，还能种点蔬菜番薯，采些野果，弄点山货。

总之，那时交通通信远未发达，山上没电力照明，无电话。看山必得承受绝对的孤独，入夜，这种孤独还伴随着无边的黑暗和恐惧、危险。

试想，一个人可能一连十天半个月以上，日夜独自待在荒山野岭，周围数十里阒无一人，碰上困难危险，只能独自面对。不过话说回来，可能因为"山门浅"，即都是几百米以下的丘陵坡地，加上那时全国到处战天斗地砍柴烧火等，从没听说大南山上有什么野兽如野猪、黄麂之类出没，生产队也不给看山人配备猎枪。若山有兽物，父母怎敢让我跟老四叔上山放野，

生如阿猫

体验生活。

　　这一路写来,我童稚时期的记忆也逐渐回润、鲜活。

　　老四叔的确是研酒之人,也食烟。一个老光棍,固然没甚羁绊,胆气也应该是大而硬的,能够适应甚至已经喜欢上孤独的生活——这么说吧,那年代,看山可是货真价实的隐士生活,涧底束荆薪,归来煮白石,绝对寂寞,绝对清苦。年轻胆软情欲旺之人,根本无法在山上待下去。反过来,既然能把这项工作做上一年半载,这种生活肯定已经把此中人——看山者改造成为实质上的孤客,骨子里的隐士:一个可堪长期荒山独处的男人。不管怎么讲,要独度一个个荒山空夜,白天打打柴割割草,晚上独歇下来,食茶之外,总得不时来口酒烧身壮胆,有包烟丝卷一卷、抽一抽,用一闪一闪的红光扎破黑暗与风声。忽然老四叔的姿态、面容就又无比清晰地浮现出来:虽萧瑟寒碜,而沉默寡言,清寂静退。是的。我现在明白,那真是朴隐者的姿容,或者说是一个被特殊的生活经历无意锻刻成隐士的贫素本真者的姿容。老四叔下山时,常会上我家,或者给我们挑上一担柴草,然后静静地坐在椅子上,或者倚厅前石柱而坐,打开红烟(纸包的土烟丝)包,卷一支纸烟吸,话不多。我爸妈常送他点钱或是其他东西。

那时,我父母有固定工作,属于国家干部,生活相对有保障,就经常有各路穷亲戚上门要求救济。有个叫渣牡叔的,与老四叔相反,陷入赤贫的主要原因是一个接一个下崽,又以女婴居多,老婆身体也不好。老四叔本来就长得比较清癯,虽衣衫粗旧,有时未免褴褛,总还是整洁,腰杆也算挺直。渣牡叔却总是穿得腌腌臜臜,几乎就像乞丐了。老四叔来访,一般简单说几句近况,或者说一下有什么事需要帮助,就静坐抽纸烟,虽萧瑟而平和。渣牡叔面部暗褐,肌肉臃塞,进了门站在门厅就絮絮叨叨说开家中困境,一般就站着,样子很卑恭,现在想起来,他那混浊的眼神中却分明有一种阴鸷。如果叫马陈汉来算,渣牡叔大概是一个落涂时辰不吉、地头不对而又无福接受山林滤洗的无套裤汉!让他去巴黎街头当革命党,或者去湘西当土匪,想必杀人如切蒜,赶尸很拿手。

扯远了。话说那年我随本色隐者老四叔入山的时日,有一天,千真万确,我目击瑞兽出于春谷生山。

生山!

在我揣摩多日之后,这个生造的奇词横空出世。

没错,时至今日,那山未熟。对我而言,那片山,仍是完全生分而相亲无间,完全没有边际,仿佛一重一重直到天际,其间云生烟浮,不可名状。坐久了,看久了,连同坐在山寮竹栏前的年方十一二岁的那个我,也与山一道摇漾起来、披离开去……

然而,那片山肯定不高、不大,也谈不上有多美,甚至除非风雨将临,连白云出岫一类的景致也不易得。但在我的记忆中,或者毋宁说是在幻觉中,它就是无边际的青润、浮动、蔓延、阔大。直到二三十年后的一天,我站在有天下名山之称的赤霞山峰顶远眺天台万重山,才恍然惊回那老四叔的山中

鞭马图

孤寮。

　更神奇的事，大约发生在入山的第三天上午。

　吊脚小山寮前方山坡下斜过一谷乱石。站在山寮楼上门口，可以看见一大段的谷底，近处隐入巨石与坡前谷中掩映绿树中。那天我和老四叔起了个早，一起到山前割草。后来我累了，就自己一个人先走回山寮。我走上竹编的楼梯，正待转身进门，前方谷底乱石间突然有什么东西动了一下，接着，走出来一头小兽！我一下子瞪大了眼睛！小兽完全不知高处有人发现它，在石间慢悠悠地走。这肯定是一头我从课本上、小人书里从来没见过的异兽！这么多年过去，我仍然没法把它与后来认识的任何动物对上号——身体似乎是黄色的，身形与头部有点像獾，嘴与脊背分明有一道鲜红，绶带一样从头至尾。我吃惊得叫不出声,也不敢叫,怕惊动了它。想跑下去,又已来不及。山寮当然没有相机,手机摄影的时代还要几十年后才来到。我只能怔怔地屏息看,直到这头生山瑞兽摇头晃脑地走入巨石之下,消失于谷底。

后记　远活落儿节

辛丑年四月廿二日，月在癸巳，日在辛巳。

江上水势如海，山里柴扉久掩。我自去岁卜居瓷都，息交绝游，清宁静寂，生涯直如原乡酒徒老四叔——本书结尾一节《生山瑞兽》中那位"看山"汉子。不过，我和世界并未互相遗忘，除偶尔有老家汕头和第二故乡杭州的兄弟组团来饮，初夏，拙著《潮汕往事·潮汕浪话》也正式进入出版流程。尽管我在此前新冠疫情全民隔离的"永恒蛰居"期间又对全稿进行多遍修改整理，并补上自序，可算齐清，然积习如驴，作为一个视治学写作为天命宿业的读书人，而书稿出版方又是"中国知识分子的精神家园"北京三联书店，我唯全力以赴，精益求精，不负如来不负卿，一寸春光撚一茎。职是，在初夏鄱阳湖边怀玉山余脉滂湃山雨的慰藉加持下，我又将书稿从头到尾推敲核校一过，今日凌晨，正好完成。

今日：亘古如斯的一天又一天，我生命中又一个如期如至的白昼与清夜。

刚躺下，原已向晴的早晨又淅沥有声，我记起来连日晴雨交替，仿佛杭州的雨雾湖烟也越天目、黄山来至窗外。我性喜听雨，来客瓷都，尤德此声。我的寓所地处五龙山国家森林公园莲花塘边一个小山坡上，莲花塘属景德镇老底子的市中心，明清两朝皇家御窑遗址所在，清末民初著名的陶瓷艺术团体

"珠山八友"也在此地活动。如今非常漂亮的遗址公园刚刚建成开放,而市委尚未外迁新市区,军分区就在我窗前坡下。或许由此,此地得以保留四围山色、一泓止水于闹市之心。

莲花塘虽不大,却大有来历,旧称佛印湖。一名所唤,仿佛坡公仍携青云狂僧佛印时时泛舟湖上,与古老的北宋年号"景德"一起为这座千年古镇世界瓷都磨洗日月,把臂前朝。居处闹中取静,亦得深夜绝寂,亦闻高树晨鸟,美中不足是莲花塘对面废置的景德镇宾馆前有个小广场,未免沦陷于呕哑嘲哳,朝暮与节假日尤甚,久听使人自俗。且喜此地四季多雨,山雨一来,笼盖天地,满耳潺湲,即不觉六根皆净,拔出淤泥,如升仙宫矣。

困倦之竿摇摇晃晃,潜意识正于半睡半醒中释放,各种闪念像翠竹新叶迎雨扑簌,突然一阵轻雷来滚。瞑目幻视中,我看见笑语声喧的一群人正抱琴搬酒,七手八脚支锣架鼓,准备晚上一场成人的半疯癫式后儿童狂欢。

我蓦地惊回,揿亮手机确认日期,没错,昨天六一,今日六二,正一年一度"麓儿节"。

麓儿节与潮汕无关,与景德镇无关,与杭州以外无尽过完六一即接六三的众生无关,无边烟柳与欸乃钱塘中,只有杭州达人从方言谐音与透熟声色中会心一笑,趁机调趣:小西施,祝你麓儿节快乐!或者提醒兄弟闺蜜:别忘了,今天要过麓儿节!

我是在不久前专门请教了家住西湖边的"杭州闲人"艺术家、生活家王介眉(眉毛)兄,才知道杭州"六二节"因与杭州话"麓儿"谐音而得名成节。"麓儿"何义?脑袋像个空麓子,弄不拎清,笨蛋、傻瓜、二百五是也。杭州城中麓儿何节?成人的愚人节、酒神节,兼带几许情人节。但我,一个流寓江南的潮汕人,在不知道"麓"乃吴方言本字之前,已径自以"落儿"命名如斯神节。

我于2007年初离开故乡潮汕客居杭州，许久才听闻杭州人每年六月二日喜过落儿节，知道凡是杭州达人都不忘落儿过节，偶尔跟着吆喝过节。后来搬到良渚文化村，认识干脆隐去真名的杭州土著模范村民高阳酒徒半隐六三。记得2016年的6月2日下午，我托着高高一盘刚出锅的"马氏小龙虾"，从寓居的白鹭郡南徜徉到对面另一小区柳映坊六三家中，与一帮新朋旧友推杯换盏，当夜醉卧六三家，过了一个印象至深的六二节。

我想我是打心眼喜欢这个半真半假亦庄亦谐的江南局部嬉皮节的。若说当年初客杭州的我尚非落儿，是稍近世俗成功人士的那种，也的确雄心勃勃谋划着要把在老家汕头已草创初成的"马丁叔叔"幼教连锁品牌继续做大，"十年一觉扬州梦"，当我于十多年后离开杭州时，我已如假包换，真成落儿一枚。其间在西湖烟水中迷途辞家，又因宿志积习所驱，在京杭大运河的古月晓风中固执打捞前朝水声，终为专心读书著述，彻底结束经营俗务。知我爱我的知己友朋虽未必认同理解，甚至代我担忧，却多方给予了别城他乡未必能有的大力支持。姑举数事。朋友周女史，北大才女，海归创业有成，隐居湘湖。我们属于素淡如水的君子之交，她却在2017年花两万元预订我2021年任意一幅画作。事实上是她作为对我的情况比较了解的老朋友，见我初现困顿，用这种巧妙的方式表示支持和尊重。用她的话来说，读书写作从事艺术是人间美好的事，她不忍多见美好在人间凋残。据我所知，她也无私资助过别的艺术家。杭州达人眉毛兄学富五车风流高迈，我们因潮汕美食与艺文结缘，由眉毛之善缘，又幸识沈宏非、朱建、神婆、王五四、金耕、古菲等多位益友。杭州良渚文化村是个神奇的村，是氤氲着几千年玉气清辉的"天地佳研"，淳风朴俗安顿着多元鲜活的现代生活，真乃都市桃花源。我因缘寓居文化村白鹭郡南两三年，在倾盖如旧的江海相逢中收获真挚友谊与难忘记忆。缘于朱建、张炎、神婆与优秀村民63、周晓悦、许韬、王大宇、许智欢、章群星、陈新安、王浩迅、巴特、万栋、茅茅、何扬扬等多位新邻老友的支持，2018年夏天告别江南之前，我在杭州文化地标良渚大屋顶美术馆（晓书馆）成功举办个人书画展。赁居小河直街的那些年，我常赶二十四节气的良辰美景家宴小聚，邀三五师友知己，把酒临风，论文原道，砥砺激发，获益良多。其时我正撰写《提头来见》《潮汕浪话》，得到任骏、修阳、郁雯、小令、铁峰等诸同好、知己的支持肯定……江上柳如烟，雁飞残月天，因了这诸多精神与物质的支持，我得以在一路向落儿远远活去转来的"杭漂"生涯中，完成宿命的云泥"换麓"，独力写就具有首创意义的两部微观文化史：《提头来见：中国首级文化史》（北京三联书店，2019）与《人中吕布：中国养子文化史（上编）》（北京三联书店即刊），以及作为首级史研究附产品的中国历史"黑暗料理"《带着花椒去上朝：古杀十九式》（北京三联书店，2020），又续撰本书。其间先后在杭州大屋顶（晓书馆）、单向街、广州雅趣美术馆、北京三联书店美术馆总店、由新书店等处举办"猫民代表"、"过隙·有猫"个人书画展、插图展与学术对谈活动，复写就南北朝史研究专著《周旋之死：出南朝记》，该书承张立宪先生青眼，成稿即与"读库"签约，将于今年底由新星出版社出版。这多年来曾以不同方式支持我治学写作、筹办展览和相关活动的杭州师友知己更有江弱水、秦金亮、孙侃、李郁葱、徐骏、黄荨、王勇、刘鑫、马少峰、秦少国、方芳、武桢如、赵佳、许晓红、章峻、林静、傅亚萌、毛蓉蓉等多位良朋，恕难一一述谢。

离乡多年，我的老家潮汕一直是我的坚强后盾。周友雄、王镇侨、郭铿鸿、老树、李惠龙、闻山、姚宗楷、古先彦、余彬生、陈新造、郑秋璇、郑家乐、庄淮、陈胜捷、李春淮、黄岳阳、钟成泉、陈煦、张群、韩荣奎、麻煜科、萧莉、尚秀君、张嘉慧、张爱明、马淑卿等诸位师友都曾以各种方式给我支持援应，乡情浓于醇酒，情谊历久弥新。

江南、潮汕之外，更有北京、深圳、江汉、巴蜀、海南等地多位良朋知己，如朱修阳、朱学东、孟宪实、巨建华、杨晓升、桫椤、王祥夫、许昌、王承旭、刘翔、高兴琦、程文敏、赖小平、张鹤岗、萧悟了诸道兄，周建平、王彦、戴朝晖、曹丽云、程明霞、檀今、冉冉、杨琴、米糕诸女史……他们也是我这个越活越远的人一次次"捡回瓦片"路上的和风笑脸。今儿这六二清晨江西北境鄱阳湖畔的声声羯鼓响如涌泉，虽与塞北江南故园天涯隔着山水云烟，却分明在提醒我听雨思人，遥致谢忱。

即以本书的撰写而言，也须郑重开列一个致谢名单。我动念写作《潮汕浪话》，即得到李岳琴女士的赞许与全力支持；澳门大学庄园博士二十多年前曾在《羊城晚报》任编辑，其间邀我于"粤东版"副刊开辟《潮汕浪话》专栏；诗人杜国光时任《潮声》杂志主编，多期刊发本人关于潮汕浪话词条释义的文章；业师黄挺先生的《中国与重洋：潮汕简史》、业师张晓山先生《新潮汕字典》无疑是潮汕史料与方言训诂方面最权威的著述；林伦伦教授关于潮汕文化与方言、林凯龙教授关于潮汕老厝与民俗的专著使我获益非浅；周君友雄、马君灿泽、古君先彦、李君炳炎等多位师友、乡贤、方家随时接受我的"远程采访"，助我忆昔游，缀旧闻，琢珠斫玉，舍此难成。

万山应许一溪奔，海上回看见溪云。如本书序言所述，《潮汕浪话》的写作初受韩少功先生《马桥词典》启发和影响，本书从初撰到成稿，也与韩少功先生创始的《天涯》杂志特契机缘。上世纪末，《天涯》杂志曾在其独家首创的金牌栏目《中国都市民间语文》上数期刊发本人所撰《潮汕都市流行词集释》；2019年冬又承《天涯》杂志与南山书院邀请，出席在三亚大小洞天举办的南方文化论坛，以"潮汕浪话：文明互动与南方阀域之下的方言场景"为题做研讨交流，并承《天涯》杂志留用刊登《潮汕浪话》相关章节，在此特别感谢孔见、李宁老师，南山书院主理人罗茵茹女史，刘翔、董春贤伉俪，杨成、麦燕贤伉俪。《人民文学》2018年第5期刊发《潮汕浪话》节选；大型文学杂志《民族文汇》2020年第1期全文刊载《潮汕往事》，也要特别感谢责任编辑、著名诗人刘涛。

世有伯乐，然后有千里马。三联书店副总编辑郑勇先生和文化分社社长徐国强先生慧眼识珠，拔拙稿于泥涂，也使潮汕风情人物得跻广途、登大雅，多为世知。借本书后记，不仅我本人，也请允许我代表故土乡亲悃悃致谢。

在《潮汕浪话》写作过程中，我陆续将部分章节的初稿发表在个人公号"异史氏"上，受到网友热情关注，其中《潮汕人怎么喝路易十三》《麻叶简史》《浮景》等篇点击量均破万，从留言中可以知道不少读者是潮汕人，也在此感谢众多乡亲的阅读关注。潮籍摄影家韩荣华先生、张声金先生授权我在书中无偿使用若干幅原创摄影作品，也在此一并致谢。

《潮汕往事》写作于我自2018年离开杭州转徙蛰居重庆、武汉、京城等地近两年间，其间得到张好好女士的多方支持。作为作家、诗人和资深编辑，她也是文学上的良侣诤友，在写作的姿势、尺度、技巧诸方面互相切磋，使我获益良多。

佛家言因缘。承《天涯》杂志前主编王雁翎女史接引，我将本书呈稿请益于隐居湖南汨罗乡间的韩少功先生，得到肯定；复蒙杭州老朋友江弱水教授、潮汕方言研究权威林伦伦教授赐阅并推荐，谨此一并致谢！"掘出一个游子对故土炽热而惊悚的再发现。""写出了一个滚烫的潮汕。"韩少功、江弱水两位先生不约而同给拙稿以"热评"，使我想起之前不止一个杭州朋友读过《潮汕浪话》后说，你们潮汕真神奇，我得找个时间去好好看一看、吃一吃。这让我感觉自己没把家乡写丑，忐忑不安的心就放了下来。

海上生明月，潮平两岸阔，作为向《马桥词典》致敬之作，作为呈交故乡的一份答卷，《潮汕往事·潮汕浪话》从写作到完稿历时二十多年，在加持了弥满北回归线的南中国众溪之声、京杭大运河日夜不息的前朝水声、影入平羌的嘉陵江声和景德镇新瓷出窑的釉裂之响后，这本小书终于呈现在读者面前。我也可以临风酹酒，告慰宗泽校长、烈涛师、世霖师、鲁滨先生、余生、隗芾先生、加强叔、老四叔等诸位已驾鹤归山的师长亲友。我这个悬浮于生途、远活在异乡的资深"落儿"所能报答他们昔年教诲、追抚往日交游的，唯此半爿菱形月亮，一地澄明溪声。

如是我闻，得大欢喜。

柳永有句：今宵酒醒何处，更那堪落冷清秋节。离开杭州之后，我宿命的"红移"仍在继续。作为一直"在路上"的江南落儿、帝都偶客、巴蜀驴翁、江西瓷隐，今晨且倩景德镇雨窗外天地大麓间这绝似唐明皇千声羯鼓的透空碎远"落儿"天机，陪我完成本书后记。若要远远再请一翁作成，现放着杜甫流寓西蜀时所作《一室》。诗云：

　　一室他乡远，空林暮景悬。
　　正愁闻塞笛，独立见江船。
　　巴蜀来多病，荆蛮去几年。
　　应同王粲宅，留井砚山前。

2021年6月于景德镇莲花塘寓所